寸草晖

李光彪 著

天津出版传媒集团

百花文艺出版社

图书在版编目（CIP）数据

寸草晖 / 李光彪著. -- 天津：百花文艺出版社，
2025. 1. -- ISBN 978-7-5306-8970-7（2025.2 重印）

Ⅰ. I267

中国国家版本馆 CIP 数据核字第 2024LA1013 号

寸草晖

CUNCAOHUI

李光彪 著

出　版　人：薛印胜
责任编辑：王　燕　徐　姗
装帧设计：彭　泽
出版发行：百花文艺出版社
地址：天津市和平区西康路 35 号　邮编：300051
电话传真：+86-22-23332651（发行部）
　　　　　　+86-22-23332656（总编室）
　　　　　　+86-22-23332478（邮购部）

网址：http://www.baihuawenyi.com
印刷：天津新华印务有限公司
开本：880 毫米×1230 毫米　　1/32
字数：150 千字
印张：7.875
版次：2025 年 1 月第 1 版
印次：2025 年 2 月第 2 次印刷
定价：58.00 元

每个作家的身体里都住着故乡的万物

赵瑜

阅读李光彪的文字，很像是到李光彪的家里走了一趟亲戚。他在散文集《寸草晖》中，热情地介绍他的给他丰富生活的村庄，他的有着野地和饥饿感的个人史，他少年时衣服上的某个补丁，以及生命里某一段悲伤时刻。

在城市生活多年以后，李光彪早已适应了城市的生活便利，而他的身体里仍然住着故乡的万物。他的内心仍然被故乡的月光照耀着，他的身体被故乡的温暖的往事笼罩着，这些旧有的记忆和当下的生活共同组成了李光彪的人生。而他必须要将旧时的"自我"讲述给别人听，才能让更多的人理解他现在的样子。

散文是一个人带着体温叙事的文字。《寸草晖》这部散文集中，处处都有着作者李光彪的体温。在《一碗情深》中，李光彪诚实地记录了他的成长史。因为吃饭时不小心，李光彪将自己的碗打碎了。没有办法，母亲只好让他和他的二姐共用一只碗。这样的记忆，如今在物质异常丰富的当下，几乎无法让年轻的读者共情。然而，这样的故事就发生在一代人的身上。李光彪写下了自己的成长史,同时也写了一个时代的切面。

李光彪笔下的母亲,真实动人。在《开满茶花的脚》一文中,李光彪描述了母亲的艰韧与能干。他这样写道:"在我的眼里,母亲的脚'短小精干',脚力出奇惊人。那时,要到黑井走二十多公里山路,背一捆牛腰粗的柴去卖掉,才能买到盐巴。来回两天,翻山越岭,出门进门,两头摸黑,脚力差的人根本吃不消。每年秋收过后,生产队都要组织送公粮,本来是男人干的活,为了挣高工分养活我们,母亲也不甘示弱。满满一麻袋六十多公斤重的稻谷,几乎有母亲高,用头和脊背背到十多公里远的猫街粮管所,踩着黎明前的月光当天'打回转',令那些好手好脚的'虾汉子'刮目相看。"

母亲的能干,既是生活所迫,也和那个时代热烈活着的氛围有关。李光彪用接近高音喇叭一样的词语将生活在那个时代的母亲白描,他的文字是有力量的,也是十分感人的。

《寸草晖》用相当多的篇幅呈现作者的童年生活记忆。多篇文字里,李光彪都写到了饥饿。果然,饥饿是一个人成为作家的关键因素。作家莫言曾经在一次采访的时候说过,他写作的主要原因是想挣些稿费吃上一顿饺子。而李光彪少年时的饥饿记忆是他人生最初的动力,他从乡村出发走到城市,一直充满着蓬勃的生命力。李光彪在叙事的时候,早已解决了温饱,所以,当他回望人生最为窘迫的时候,是松弛的,幽默的,甚至有着对自我的嘲讽精神的。这样,他的文字便有了宽度。也只有人的视野得到了拓展,才能在梳理人生的时候,与过去的自己和解。

母亲是大多数写作者最脆弱的部分。在《寸草晖》散文集里,母亲在作者的一生中也扮演了老师的身份,那便是教会了作者刻苦和爱。李光彪在母亲的爱意中长大。而一个在有爱意的环境中长大的人,对身边所有的人来说,是有营养的。

《寸草晖》这部散文集,整体上是李光彪的故乡之书,有一篇文章的标题,我很喜欢,叫做《带块石头进城》。这是一个有着隐喻味道的散文题目。将李光彪个人童年生活在山区的事实注释了出来,同时,作者也在向更多的人阐释他的一生,他原本就是一块山里的石头,被时代带进了城市里。而他的内心里,永远住着故乡的月光、鸡鸣和流水声。

阅读李光彪的文字,觉得云南真是一个美好的地方。那里的山水和食物,比中原平坦而雷同的地理更丰富,而这种丰富的区域特征,是孕育文学的富矿。祝福光彪兄,能继续深挖文学的矿源,呈现更多更好的文字。

是为序。

2024 年 4 月 23 日

目录

辑一 风物脸谱

一朵鸡㙡的契约

鸡㙡亦人

"五月端午，鸡㙡拱土。"这是家乡的谚语，也是故土发出的"鸡㙡令"在召唤我，这是长眠于泥土之下的母亲在呼唤我回老家，兑现我和鸡㙡的契约。

鸡㙡和菌子都是野生菌，是雨水和泥土相亲相爱的孩子，只是故乡人认为鸡㙡比较高贵，习惯把野生菌分为两类分别叫作"鸡㙡"和"菌子"。鸡㙡与田地庄稼为邻，菌子喜山间树木草丛而居，鸡㙡有"鸡㙡窝"，菌子有"菌子塘"，各有各的地盘，各有各的家园。它们都是我们那方水土上雨季的报幕员、山珍的扮演者。

节令和雨水是鸡㙡出世的晴雨表。故乡每个人心中的内存，都有自己的天气预报，人和鸡㙡的契约都藏在每一个人记忆的密码里。每年雨季到来，大地胎盘里孕育了一年的鸡㙡，在雨水的哺乳下，在雷鸣的千呼万唤中，一个个举着小箭头不断戳破大地的胎衣，如雨后春笋般前呼后拥冒出来，不断向上伸长脖子撑开一把把小伞。灰色的、白色的、黄色的，挤挤挨挨，家族式、集群式站立在田埂地角的草丛中，宛若一群群要去参加泼水节的少女,这里一窝那里一簇,闪亮登场。

鸡枞是故乡不需要耕耘的庄稼,找鸡枞和上山采摘野花、野菜、野果一样,谁先找到就是谁的。故乡人把农历六月二十四火把节前后出土的鸡枞,叫作"火把鸡枞",这种鸡枞一般都是十几朵、几十朵,白花花一片。有一种鸡枞,菇帽似麦子颜色也是成片地出,瘦瘦的,高脚杆,就叫作"麦秆鸡枞"。这两种鸡枞一般都生长在田间地头的草丛中,或山坡地、"二荒地"里。还有一种鸡枞,霜降节令才姗姗来迟,差不多都是独鸡枞,叫作"土黄鸡枞"。最不招人喜欢的是"山鸡枞",每年中秋节前后,从松树周围的腐叶下冒出来,根颈粗,帽圆,像灰色的松果,有一股浓浓的中草药味,没有其他鸡枞香甜好吃,肠胃生锈的贫穷岁月我们上山找菌子都嫌弃它,甚至是一脚飞腿当松球踢了。

随着改革开放之风吹开闭塞的山门,渐渐地我们才弄清"山鸡枞"的真实身份就是松茸,跟鸡枞不是一个家族。"山鸡枞"摇身变成松茸,漂洋过海被卖到了日本、韩国和欧美很多国家,传说可以防核辐射、防癌,成了鸡枞的"太上皇"。慢慢地,我们也学会了像吃生鱼片一样吃"山鸡枞",用炭火烤肉串一样烤"山鸡枞",或是用"山鸡枞"炖鸡肉、炖猪排骨,或是用"山鸡枞"切片炒肉。不论哪一种吃法,都是城里人时尚的美味佳肴。如今的"山鸡枞",还真的成了三七、人参、虫草之类的中草药,很多人用"山鸡枞"泡酒,这可算是楚雄人的专利。我也不例外,每年都要用"山鸡枞"泡一罐酒。年复一年,"山鸡枞"泡酒不仅家里有酒店饭店商店也有,随处都可以买到、喝到"山鸡枞酒"。

找到鸡枞,拔鸡枞也有诀窍,必须用木棍撬,手配合轻轻地拔，不能用铁钎撬，更不能用锄头挖，挖深了破坏了鸡枞的菌窝、菌丝和菌种，来年就不会再出鸡枞了。所以，有经验的人，拔完鸡枞还要把泥土复原，用渣渣草草松毛树树叶掩盖，生怕被别人发现自己的鸡枞窝。找鸡枞人比不过羊，羊漫山遍野跑，见到鸡枞就当草吃了，等放羊人赶到，鸡枞早已被先遣部队的羊蚕食。羊是鸡枞的食客，坟堆上冒出的鸡枞很多人认为那是死者的化身，都不敢要，而在羊的眼里，不论哪里的鸡枞都是可口的草木，吧嗒吧嗒就当美食吃了。

找鸡枞要眼尖心细，有的鸡枞开屏就像人的手指不规则地张开，我们把它叫作"鸡枞指手"，顺着鸡枞指手的方向慢慢寻找，不远处就有可能发现其他鸡枞。如果没有，记住鸡枞指手的方向，明后天接着返回去找，多多少少也会找到几朵鸡枞。鸡枞好像通人性，只要到了那个节骨眼儿上，八九不离十都会在那里东张西望等你。

故乡的人也经常用鸡枞比喻人，有的人家几个孩子读书都有出息，村里人就会说他家"出了一窝鸡枞"；有的人性格倔强，跟人合不来，就会被村里人说成与众不同的"翻毛鸡枞"；小孩子品学兼优，村里人就会把他说成"鸡枞骨朵儿"；穷人家的孩子奋发努力，成绩优秀，村里人会说"鸡枞拱土"了；如果小孩子中途辍学，不能顺利成长，村里人就说这朵"拳黄鸡枞"可惜了；如果一家人只有一个孩子最成器，村里人就说他是某家的"独鸡枞"。鸡枞仿佛是村庄里成长的孩子，是村庄必不可少的一员，祖祖辈辈，人若鸡枞，鸡枞似人，生生不息。

鸡枞干爹

　　村供销社购销店的售货员王胖子,长得一副弥勒佛样,胖墩墩的,大腹便便,脾气温和,不论大人小孩去买东西,他都笑脸相迎。有时,不够一分两分零钱,他会高抬贵手:"下次来给,下次来给!"下次?有的人给有的人也不给,不知道他是忘记了还是忽略不计。有的人家突然遇到天灾人祸,人死了,揭不开锅,就去找他赊销物资办丧事,本来买卖成交,一手交钱一手交货,赊账是不允许的,但他也会看人下菜,渡人难关,解人疙瘩。不少人家去买东西,顺便给他送点瓜瓜豆豆,他也会顺手给大人屁股后面的娃娃一两颗水果糖。礼尚往来,很多人家杀年猪、结婚办喜事都邀请他到家里做客。来来去去,人熟地熟,有人称他"王胖子",有人叫他"胖鸡枞"。不论称呼什么他从不计较,总是微笑点头。"胖鸡枞"在家乡人的心目中,就是活菩萨。

　　故乡人所说的胖鸡枞,就是刚出土被人发现的"牛皮鸡枞"。一般很少见,只有一朵,根颈粗菇帽小,出土不开屏,就像头戴斗笠的怀孕妇女。如果谁找到一朵胖鸡枞,足够做一盘菜,烧一钵鸡枞汤,够一家人吃一顿了。

　　我小时候体弱多病,是个药罐子,母亲去找"神婆"卜卦,说我命中犯忌要拜干爹讨名字。跟谁讨?既不跟树讨,也不跟石头讨,而是要"拉撞名"。所谓"拉撞名",就是向大路讨名字,第一个过路的人就是孩子的干爹。不管人家愿不愿意,说出口的话就是金口玉言,就是孩子的名字。

　　择好良辰吉日"拉撞名"的头天,我尾随母亲去了一趟购销店,买烟酒糖茶做准备。临走时,"胖鸡枞"看看四周无人,顺手拿了一颗水果糖递给我,摸着我的小脑瓜夸我:"头大耳门宽,长大要当官,好好读书,长大了一定有出息。"我怯生生从"胖鸡枞"胖嘟嘟的手里接过重若千斤的水果糖,不知道说什么好,结结巴巴说:"多谢!""鸡枞"二字还未出口,就被母亲飞过来的手蒙住,堵在了嘴上。母亲一边感谢"胖鸡枞",一边老鹰叼鸡似的拖着我三步并作两步离开了购销店。

回家的路上,母亲对我的训话伴随着"胖鸡枞"的那两句话,一直在我耳边回响。

第二天黎明前,我尾随母亲,早早地潜伏在山前山后人们出行必经的十字路口树丛中。天麻麻亮时, 东边通向购销店的路上,一团白色的云在游动,不断朝十字路口飘来。渐渐地,沙沙赶路的脚步声越来越近,是一个头戴草帽挑"货郎担"的人。眼尖的我已经看清楚,来人就是昨天给我水果糖的售货员"胖鸡枞"。母亲也拿识了,一遍又一遍小声嘱咐我,今天一定要喊"干爹",千万不能像昨天那样出洋相。

"胖鸡枞"的脚步声越来越清脆,肩头上的扁担咯吱咯吱响。不难看出"胖鸡枞"是要赶早送日用百货进村,挑水带洗菜,收购农副产品。眼看"拉撞名"的时辰已到,我配合母亲立即在路中间点燃香火,托盘里放着烟酒糖茶和煮熟的鸡,等"胖鸡枞"气喘吁吁走过来时,母亲拉着我扑通一声跪地,拦住了"胖鸡枞"的去路。母亲嘴搽蜂蜜向"胖鸡枞"乞求,说明来意,我紧紧抱住"胖鸡枞"圆滚滚的腿,不停地喊"干爹"。

"胖鸡枞"把货担子放在地上,一边拉我和母亲起来,一边乐呵呵地说:"哦,我今天真有吃福,出门就遇到你家好酒好肉担待,快起来,快起来吧,只要娃娃乖,这个干儿子我认了。"

我和母亲的心如石头"扑通"一声落水,心里全是喜悦的浪花。我和母亲迅速向"胖鸡枞"行过礼,敬过烟酒糖茶,如捡到鸡枞一样高兴。从此,我有了另外一个与大路有关的名字,叫"小路官"。而"胖鸡枞"每次见到我,都乐呵呵喊我"小路官"。

从那以后,村里的人都说不知我家是哪辈子行下的阴功,积下的德,攀上了"胖鸡枞"这个贵人。可是,人要脸树要皮,不到揭不开锅万不得已的时候,我家到购销店买东西,都一是一,二是二,一码归一码。倒是我,每次找到鸡枞去上学时,都要顺便送几朵给"鸡枞干爹",写过不少"鸡枞干爹"给的书纸笔墨,吃过"鸡枞干爹"给的水果糖,滋润了我苦涩的童年。

我背着柴米到狗街中学住校读初中那年,"鸡枞干爹"调回县城土产公司,铜墙铁壁的大山让小小的我再也没有见过他。三年初中一晃而过,我顺利考上中专去州府楚雄读书。每次路过县城,我都要去"鸡枞干爹"家中转歇脚,顺便给"鸡枞干爹"带一些鸡蛋和风干野生菌,"鸡枞干爹"也会塞给我二三十块零花钱,生怕我在举目无亲的楚雄挨冷受饿。

鸡枞进城

我是村里人眼中的一朵鸡枞,灰头土脸从胖墩墩的大山里走出,成了城市卑躬屈膝的蚁族,却更敬佩乡村那些为我们奉献鸡枞美食的蚂蚁。

野生菌上市季节,楚雄各地的农贸市场,来自四十八路的鸡枞、菌子如蔬菜一样琳琅满目。虽然价格比肉还贵,但没有卖不掉的鸡枞。鸡枞穿上商品的嫁衣,有的变成了亲戚朋友相互馈赠的礼品,有的变成了家庭餐桌的美食,有的变成了餐馆酒店的招牌菜。火锅店里,十多种鸡枞煮鸡、鸡枞煮鹅、鸡枞煮火腿,就像吃瓜豆小菜一样,是普通百姓的家常便饭。

楚雄人吃米线面条,以肉酱为主的"帽子"必不可少,若是能加上一丁点儿"鸡枞(油)干巴",如放了鸡精一样可口。用"鸡枞(油)干巴"炖鸡蛋,或是拌凉菜,也是我最爱吃的下饭菜。我喜欢吃的鸡枞,汪曾祺也爱吃,他曾这样描述:"鸡枞是菌中之王。味道如何,真难比方。可以说是植物鸡,味正似当年的肥母鸡。但鸡肉粗,有丝,而鸡枞则极细腻丰腴,且鸡肉无一种特殊的菌子香气。"

反复读汪曾祺《昆明的菌子》,我更加怀念母亲发明创造的鸡枞包子。每年农历六月二十四火把节前后,系在村庄腰间那片裤带宽的红土田埂上,就会东一窝西一簇冒出许多"火把鸡枞"来。母亲常常提醒我:"别忘了到红土田找鸡枞,阿妈蒸鸡枞包子给你吃。"每当这个时候,我总是天麻麻亮就起床,像只田鼠跑到湿漉漉的红土田,找一趟鸡枞回来才去上学。放学回家,跨进门槛,满屋子的鸡枞包子气味扑面而来,毫无疑问就可以吃到母亲用腊肉炒鸡枞做馅儿的香喷喷的鸡枞包子了。

吃着鸡枞包子长大的我,讨教过林科院的专家后才弄明白,鸡枞是中国的四大名菌之一,是一种生于热带亚热带的蘑菇,云南是鸡枞物种最丰富的地区。而且鸡枞是和白蚁共生的一种菌类，白蚁在构筑蚁巢时，带入一种叫"鸡菌"的菌丝体，菌丝体吸收众多白蚁啃食后的残渣和排泄物，形成织密的菌圃，白蚁有时也以菌丝为食与之，构成互惠的生态系统。每年到了夏秋季节，云南"一山分四季，十里不同天"的立体气候，忽而阳光暴晒，忽而哗啦啦下起了太阳雨，在这样的温湿条件下，籽实体便由菌圃长出，成为人们寻觅的鸡枞。

尽管我比故乡的人多认识几箩筐字，却一直把"鸡枞"写成"鸡棕"。潜意识里，鸡枞既像鸡冠，也像棕树叶齿。后来学会用搜狗输入法打字，系统跳出来"鸡枞"二字，就习以为常把"鸡棕"写成"鸡枞"了。

在现代科技发达的今天，不少野生食用菌已经可以人工栽培，而鸡枞这种味蕾上的美食，是否可以仿生种植我并不知道。倒是城市里的很多机关单位，大兴土木，都要从乡村拉来很多泥土，种草植树美化环境，每年到了雨季，都会爆冷门："某某单位的草坪上冒出了一窝鸡枞。"鸡枞进城，当然是稀奇事，一下子成了人们议论纷纷的热门话题。不过，很快就有专家站出来解密，答案是：泥土把鸡枞窝和白蚁"农转非"带进城了。

我在彝人古镇等你

朋友远道而来，我常常要去接站。

不管朋友从昆明方向来，还是从滇西大理方向来，或是走四川攀枝花方向来，如果他乘坐动车，我总会说："我到楚雄高铁站接你。"如果他乘坐汽车，我总会说："你从彝人古镇楚雄西收费站下，我在出站口等你。"

坐落在滇西黄金旅游线上的彝人古镇，起源于宋代。当时的威楚就是今天的楚雄，属大理国统治地域，内有威楚城外有德江城。德江城既是高氏的统治署衙，也是高氏接待八方郡牧、王室和宾客的居所。在封尘的岁月里，德江城不仅是一座固若金汤的城堡，也是一座装满历史文化的古城。彝人古镇就是德江城的前世今生，以"古"为经，以"彝"为纬，是国家 4A 级旅游景区，也是国家级民族团结示范区，是镶嵌在滇西咽喉茶马古道的一幅古色古香的水墨画。我生于斯长于斯，是持有这张响当当名片的楚雄人。

这些年，随着彝人古镇的复兴，民族文化在复苏，民风民俗在还原，旅游在升温，我接待四面八方的朋友，总是喜欢把他们安排在彝人古镇。

民以食为天。在彝人古镇，有各种各样的餐饮小吃。譬如，地地道道楚雄菜的红龙草墩屋，听起来是个小店吃过的人才知道，那是楚雄特色餐饮的招牌名店,不少名流曾经大驾光临。还有山菌园、山菌美食苑、山菜园、羊汤锅、牛汤锅、香羊园、彝家土八碗、彝族老土菜等很多星罗棋布的餐馆和小吃店,经营的都是楚雄味道。这些地方,不论是房屋装修,还是餐具,都或多或少地展示着彝族文化符号,还有彝家姑娘小伙儿琴弦伴唱的敬酒歌:"阿老表,端酒喝,阿表妹,端酒喝,喜欢呢也要喝,不喜欢也要喝,管你喜欢不喜欢都要喝。"一首歌一杯酒,火辣辣的热情,火辣辣的酒,真是三杯四杯不嫌少,九杯十杯还想喝。还有追逐着旅游浪潮而来的天下渔村、御菜蒸品、御品轩、毛家饭店等。彝人古镇的餐饮都承载着楚雄特色,涵盖了当地自产自销的肉类禽类、山茅土菜野生菌,以及来自全国各地的海鲜,麻辣香甜,总有一样适合你的胃口。

走进以彝族传说六祖分支为主题的彝人部落,歌舞伴餐,一边吃,一边欣赏彝族歌舞。到了中场,节目进入高潮,邀客登场,做个配角,参与表演,其乐无穷。彝人部落中的毕摩家,也是地道的彝家饭菜小灶酒。墙壁上、桌子上,展示着很多与毕摩有关的彝族文化和农耕文化,虽然只是一个缩影,但毕摩在祖祖辈辈彝族人心中如此德高望重,常常让慕名而来的人眼前一亮。青幽幽的松毛席,香喷喷的柴火鸡、火腿肉、牛干巴、羊汤锅,地地道道的土八碗,吃了添、添了吃,阔显"有心开饭店,不怕大肚汉"的排场,感受的是一种彝家人待客的特有方式。

彝人古镇有很多酒吧,天一黑一挂挂红灯笼满脸通红,霓虹灯跳跃闪烁,音乐行云流水,星星点灯,灿若苍穹。酒吧里咖啡、冷饮、啤酒、红酒应有尽有,唱歌、听歌、看表演样样俱全。不知不觉,白天的多少忙碌奔波在这里减压释放,多少闲情逸致在这里尽情收获。

彝人古镇,夜生活最热闹的要数火车桥下面的烧烤夜市一条街,太阳和月亮还没有交接班,就有人迫不及待登场,晚饭夜宵一起吃。夜幕降临,一眼望不到头的"长街宴",食客摩肩接踵,一个摊挨着一个摊,精心准备的肉串蔬菜琳琅满目,炉火通红,烟火缭绕,此起彼伏的吆喝声里弥漫着烧烤的香味。随便一屁股坐下去,一边喝着来自山野的雀嘴茶、野把子茶、苦荞茶,一边点菜,围着一张桌子、一盆炭火,自己在火帘上随心所欲不断翻弄,不断烧烤,白酒啤酒任选一杯,交杯换盏吃吃喝喝,道不尽的友谊情长,说不完的家长里短,聊不完的天南海北,品不尽的人间烟火,不知不觉就醉在了香喷喷的夜色里。

彝人古镇毕摩广场,每天晚上都有毕摩祭火仪式举行。毕摩一般为男性,是彝族社会的"传道、授业、解惑"者,对彝族文化的继承与发展起着极为重要的作用。祭火仪式开始,广场中央的大火盆里熊熊的篝火烧起来,打扮如神的毕摩高举着神圣的火把,手舞足蹈,振振有词诵念经文,叙述着火的来龙去脉、前世今生。随后,围观的人纷纷加入,手持火把依次跟着毕摩,一场以火为主题的彝族歌舞穿越时空从远古走来,从大山深处的彝家火塘起身走来,唱起来,跳起来,篝火不熄,狂欢不止。彝族是一个崇尚火的民族,祖祖辈辈都与火相伴,凡是彝家人在的地方,就有火光闪亮,就有歌舞狂欢。庄重的毕摩祭火仪式,年年岁岁,天天如此,在彝人古镇反复上演,演绎着生生不息的火之舞,展示着生生不息的火文化。

除了毕摩广场，在彝人古镇的大门口，每天晚上还有很多自娱自乐的彝族歌舞,这方的调子,那山的山歌,如山间潺潺流淌汇入金沙江的无数条小溪,汇集在彝人古镇这个民族大家庭里的。熟悉会唱会跳的领头,陌生不熟悉的跟随,手牵手,围成圈,随着琴弦音乐的旋律,唱啊唱,跳啊跳。这是彝族人亘古亘今茶余饭后的广场舞,这是彝族人会走路就唱到老、跳到老的健身操。琴弦淙淙,舞步翩翩,似高山行云流水一曲又一曲,仿佛是一场没完没了的彝族歌舞擂台赛。

除了火把广场,还有"彝家调子大家唱""彝族文化小舞台"之类的街边助兴演唱。桌子大的一个小舞台,两台音响一支话筒,一人独唱或两三人组合,你亮相唱一首,我登台唱一调,一曲又一曲,高亢激情,循环演唱着彝家的歌舞,仿佛是一场小型街头演唱会,每天晚上都会吸引很多游人驻足停步观赏捧场。彝家歌手的调子如山间的知了,究竟有多少?

彝人古镇是一块陈香的老腊肉,说大不大说小也不小,占地3161亩,建筑面积一百多万平方米,以水源广场、梅葛广场、桃花溪、望江楼、火塘会广场、古戏台、德运广场、咪依噜广场、六祖庙、德江城、高氏相国府、土司府等十二个景点为骨,集南诏大理国时期文化之锦,荟萃了楚雄彝族每一个支系的建筑文化、服饰文化、歌舞文化、民俗文化、节庆文化,展现了一方名胜,容纳了多元色彩,真可谓是中国彝族文化大观园。

彝人古镇是一杯浓香四溢的老茶。茶庄、茶店也比比皆是,红茶绿茶,如普洱、西湖、龙井、铁观音、碧螺春、大红袍,云南的、其他省份的,应有尽有。老树茶、毛尖茶,桶装的、罐装的、盒子装的,饼子茶、坨茶,葫芦型的、大象型的、老虎型的,茶也成了艺术品。当然,茶不仅有艺,而且有道,要知茶的品位,还得坐进茶室,来一盏慢慢品味。

彝人古镇是一株回味无穷的甘草。还有很多以云南文山三七、昭通天麻主打,辅以本地重楼、茯苓、黄精、石斛、灵芝之类的中药店铺。成百上千的中药材,既可现场看病配方,对症下药,也可买几样带回家,泡酒炖肉,食疗药疗自己选购。还有传承彝医彝药的彝医馆,运用祖传秘方专攻疑难杂症,打针灸,拔火罐,疏通筋络,治疗风湿,不少人也慕名登门,问道求医。

彝人古镇是一个开满花朵的古镇。还有很多来自彝家绣娘手下的服饰、绣花鞋、肚兜、挎包、荷包等各式各样花花绿绿的饰绣物品,绽放的都是彝家女人心灵手巧的花朵,点缀的都是鲜花般的生活。走进那一家家装饰华丽的店铺,仿佛就是落入了鸟语花香的世界,成了花痴被花俘虏。

彝人古镇是民间艺人的舞台。还有很多产自于能工巧匠手下的银器,手镯、项链、项圈、耳环精致精美,银亮的酒壶、酒杯、饭碗、银筷,铜器炊锅、茶壶、罗锅、脸盆比比皆是,木雕、土陶、瓷器,生活常用的器具,居家摆挂的工艺品,千姿百态,栩栩如生。一群来自缅甸的商人,操着并不标准的普通话,专门经营玉石和翡翠加工的各种各样的玉石珠宝,和当地人一样做着买卖营生,还时不时冒出几句楚雄方言的叫卖声,招引顾客。

彝人古镇是楚雄土特产的集散地。风干松茸片、牛肝菌片、羊肚菌、香菇、木耳,都是来自大山的问候。还有应接不暇的吃货零食,烧苞谷、烧洋芋、烧红薯、青松毛烤豆腐、小锤干巴、手撕牦牛肉、麦芽糖等诱人的食品。还有很多自产自销的水烟筒,竹筒做的、木头雕的、铁皮加工的,粗的细的、高的矮的,不知哪一支最适合你的嘴巴,相中了买一支带回家,烟瘾发时怀抱水烟筒,咕嘟咕嘟吞云吐雾吸几口。

彝人古镇是一朵非物质文化遗产的奇葩。还有很多发掘于清朝的永仁苴却砚,看上去青如碧玉,黄似金瞳,白如玉牙,黑如绿黛,从古至今,备受书画爱好者的青睐。它曾经在亚太地区博览会和中国首届名砚博览会上获金奖,启功先生挥毫题写了"中国苴却砚"。一块小小的石头,从川滇交界的金沙江畔出土,摇身一变成了文人墨客的瑰宝。

彝人古镇,它是云南的江南,彝乡彝寨的容妆。仅此这些,只是彝人古镇的凤毛、千里彝山的麟角,也许不成其为我在彝人古镇等你的理由,我仿佛是彝人古镇一条反复洄游的鱼,古镇是我最喜欢的栖息地。

相菌欢

一

　　每年夏秋季节,地处滇中高原的故乡,云在奔跑,雷在轰鸣,雨流成乳,翡翠色的山野经过雨水和阳光的反复舐吻,漫山遍野的菌子如村庄里一个个呱呱坠地的孩子,一窝窝、一群群、一簇簇,你前我后,从林间腐叶松毛下,好奇地探出圆溜溜的小脑袋,一波接一波灰头土脸出生了。

　　此时,把我视作老家"一朵菌子"的大哥,隔三岔五就会打来电话,催促我回老家找菌子。接完电话,我的思绪就长满绿色的翅膀,飞往回家的方向,扑向一座座头顶白云的群山。

　　故乡的山如千层肚,一座牵着一座,连向山海无际的天边。一方水土养一方人,我出生在云南大腹便便的山肚子里,在大山翠绿的裙褶里长大。菌子是天地孕育的孩子,是我脐带相连的兄弟姊妹,是情同手足的父老乡亲。

　　菌子是一种不需播种、不需耕耘的天然庄稼。风声、雨声、雷声就是菌子出发的哨声,来得最早的除那些枯枝朽木上像树花一样寄生的香菌、木耳外,要数那些和草芽一起拔绿,如小圆球似的"马皮泡""牛眼睛",它们如一群雨季开始的小报幕员,拱破大地的肚皮,依次登场。就这样,随着季节的序幕拉开,那些低矮稀疏的灌木林树脚下茅草丛里的菌子,仿佛是喊着"一、二、一"口令出征的士兵,就会家族式地携老扶幼簇拥在草丛周围,排成不规则的队伍,像些讨人喜欢的婴儿,胖嘟嘟的,可爱极了。找到一窝,欢天喜地拿回家,不论是炒吃还是煮吃,都是自然天香的草木味道。

故乡的菌子到底有多少种,谁也说不清。可菌子再多,就像父母能记住自己孩子的生日那样,人人心中都有一本《菌子志》。盛产菌子的时节到来,人们就会不约而同拥向山头,打开各自记忆的密码,翻山越岭找菌子。雨水是菌子的晴雨表,如果遇到干旱少雨的年景,菌子有时会迟到,有时会冒不出来,就像父母等自己的胎儿出生,盼啊盼,一直要等到第二年才能与菌子如期相见。所以,要找到菌子,每个人还必须总结一套自成体系的天气预报,根据气候多变的特征,准确把握菌子出生的时间、地点和规律。

菌子和人一样,每一种菌子都有自己的家园。好比村庄里的几十户、上百户人家,人人都知道你家住的地盘。菌子也一样,哪座山头、哪块林地、哪棵树下,生长什么样的菌子,都有菌子的家族、菌子的窝、菌子的血脉。

菌子也有自己的"户口册"。每一种菌子就像村庄里的每一个人,都有名有姓,有一个响当当的名字。如以颜色命名的有青头菌、铜绿菌、鬼脸青、火炭菌、羊胡子菌等,以形状命名的有鸡枞、喇叭菌、牛肝菌、猴子菌、皮条菌、珊瑚菌、虎掌菌等,以味道命名的有香喷头、鸡油菌、白香菌、奶浆菌、酸芭蕉、石灰菌等。还有以节令命名的,如火把菌、杨梅菌、谷黄菌等。因此,故乡的人认识菌子,就像认识村庄里朝夕相处的老老小小,都分别叫得出菌子们的姓氏名字来。

乡村的谚语说:"要吃菌子满山跑,要吃鸡枞找旧窝。"有一年火把节放假,离家多年已成客的我回到老家跟着大哥顺着童年记忆,翻山越岭找菌子,不知不觉就到了母亲安身的坟山。令我高兴不已的是,当我逐渐走近母亲的坟墓时发现坟尾巴上长出了十几朵鸡枞菌。我伫立在母亲的坟墓旁,看着那些白花花的鸡枞菌却一直没有动手,因为我心里明白那是母亲的化身,是久违的母亲在等我。就在那一刻,我想起了母亲病危临走前的一个个难眠夜晚,我经常梦见白花花的鸡枞菌。按照家乡人的话说,梦见鸡枞菌必有丧事临头。三天后,母亲像一盏燃尽的油灯,生命的微光渐渐熄灭。

菌子是大自然恩赐的一种天然食品,是养育我们祖祖辈辈山里人的衣食父母。我从小就熟悉很多菌子,且属年幼无知胆大那类人,找到鸡枞菌、青头菌、奶汁菌就敢生吃。有时上山放牛羊,衣袋里悄悄装一坨盐巴、一盒火柴,找到菌子,就生火烧吃。除了烧青头菌吃,还烧黄罗伞、麻母鸡菌子。黄罗伞一身金黄,麻母鸡一身典雅,都像头戴斗笠的窈窕淑女,我们把淑女的帽子摘下来,帽顶朝下放在火炭上,再往帽碗里撒上一丁点儿盐。在火的烘烤下,一个个帽菇吱吱吐水,刚才还鲜艳夺目的帽菇就渐渐枯萎蔫巴巴的,不断卷缩,吹吹灰放进嘴,又鲜又嫩又香。可是,当我们赶着牛羊回家时,我头晕眼花,满眼冒金苍蝇,好像有无数菌子一样的小红人、小绿人、小黄人在狂欢。那种菌子舞蹈,把蹦蹦跳跳的我折磨得病歪歪的。母亲急得团团转，请来村里的赤脚医生，杀猪一样把我按在床上，帮我灌肠洗胃，打解毒敏针。我上吐下泻，被折磨得死去活来，整天就像一只误吃了毒食的老鼠，头晕脚软，黄皮寡瘦，十天半月才渐渐恢复，保住了性命，也从而验证了"黄罗伞、白罗伞，吃了翻床板"的乡谚古训。菌子有毒，不能随便吃，哪种菌子有毒，哪种菌子可以吃，就像村庄里的几百号人，谁好谁坏都藏在大家的心肝肺腑里。

前些年，我在林业部门工作，为了发展林下经济对菌子做过详细调查：楚雄境内有大型真菌五百四十多种，其中可以吃和药用的有三百多种，像家常菜一样可以炒吃、煮吃、生吃的也有二十多种。在我的家乡，菌子全身都是宝，找到手的菌子，能卖的卖，不能卖的吃鲜，新鲜时不能吃的再晒干，都可食之。奇怪的是，新鲜时不可以吃的毒菌子通过风干后，换一种吃法，菌子煮肉骨头，就成了家乡人办红白喜事少不了的一道待客好菜。我母亲是个善于驾驭野生菌的人，把我们捡回家的喇叭菌、石灰菌、刷把菌用开水一焯，腌制成咸菜给全家人吃，也是一道可口的咸菜，也算是母亲的拿手菜。

除了我，老家那块巴掌大的天空下，有一个外号叫"撵山狗"的猎人。有一年，他捕到一只又大又漂亮的孔雀，很多人都劝他，绿孔雀是神鸟，是祖祖辈辈崇拜的凤凰，你一言我一语，纷纷要求他放孔雀归山。"撵山狗"听不进去，把绿孔雀活活杀死，肉下酒吃了，皮毛卖了好价钱。没过几天，一辆警车"嘀呜嘀呜"驶进村庄，两个警察用亮铮铮的手铐把"撵山狗"带走了。半个月后，"撵山狗"从看守所耷拉着脑袋回来，家乡人再也没有听到他的枪声。那年秋天，"撵山狗"不知误吃了哪种有毒的菌子，抢救无效死了。人们都说，菌子长眼睛，专门毒心术不正的人，那是上天的报应，是菌子对他的惩罚。

二

吃菌子是我一生的嗜好，也是城里人味蕾上的乡愁。菌子是节令的指针，从端午节"鸡枞拱土"到火把节、中秋节，正是菌子盛产的时节，亲戚朋友登门菌子就是必不可少的菜。我家亦如此，每次请客吃饭，除了肉至少也要做两三道菌子菜，炒的煮的必不可少。其实，一桌饭菜，猪鸡牛羊鱼肉已是家常便饭。稀奇的是松茸，谁家请客吃饭，桌子上不论摆了几碗肉，如果没有松茸就觉得没有面子。有时吃松茸凉片，我把松茸一片一片切开，然后像海边的人吃生鱼片一样用芥末、酱油调制蘸汁，或是用小米辣和酱油调制蘸汁一片一片蘸着吃，松茸入口，鲜脆辣香，爽口开胃。据说，这样原汁原味生吃的松茸，被日本人奉为"神菌"，欧洲人以片计价，是菌子中的贵族。吃三五片，对增强人体免疫力、防辐射有一定功效。还有人说，菌子是减肥药，是清理肠胃的好帮手，是最好的益生菌。

到了吃菌子的季节，几乎没有哪一个酒店餐馆不经营菌子的，有菌子米线、菌子包子、菌子炖鸡、菌子煮鹅、菌子火锅等菌子食谱，菌子是少不了的家常菜。正如著名作家汪曾祺笔下所写的那样："雨季一到，诸菌皆出，空气里一片菌子气味，无论贫富，都能吃到菌子。"家里家外，菌子百吃不厌，今天吃了明天还想吃。

我是一朵客居城市的菌子，却很喜欢上山找菌子。每次开车上山找菌子，才发现，喜欢找菌子的人到处都是，本地的、外来的，城里的、乡村的，一层山头一层人，每一条通往山上的公路边，都停着找菌子的车辆，每一座山上都会遇到找菌子的陌生人，彼此都会打个招呼："你也来找菌子啊？"对方也会会意一笑："菌子没那么好找，就图来爬爬山，锻炼身体啊。"

一天下来，无论菌子找多找少，都无关紧要，重要的是给自己绷紧的神经松松绑，回归自然。在山间路口也经常遇到三三两两的菌子摊，顺便买一些活鲜鲜的菌子，再加上自己找得的菌子，就近去农家乐也很有趣。

人找菌子，也找亲戚朋友。前几天，明哥邀约我们几家去化佛山找菌子，七八家人，五六辆车，大人小孩二三十人，队伍浩荡。我问："这么多的人去，菌子恐怕都被我们吓跑了。"明哥说："去我亲家承包的山上找，十有八九都能找到。"

原来，明哥的亲家就住在化佛山上承包了好几座山头，既找菌子也收购当地人找到的菌子，当天把菌子拉到县城卖给菌子商。我们到达他家的时候，他早已进山找菌子去了，亲家母正在烧火做饭。我们一群人，留下三四个帮厨，其余的都变成了觅食的牛羊，大人带着小孩，唱着《采蘑菇的小姑娘》钻进他家周围无边无岸的树林里找菌子。

采蘑菇，云南方言叫"找菌子"。为什么叫菌子？我曾讨教过林科院的专家。云南属生物多样性高山，到处都是松树、栎树、锥栗树、橡子树、杜鹃及各种草木共生的混交林，根相串，菌相连。菌孢子循环生长，传宗接代，生生不息。在云南人的眼里蘑菇是人工菌,菌子才是野生菌。

到陌生的地方找菌子,大家都不熟悉这里的山形地貌,也不知道哪里有菌子窝,山无边菌子也无定数,走着找着人就走散了。雨后的山林,空气里弥漫着腐叶枯枝的气味,眼前一会儿布满蜘蛛网,一会儿蚊虫嗡嗡飞舞,随时都要用一根棍子敲打,为自己开路。不过,凭我的经验,如果发现折断的树枝或是有人丢下不要的菌子,说明此地之前有人来过,不能沿着人家的脚迹窝走必须另择路径才能找到菌子。

果然不假,三步两步慢慢前行,火眼金睛找啊找就会遇到一朵菌子,甚至一窝菌子。弯下腰,扒开菌子头顶上的腐叶松毛,两根手指钳住菌根,轻轻一拔,掐掉根脚底部的泥土,一朵朵菌子就离开山肚皮乖乖躺进我的手提袋里。

时至中午,大家雀鸟归巢般回到明哥家里,叽叽喳喳,摆出自己的劳动成果,既高兴又欢快。最高兴的要数小孩子,不停地唱着"红伞伞、白杆杆,吃完一起躺板板",仿佛再三提醒大人千万不能误吃毒菌子。经过明哥的亲家母辨认,地上一堆菌子仔细分拣,足够所有人中午的美餐了。

洗菌子,炒菌子,给菌子拍照录视频,人人都想露一手。柴火通红,油锅暴热,辣椒、花椒、菌子"哧溜"一声下锅,锅铲不停翻炒,菌子不停翻身,你来两下我来两下,都想过过瘾。锅底下熊熊燃烧的柴火似乎满足不了吃菌子心切的要求,你来凑火我来添柴,菌子在大铁锅里舞蹈,弥漫开来的菌子香味引诱着我们每一个人的嘴巴。

三

菌子是父母身后追赶的孩子,我进城以后,菌子也跟着我进城了。到了菌子上市的季节,农贸市场一朵朵颜色各异的菌子和水灵灵的蔬菜比试,虽然菌子卖成肉的价钱,但没有卖不掉的菌子。

下午三点多钟,四山八路的菌子就会涌向农贸市场。一堆堆的菌子,带着泥土的芳香,带着山林的问候,羞答答躺在货摊上。卖主生怕菌子不适应这里热闹非凡的环境,还顺便在菌子旁放了少量松毛、蕨蕨草,宛若陪伴菌子的嫁妆映衬着山野的颜值、大山的灵魂。

此时的农贸市场,菌子如蔬菜,上百个菌子摊,几十种菌子来聚会,草帽大的牛皮鸡枞、脸盆大的老人头、黄军帽大的香喷头、筛子大的灵芝、家族式的见手青……各种各样的菌子,价格有高有低,有几十块一公斤的也有几百块一公斤的,每一朵菌子亮相都有自己的身价。买菌子的人你来我往,这里逛逛那里看看,讨价还价你情我愿,三斤两斤大兜小袋买到手。菌子从不嫌贫爱富,就像找到了新婆家,炒吃煮吃服从新主人的安排,任由主人打理。

炒菌子,辣椒、花椒、大蒜必不可少,菌子摊旁,一块块带着岁月烟尘的山猪火腿就是菌子下锅的伴侣。如果煮菌子吃,鹅肉、鸡肉、红烧罐头也是菌子的黄金搭档。

也有人把鸡枞、黑牛肝之类的菌子,用菜油辣椒、花椒煎炸成"鸡枞干巴""菌子干巴",入瓶入罐,储存起来。自己煮米线、面条吃时,放一点点也别具风味。炖鸡蛋时,加一点"鸡枞干巴"更是香味独特,这是离开楚雄就吃不到的美食。三伏天吃凉米粉、凉菜时,放一点"鸡枞干巴"或是"菌子干巴"也是最好的调料。还可以把"鸡枞干巴""菌子干巴"快递给远在异地他乡的亲人朋友,既是礼品也是千丝万缕乡愁的问候。

四

田有田主,山有山主,菌子也有自己的主人。我在林业部门工作的那些年,很多林场把找菌子也纳入对职工考核管理的范畴。林场工人挑水带洗菜,一边巡山一边找菌子。一年下来,找菌子、买菌子也有一笔很可观的收入。

田地承包到户适合种什么样的庄稼来年有什么样的收成,农民心中有数。山林也一样,承包到户如何利用好每一棵草木、每一缕阳光、每一片清新的空气,山里人也有自己靠山吃山的套路。

盛产松茸的南华五街长在哀牢山臂膀上的五街,山脉肌肉发达宛若一朵朵蘑菇。就连腾云驾雾的仙女走过路过,也忍不住要低头俯身看一看。几年前,我驱车一百多公里跟着"山大王"罗老表进山,罗老是"百菌园"的承包人。"百菌园"不是园是无数座山头连成一片的两千多亩山林,罗老表承包野生菌采摘经营管理权,承包经营所得由合作社按山林面积分给各家各户。

为什么要这样做?过去由于各家各户自行采摘,遇菌就采,野生菌得不到保育,过分杀鸡取卵。尤其是比较珍贵的松茸,采摘是关键,采早了个儿头小,产量低,采晚了菇开屏,不值钱,就需要适时保育,适时管理,及时采摘,才能保护与发展并重,年年细水长流有收入。

罗老表把我们带到一块保育的松茸窝旁,我们一边乐呵呵采松茸,一边听罗老表介绍,不仅得知了松茸的市场行情,还了解到很多松茸生长的常识。松茸是野生菌类中的珍品,对生长环境极其挑剔,只能生长在没有任何污染和人为干预的树林中;孢子必须与松树的根系形成共生关系,而且共生树种的树龄必须在五十年以上,才能形成菌丝和菌塘;其生长的地方必须有松树,松树的周围都是阔叶灌木林,松茸就躲在松毛和腐叶下面,到了雨季,年年来采年年有。据罗老表说,保育松茸不仅要保护好山林,还要保护好菌窝。如果牛羊进山,大小便拉在菌窝上,慢慢地就不会出松茸了。进山采摘松茸的人也如此,不能践踏菌窝,必须绕着走,如果菌窝被反复踩踏,松茸也就灭绝了。采松茸也有讲究,不能用锄头挖只能用手轻轻拔,这样才能确保菌窝不遭到破坏。我想,凡是生命万物皆有灵性,更何况珍稀松茸,"土专家"罗老表的话言之有理。

和罗老表分别时,大家都纷纷加了他的微信,留了电话,说明年还要来找罗老表采松茸、买松茸,一个个都成了罗老表的松茸粉丝。

五街听起来像个集市,其实是一条生路伸向云雾里的山街,是国家地理标志"南华松茸"的盛产地。每年夏秋季节都实行"包山采菌",每一座山头都由大户承包都有很多菌管员巡山,一来管护山林,二来管护菌子。这种做法确保菌有其主,适时采菌及时卖菌。菌有好收成，农民每年获得承包金，大户获得菌收益，各得其所。

不久前，我故地重游，参加五街镇采松茸开山门仪式。白云缭绕的山头上，不仅仅有四乡八里拥来的山里人，还有很多远道而来的客人。一阵阳光一阵雨，阳光和雨是一对天然夫妻，夫唱妻和，太阳雨相互交织。雨过天晴，山野弥漫着一种湿漉漉的菌味，开山门仪式在一条山间腰带宽的公路上举行，红花绿叶般的彝族男男女女，唱民歌跳民族舞蹈，他们在用一种民族迎接新生事物的特有方式为菌子狂欢。

随着人流进入山门往前走，彝家最高礼仪的拦门酒，不喝也要喝，一杯酒就是你进山采菌子的门票。喝了又甜又爽口的拦门酒，我们跟随着"山大王"沿着毛毛路钻进树林，像羊、野兔找草一样东瞄西看，四处搜寻，开始找菌子。雨后的山林，湿漉漉的空气中弥漫着一种草木的气息，夹杂着一种菌子的气味。和我同行的是从山东、北京、安徽、湖北、广西飞来的几位作家朋友，到山上采菌子对于他们来说是新鲜事，他们变成了挣脱城市笼子回归山林的鸟。有同行的女作家问我，找到菌子时的心情是什么样？我一时找不到准确的语言描述，就说像遇见自己的情人一样。于是，在哈哈大笑中，女作家的脚好像不听使唤，她一屁股坐在地上。我说："这一跤是大山跟你开个玩笑，看看你是不是真心实意来找菌子，说不定你屁股下面就是菌子窝呢。"我拉她起身往前走五六步，女作家就惊呼："啊！菌子，多好的菌子，快来看看，是什么菌子。"我急忙冲过去，果真是一朵碗大的黑牛肝菌。我在一堆松毛腐叶下面，发现了一个黑乎乎的东西，扒开腐叶一看,是刚出土的松茸,一阵惊喜,引来很多同伴,欢呼雀跃。仔细翻找,一朵、两朵,松茸如期到手。

不知不觉,过了一把采菌子的瘾,我们走出山门继续前行。此时,早已有不少山民早早地在平坦的山梁上用树枝叶搭起了青棚,青棚下面铺上了绿油油的松毛。绿地毯般的青松毛,就是天然饭桌,上面摆满了山鸡肉、土猪肉、菌子、松茸和很多山茅野菜。人就像蚂蚁赶街,几十道饭菜,吃的是流水席,像彝家山寨的大户人家办喜事一样热闹。

一朵菌子带活一个山街的节日,不仅有人找菌子、卖菌子,以路为街的山街上,随着菌子而来的还有很多当地的土特产,以及城里涌来的很多百货副食。这一天既是菌子聚会,也是山里人聚会赶山街的日子。

"去南华吃菌子"是楚雄人的口头禅,也是云南人吃菌子的向往。一朵野生菌,催生了收购加工、速冻冷链、冻干烘干、市场交易、快递物流、出口贸易、餐饮等产业链条,一年一度的"野生菌美食文化节"已经举办了二十届,成了云南乃至中国野生菌交易的重要活动。从云南四面八方云集南华的菌子,孕育出"野生菌小镇""野生菌基因库""野生菌大数据中心",插上信息化翅膀的野生菌,正在"飞菌经济"中蝶变,翩翩起舞。

菌子亦人,人亦菌子,菌子的故乡,也是我的故乡。菌子是雨水发出的请柬,我亦是那个菌子邀请的山客。

故乡册页

县城底蕴

这些年,新城的藤蔓从旧城底蕴的根部长出来,沿着南大街义无反顾地向前延伸,名不见经传的小县城如涨潮般长大。渐渐地,旧城像一个掉队的孩子变成了新城身后的影子。

不知从什么时候起,人们习以为常地把县城分为"老城区"和"新城区"。这样划分,对于很多地地道道的牟定人来说也许是便于记忆。其实,旧城与新城血脉相通,骨肉连着筋。在我的眼里,牟定县城更像一本书蓬勃发展的新城如封面,饱经风霜的老城如封底,页码标示着老城的耄耋年龄。老城的容颜虽老,却面孔清晰,和蔼可亲。东、西、南、北四条扁担宽的街子,交叉呈"十"字形,四个不同的方向,入口也是出口,真可谓四通八达。只是街很短,若是站在"十字街"一眼就能望到头,不论你从哪个方向进城,差不多一支烟的工夫就赶完了一条街,一顿饭的时间就逛完了老县城。

几多岁月,几多沧桑,老城与今天鳞次栉比的新城相比,没有森林般的高楼大厦,只是个矮子。老城虽然商业气息没有新城区浓厚,但对于久居县城目睹着新城长大老城变老的人来说,旧城始终是一部回味无穷的老电影，一本载满"小城故事"的旧书，一张发黄的老照片。时不时翻开它，那段旧时光总会让人勾起无尽的回忆。

老城和新城如同父子分家，早已另立门户，可生活在新城区的人若回家探望父母的孩子，隔三岔五总少不了要去老城旧街逛逛。我也不例外，有时新买了新裤子，由于身材不匀称总要跑一趟老南街，去裁缝店剪裤脚。一句话，家里不论是谁的衣服有了破绽，要么纽扣丢了，要么拉链坏了，或是要换窗帘，总之家中一切必不可少的针头线脑之事，几乎都要往老南街跑。每次去缝纫店，总会遇到和我一样去那里缝缝补补的熟人，为数不多几块钱的缝补费，经常不是别人提前给自己付了就是自己顺便帮别人给了。有时，家里的门锁坏了，钥匙丢了或是鞋子坏了、脱胶了，同样少不了要跑到邮电局老东街口，找师傅配钥匙、修鞋、补鞋，同样会遇到熟人朋友。好像除了那里，几乎别无选择，还真有点儿此地无银三百两的感觉。

说实在的，老城的旧街子并不那么热闹，有点儿像乡街子。房屋旧的居多，高高矮矮参差不齐，砖房、瓦房，挤头夹耳朵。街坊邻居隔街相望，一家炒肉，隔街飘香；一人喷嚏，全城感冒。沿街的铺面都是自家的房子，门敞开就在家门口做起各式各样的营生。做这些小本生意买卖的大多数是中老年人，经营的项目大多以"老"为主，都是地道的传统工艺。譬如老东街上原来共和供销社对面的"宋家早点铺""马家牛肉馆"，好多年了，顾客是比从前少了些，但招牌还在人们的心头，每天回头客还不少。老西街原县政府大门口的"米线店"依旧如故，米线、面条、饵丝、卷粉

"老四样"，天天开张经营，价格不涨，五元一碗，卖完为止。偶尔想去尝尝老味道，若是迟到了，已收摊关门，白跑一趟。老十字街口的烧饵块、烧烤松毛豆腐，白天晚上炭火通红，走过路过常常抵挡不住诱惑，随手买几块尝尝，味道特别地地道。

时光在流逝，老街子上很多美好的东西在不知不觉消失。上了年纪的人都知道，十字街口的饮食服务公司、老南街有名的餐馆，曾经为不少人举办过婚宴，现在已变成人们舌尖上永久的记忆。原来县城文体活动中心的老北街灯光球场、大礼堂，如今已面目全非，不复存在。曾经看戏、看球的热闹场景已成了小城里很多人的记忆。曾经不少老年人茶余饭后一堆堆聚在北街尾，此起彼伏对唱山歌的景象也烟消云散。如今沿着北街走走，偶尔还能见到几个老人围在一起低头下棋，也许他们就是当年常来北街的戏迷、球迷。漫步东、西、南、北四条老街，从早到晚，简易的茶室里，常有世袭后裔的市民喝着大碗茶，一边打牌，一边消磨时光。

原来老县供销社、老贸易公司、老日杂公司的门前，已不是从前的商业核心区，自发形成的蔬菜、肉食摊，虽然品种不多，但早开午散，是老城区居民就近的"露水市场"。老十字街口的钟鼓楼下是牟定县城劳务市场最早发育的地方，顾工的、卖工的都在这里成交。多少年来，每逢农历八月十五中秋节月亮圆满的时候，老十字街是年轻人玩耍"蛇贯标"的地方，少男少女们都会相约这里，站成两列纵队，互相拉起手，选一个人匍匐在众手架起的"轨道"上，大家一齐吆喝使力，把扮演蛇的人反复抬起，又丢又簸，让扮演蛇的人不断往前爬，时间越长，阵势越大，越好玩。

现在的年轻人已经转移了"战场",在新城区的网吧、酒吧、KTV
有了新的娱乐阵地。

　　老县城实在很老,又窄又拥挤的街道已不适应车水马龙的
需要,却又像一个捡垃圾的老人,拾遗补缺弥补着人们的生活。
老东街的银匠铺,多少年来以加工手镯、耳环、戒指等银器自产
自销,如今叮叮当当的锤声已没有从前清脆。西街尾的榨油坊、
碾米坊嗡嗡的机器鸣叫声也断断续续。来料加工的切烟房还在。
因牟定盛产烤烟,很多人喜欢吸水烟筒,烟则是用烘烤过的烟叶
切成黄灿灿的毛烟丝,随手捻一小团,放在烟筒哨子上,点着火
就可以咕咚咕咚翻江倒海地吞云吐雾。所以,切烟房就是为了满
足当地农民自产自销烟叶做经营、收取加工费的。主人为了招揽
生意,还准备了好几支水烟筒,专门供赶街过往的人吸,便成了
自我宣传的商业广告。

　　老街子上有很多值得留恋的事物,总是与世无争地活着。坚
守在南街上集群式的小旅店,以"南街旅社"为首,一家挨着一
家,十分便宜,是乡下人进城打工、赶街歇脚的根据地,仍在接待
着零零散散的来客。开了几十年的"李光理发店"如今还在,只是
从南街搬到了西街,上了年纪的人都喜欢去光顾。老南街、老西
街的理发店最多、最实惠。婴儿满月要剃胎头,小孩子要剃毛头,
很多父母都喜欢带着孩子去理剪。若是男婚女嫁,乔迁新居,要
合婚、要算个良辰吉日,就去老城区,西街、南街、东街都有此行
当。要算命、要取名、要叫魂、要安山、要安土……一切源于民间
古老的民俗,老街子上都名正言顺挂着招牌。就连死者的花圈、
香纸、纸衣服、纸钱,一切丧葬用品,也只有在老城区寿木棺材店

才能买到。刻章的、刻碑的,做喜匾、寿匾、门牌、锦旗的,要数老城区的南街口最集中。古老的石碑雕刻,现代的广告喷绘,纯手工书法雕刻的、电脑机器雕刻的,应有尽有。甚至修旧电器、修钟表等,一切与生活有关的琐碎烦恼事,有时在高大上的新城区买不到、找不到的东西,只要去一下老城区都能收获满满。

老县城在老去,我也在老去。记忆中东街上的中药铺消失了,南街上的照相馆消失了,西街上诱人的油条、黄豆粉消失了,北街上喜闻乐见的群众文化消失了……很多事物仍在逐渐消退,慢慢地为人们往日的记忆。

城市化的进程在突飞猛进,老城区已经纳入了棚户区改造规划,即将脱胎换骨。我是个念旧的人,闲暇之余喜欢去老城的旧街逛逛,不是要去买东西,不是要去修修补补,也不是要去光顾小吃摊,而是越来越留恋西街上那几间老房子。我面对老房子打开相机,拍下了部分没有被时光啃完的残余碎片,目的是想为即将消失的老县城留下一张底片。

年画图景

又一年春节临近,时光的日历被喷香的腊月翻开,地处云贵高原滇中腹地的牟定县城,在层出不穷的促销活动带动下,人声鼎沸,一切都在为春节预热,为过年加温。年味如熬了一年的骨头汤,在断断续续的爆竹声中变得越来越浓,渐渐在大街小巷涨潮般流淌着弥漫着。

在牟定县城过年,一幅庞大的年俗画卷从买春联拉开序幕。

你可以去逛一逛发科屯的步行街,那里卖春联、门神、香纸的临时摊铺,已经占据了半条街。各种语气、各种字体,各式各样的春联、喜字、福字、红灯笼,如一场捷足先登的书画展,令你应接不暇,已是满街春色一片红,任你挑、由你选。

从发科屯街顺着中园街或者是南大街,边走边逛,再买点烟花爆竹,或是去鹿城大厦买点烟酒糖茶,或是去四方街超市买些汤圆食品。除准备充足的年货外,还可以去鹿城大厦对面或是去燃料公司门口逛逛水果摊,买几斤水果。不管买多少,千万不要忘了买苹果和甘蔗,因为按照牟定的年俗,过年吃苹果象征着吉祥平安,过年在家里放上两根甘蔗,则预示着来年的生活如甘蔗一样节节甜。

大年三十这天, 少不了还要去龙川农贸市场、发科屯农贸街、福利来农贸市场逛逛。那里的各种蔬菜、肉食、禽蛋,鲜活的、风干的,应有尽有。在琳琅满目的新鲜蔬菜中,葱、蒜、荸荠、鱼同样是必不可少的。牟定年俗认为,过年吃葱才聪明,吃蒜才有算计,吃荸荠可以避邪,吃鱼才年年有余。各种讨价还价声,鼎沸如潮。此刻,平时就显得拥挤的农贸市场,仿佛在举行一场山乡土特产博览会,买的卖的,交易频繁。忙碌不休的要数杀鸡、宰鸭、卖鱼、卖肉的屠商,摊前总是排着如龙的队伍,心急如焚的你我,一切各取所需的采购都与过年的丰盛餐桌有关。

备足年货,有人忙着料理年夜饭,有人忙着贴春联、挂灯笼……大年三十的街上,聚得早,散得快,上午还人山人海,下午三点多就车少人稀。早的人家已经断断续续开始点燃爆竹,街上的不少商铺闭门锁户, 守门的全是一副副红红的对联和那一炷炷青烟缭绕的大红高香,它们构成了小城一道过年祭祖的独特风景。

　　吃过团团圆圆的年夜饭,已是华灯初上,迫不及待的孩子已经开始燃放烟花,吵得小城如爆米花,驱赶着岁月的尘埃。各种从不同方向飞向天空的烟花,如千帆竞发的万只彩笔,给牟定小城的夜空绘制着一幅五彩缤纷的画卷。电视里的春节联欢晚会渐渐接近尾声,伴着新年的钟声,吃着汤圆,全城几乎是一声令下,统一指挥,爆竹声声,烟花怒放。顷刻间,牟定小城如大鼓齐鸣,似顽童迎春奔跑的脚步声,用急促的音符催生出一幅幅色彩斑斓的年画,一页页不停地在小城的上空翻开,让人欣赏不尽的是满目多维立体画,闹得小城眼花缭乱,一夜难合眼。

　　大年初一的太阳睁开惺忪睡眼,新年的第一缕春光已把除夕之夜的火树银花摇落人间,踏着满街红红的爆竹烟花残屑,你可以和家人一起去南山寺逛逛,那里的庙会香火味和年味一样浓。从县医院门口到锦石坪的道路两旁,临时卖香纸的摊点一个接一个。四面八方拥来的人群如蚂蚁搬家似的拥挤,老幼妇孺花点小钱,买点香纸,一支烟的工夫就到了南山寺。也许很多人并没有什么刻意的信仰,只是去凑个热闹,换一种方式洗涤烦恼,尝试一种心想事成的祈祷。更主要的是小城袖珍,加之附近没有更多名胜可览,很多纯粹是家人、亲戚朋友团聚,找个休闲的地方,登山看风景,鸟瞰小城不断长大的模样和老县城的背影而已。

　　从南山寺下来,沿着龙川河堤岸到南山公园转转,到处是人的海洋。在那里,你可以去瞻仰革命烈士毕昌杰烈士碑,缅怀牟定历史先驱的光辉典范。年轻人去旱冰场滑旱冰,玩玩碰碰车,挑战刺激,过上一把瘾。小孩子在儿童游乐园里爬高上低,荡秋千,坐小火车,其乐无穷。最惹眼的是那些身着一身彝族服饰、打扮得花枝招展跳左脚歌舞的人群,如一簇簇游动的花朵,早早地把原本还柳不绿、花不红的南山公园点缀得春意盎然。

离开南山公园,沿着南大街走走逛逛,敲锣打鼓的传统耍龙舞狮文艺巡回表演,是牟定小城过年必不可少的一道风景。耍龙舞狮队进百户门送百家福,边走边耍,到了谁家,谁家就增光添彩,迎春接福,喜气盈门。其实,他们传承的是牟定小城亘古至今尚未消失的一朵文化奇葩,展现在人们眼前的是牟定民间年俗相册里的一张底片。

随着耍龙舞狮的队伍来到近几年新开发的化湖,这里像楚雄的桃园湖、昆明的翠湖一样热闹。在这个牟定小城所谓的市民客厅里,最精彩的仍是具有牟定地方特色的彝族左脚舞蹈。淙淙流淌的琴声,百灵亮喉的歌唱,微风摇柳的舞姿,一圈又一圈,人在欢歌,化湖在欢笑。此刻,化湖变成了一幅彝家姑娘手下的刺绣图案。正是牟定这种自编自演、自娱自乐的左脚歌谣,曾经登上中央电视台《春节联欢晚会》《青歌赛》《星光大道》……婀娜多姿的歌舞,是牟定人通俗易懂的广场舞,是逢年过节牟定人和谐团结的大联欢、大展演。

在牟定小城过年,还有很多好去处。你可以驱车去爬爬化佛山,去游游庆丰闸,还可以去新甸散花元双公路两旁的田野,看看开得正艳的油菜花,像一只蜜蜂做一回花痴,穿梭于花丛中,不知不觉你就会被春色俘虏,徜徉在牟定的年画中。

左脚歌舞

阿老表,端酒喝;阿表妹,端酒喝;喜欢呢,也要喝;不喜欢,也要喝;管你喜欢不喜欢都要喝……

这首在二〇〇八年央视"春晚"唱响的彝族敬酒歌,来源于红土高原,以国家级非物质文化遗产命名的"中国彝族左脚舞"的故乡——牟定。

正月十五赶猫街,我在猫街等着你;街头跳到街尾巴,哥等小妹来跳脚……

这首原生态民歌,同样诞生在头顶"万人齐跳左脚舞"世界吉尼斯纪录桂冠以及"中国民间文化艺术之乡"的云南楚雄彝族自治州牟定县。

牟定地处云南高原,滇中腹地,是东方人类故乡元谋的兄弟。以元谋"谋"字的谐音,而取名"牟";以彝族离不开的牛,而取姓。牟定很小,在中国的版图上,只是个小数点,但这方寸土地上却居住着彝、汉、回、苗等二十一个民族,无论走到哪里到处洋溢着左脚舞的气息,听得见左脚调的歌声。

那舞蹈来自尘封的历史;那歌声来自远古的传说。相传很早很早以前,牟定坝子中有一条恶龙经常出来兴风作浪,泛洪害民。热恋彝族情人阿里和阿罗勇敢无畏,带着乡亲们一边把烧红的栗炭倒入龙潭,一边扔石填土,连续三天三夜齐心奋战,直至恶龙丧命。为了欢庆胜利,彝家人用恶龙的头、皮、筋、骨模仿龙的样子做成弦子,欢呼雀跃,一齐唱着"阿里罗",手挽手围成圈,同步先出左脚,左三下,右三下,咚咚跺脚,以防恶龙死而复生。

从此,世代相传,牟定的这方水土生长着一种自编自演、自娱自乐的左脚舞蹈,牟定的民间传唱着一种自弹自唱的左脚调歌谣。没有任何约束,没有时空、地点之分,只要高兴,只要开心,想唱就唱,想跳就跳。直到阿哥跳烂千层底,阿妹跳烂绣花鞋,一起跳到月亮落,跳起黄灰做得药。

牟定的左脚调如天上的星星数不清,如路边的野菜采不尽,如山上的菌子找不绝。花开花落,情歌、颂歌、酒歌、粗犷、豪放、幽默、诙谐、绚丽、灿烂、耐人寻味,串串飘香。

在牟定,不会唱左脚调的姑娘嫁不出门,不会弹奏左脚调的小伙儿娶不进人。牟定人天生就与左脚调、左脚舞一起相依相存,相伴终身。

在牟定,不管你从哪里来,这方好客的姑娘都会视你同兄妹,牵着你的手,跳左脚舞,唱左脚调:

隔是隔山箐,箐呀箐隔山;隔山阿老表,你要来呢嘎;隔山隔水不隔心,做姊做妹要真心……

在牟定,千百年来姑娘小伙儿谈情说爱的传统独有方式就是唱左脚调:

小郎又合心,小妹又合意;郎合心来妹合意,小妹嫁给你……

在牟定,谈情说爱遇到失恋就唱更加潇洒的左脚调:

栽死栽活柏枝树,爱死爱活人家呢;哪呢好玩哪呢去,哪呢花香落哪呢……

在牟定,结婚成家,生儿育女,哺育成长,乃人之常情,便唱摇篮曲般的左脚调:

一只手抱娃娃,一只手做粑粑;娃娃领大又得使,粑粑做成又得吃……

在牟定,小伙儿长大了,当兵出征,唱的是依依不舍的左脚调:

我家老表去参军,穿上绿军装;全相不说、半相不说,照上一张带回来;小妹望望你,等到你回来,我们做一家……

在牟定,姑娘长大了,好向往山外的世界,于是便有了幽默诙谐的左脚调:

老司机带带我,我有十八岁;你的汽车给我坐,我的小手随你摸……

青菜青,白菜青,老表好良心;青菜苔,白菜苔,老表好人才;瞧着老表人才好,良心好,文化高,小妹喜欢你……

天上星星多,地上老表多;天上星星妹,只喜欢你一颗;地上老表妹,只瞧着你一个……

有了这些左脚调,也就有了不息的左脚舞。而在那个做集体活儿、吃工分饭的年代,唱左脚调跳左脚舞,被视为不务正业禁唱禁跳:"唱歌三天不睡,跳舞三夜不累,喝酒三碗不醉,科学种田三门不会。"可是,能歌善舞的姑娘小伙儿总要偷偷说日子,成双成对到山上赶热闹,跳左脚舞唱左脚调,歌舞青春,歌舞生活。直到东方发白星星稀,才唱起送别的左脚调:

　　阿老表,天亮了;阿表妹,亮天了;小小公鸡叫呀叫三声,天亮不亮送你回家了……

　　正如左脚调所唱的那样,三十年前改革开放的春风拂醒了彝山,彝山的天亮了,悠扬的左脚调又如白灵鸟在山间婉转嘹亮,左脚舞又如喜迎春风的柳条婀娜登场,成了牟定乡村文化的正餐。不论男婚女嫁,还是生儿育女,杀年猪、老人拜寿、考上大学、竖柱建房,一切喜庆之事,主人都会相邀互请,唱左脚调跳左脚舞,同欢共乐,同喜共庆。

　　于是,一些有了市场经济头脑的乡村"弦子王""调子王""刺绣王"开始在县城开起门店。有专门从事伴奏乐器,弦子制作的;有专门挑花刺绣,从事左脚舞彝族服饰缝制的;有专门从事左脚歌舞表演,自发组织为人家贺喜的;有专门从事左脚歌舞光碟摄制,自产自销的:各种与左脚歌舞相关的商业化买卖行当孕育而生。从此,左脚歌舞如山花灿烂,铺开盖地,弥漫在城市流淌在乡村。牟定小县城中园街的两块广场,每天晚上从无间断,人们不约而同,天黑集中乐够解散。弹响铮铮的弦子,拉响悠扬的二胡,齐鸣的歌声如浪,整齐的舞步如潮,织成了一道别致的风景,把县城装点得活力激荡、诗意盎然。

左脚调唱红了,左脚舞跳响了。楚雄的桃源湖、昆明的翠湖,都有牟定人在唱左脚调,在跳左脚舞。手机的铃声也变成了优美的左脚调,KTV歌舞厅里也放起了左脚调,跳起了左脚舞。几乎走到哪里,只要有欢畅就有左脚舞,就有左脚调。牟定的山很美,如彝家姑娘凸凹的腰;牟定的水很细,如彝山的柳条;牟定的土很瘦,如彝家老人脸上的皱。原生态的营养,曾经哺育祖先元谋人成长;原生态的调,祖先元谋人曾经歌唱;原生态的舞,祖先元谋人曾经狂欢。

一方水土养一方人,一方地域唱一方调,一方民族舞一方蹈,热情好客的“中国民间文化艺术之乡”——牟定——在盛情邀请你:

> 阿老表,阿老表,你要来呢嘎;不来就说不来的话,莫给小妹白等着……
>
> 阿表妹,阿表妹,你要来呢嘎;不来就说不来的话,莫给小哥白等着……

春天的"樱"乐会

　　春天的日历被风翻开,大地的枝头星火点灯。一个周末的早晨,我和妻子去家门口的龙川江畔看樱花。三十多年前,楚雄人看樱花,要驱车一百多公里,跑到昆明的圆通山去看。而如今,城市在长大,人居环境在美化,楚雄的很多庭院、公园、街道、公路、河边,只要有绿化带的地方都栽种了樱花。每年布谷鸟吹响春天号角,樱花就一呼百应,像过年时的礼花,千树万树繁花绽放,在家门口看樱花已是平民百姓生活的日常。

　　此时,太阳已经有几分炭火的温度。不远处,樱花似火一身红衣,一脸粉黛大红大紫。一树树霞光,一条条火链,一个个火把,连成一条熊熊燃烧的火龙,把龙川江两岸点燃。树上,鸟在叽叽喳喳练歌,路人三三两两,各自在与樱花为景,赏花、拍照、录视频。

　　忽然听到有音乐和歌声由远到近飘来,我加快脚步凑上前一看,是一群夕阳红老人,正在火红的樱花树下,举行一场自娱自乐的音乐会。男男女女十多人,有的拉手风琴,有的拉京胡,有的弹琴,有的吹萨克斯……有人指挥,有人伴奏,有人演唱,吹拉弹唱,他们的音乐、他们的歌声压得滔滔吟唱的龙川江哑口无言。

　　我停下脚步静静听了一会儿,他们唱的是《花儿为什么这样红》《敖包相会》《山不转水转》《今天是个好日子》《祝你平安》等老歌，老人们唱得虽不专业却又十分投入。停顿间，他们嘻嘻哈哈互相指点，谁的调"左"了谁的调高了，宛若一群顽童，你一言我一语，一番争论过后，又大坝开闸般继续演唱。他们那么努力，那么认真，仿佛是要去参加一场盛大演出而进行的排练。樱花似乎也听着老人们的演唱——到底老人是樱花的粉丝，还是樱花是他们的粉丝？也许，只有春天知道答案。

每一棵樱花都是免费的向导，引领着我俩继续往前走。我们遇见两个花样年华的男女青年正在做直播。他们前面是一大片火花四射的樱花，身后是一大片红彤彤的马樱花。花枝招展的女主播，像一只蝴蝶翩翩起舞，她情绪激昂，一会儿跳，一会儿唱，一会儿说，招引着来来往往的行人，调动着樱花的胃口。樱花树下，有很多看热闹的人，花人簇拥的方寸直播地更像一个小舞台，人人都可以参与，既是主角，也是观众。人潮花潮，一浪高过一浪，纷纷已被录入视频，插上翅膀飞向四面八方。

我站在那片从楚雄高山移植而来的马樱花下，那个一身彝族服饰的女主播，仿佛是"咪依噜"的化身，穿越历史的时空朝我走来。传说远古的时候，高高的百草岭昙华山上有一位漂亮能干、歌声赛过百灵鸟的彝族姑娘名叫咪依噜，她和放羊的彝家小哥朝列若相爱了。那时候，当地有一个横行霸道的土官，经常强行招一些美丽的姑娘到他家天仙园绣花，凡是去的姑娘都逃不过土官的糟蹋。有一天，土官把主意打到了花朵一样的咪依噜身上，咪依噜的母亲急得要从山崖上跳下去。咪依噜为了拯救母亲和那些敢怒不敢言的彝家姐妹，痛下决心要替乡亲们除掉野兽般的土官。转眼到了农历二月初八这天，咪依噜上山采摘了一朵白马樱花，把毒药藏在花蕊里，然后把花插在头上来到土官家的天仙园。土官早已准备了好酒好肉。吃啊，喝啊，看到土官醉醺醺的模样，咪依噜迅速取下头上的白马樱花，将花泡在酒碗里，举到土官面前，面不改色心不跳地说："愿你我永远相爱，一起喝了这碗同心酒吧。"说完，咪依噜爽快地喝了两口酒，然后把酒碗递给土官。土官接过酒，一咕噜喝了个碗底朝天。还没有等到酒席散场，土官就醉成一摊稀泥巴，再也没有醒来，咪依噜也死在了土官家。傍晚，放羊归来的朝列若，得知咪依噜去了天仙园，就带上砍刀、弓箭直奔而去。看到那个场景后，朝列若抱着双眼紧闭的咪依噜，走遍了昙花山的四山八岭，一边呼唤一边哭喊，哭干了眼泪，流出了鲜血，一滴滴鲜血把白马樱花染得血红，最后他抱着咪依噜纵火身亡。第二年，昙华山的白马樱花变成了红色马樱花。从此，马樱花就成了咪依噜的化身，每年农历二月初八当地彝家人相互插戴马樱花的插花节，就由此而来。

　　不知不觉，到了虎门，一群花团锦簇的人在跳左脚舞。我来自左脚舞故乡牟定，对左脚舞情有独钟，"听见弦子脚板痒"就不由自主靠近。忽然听见有人喊我："老表，来跳脚玩嘛。"我加入其中，跳了两圈才得知他们既是来看樱花也是借樱花为景，自娱自乐，拍视频。随着音乐和琴弦响动，起落的舞步、娴熟的舞姿、灵动的舞圈，忽而涨潮，忽而退潮，他们好像不是在地上踏歌起舞，而是要与树上的樱花比赛，他们不甘示弱，他们也是花中一员。

　　跨过虎门，又遇到一群身着彝族服装的老人，围聚在樱花旁对唱山歌，一个郎呀一个妹，男一调来女一调："麻布揩脸粗（初）

相会,缎子洗脸细(喜)相逢。""茶花树上的小灵雀,又会唱来又会说。""苞谷地里的老憨斑(鸠),不会说来不会唱。""为花死来为花活,为花死在花树脚。""半夜三更老鸹叫,贪花路上要死人。"男女对唱,时起时落,真情倾诉,声情并茂。我仔细听,他们的歌声粗犷浑厚还带着浓浓的苞谷嗓门儿乡音,有火辣辣的老白干的韵味。这歌声不知是唱给那些远嫁而来、安家落户鹿城的樱花听,还是唱给樱花树周围那些土生土长的马樱花、杜鹃花、山茶花听。

我凑上前用手机录山歌视频,忽然听闻有人喊我的名字:"老表,你也来看樱花啊。"我回头一看,是一个似曾相识的老阿妈,就连连点头:"是,是,您也来唱调子啊。"老阿妈笑笑:"这段时间花好看,我们来唱唱调子散散心。"

原来,老阿妈是我们那方水土的人。三十多年前,我在山区供销社工作还到她家做过客,吃过饭,听她唱过山歌。她是当年响当当的"调子王",现在和子女一起生活在楚雄城里。空闲时,她经常邀约一些随儿女进城的老人唱调子、对山歌,随身带着便携音箱的"小蜜蜂",有时听有时唱,人老心不老,过着幸福的生活。

整整一个上午尾随樱花痴行,应接不暇的花花世界里,有人在拍短视频,有人在跳舞,有人在放风筝,有人在摄影,有人在打扑克牌……一路樱花怒放,一路歌舞相伴,既是和樱花约会也是欣赏不完的"樱"乐会。

松树的后裔

一

在故乡绿色的海洋里，松鼠不小心掉落的一粒松籽，就可以长成一棵松树。

它们生在山上，长在森林的胎衣里，从小就与身旁的松树依偎长大。风吹过，松树轻轻摇头，满山碧波一浪追赶一浪。一座座马头攒动的群山被白云淹没，奔向一望无际的天边，变成了一片绿色的赞歌。

松树性格温顺，跟什么树都合得来，不论在哪座山上都能和所有的树木抱团成长。麻栗树、青冈栗树、橡豆枝树、杨梅树、棠梨花树、苦刺花树、山茶花树，高的矮的、大的小的、美的丑的，叫得出名字的、叫不出名字的，松树从不欺生。松树永远是那些小灌木的哥哥姐姐、父亲母亲、爷爷奶奶，庇护着儿孙绕膝的灌木林簇拥着野花茅草。松树就像我们村里的人，谁是谁家的血脉，祖祖辈辈、子子孙孙，你是哪棵松树的根系大家都心知肚明。

在故乡密密麻麻的树林中，松树最多。青松、罗汉松、爬地松，每一种松树都有自己的姓氏家谱，宛若村庄里的人，就有叫松才、松林、松涛的，也有人叫李×松、张×松、王×松等的，很多人的姓名里，都喜欢带一个"松"字。

山里的人不仅以松树取名，还经常以松树喻人。我一天天长高了，村里人就把我说成"一棵松"，该提亲娶媳妇了。我有时脾气很倔强，就被母亲说成"扭松树"。我有时做事没毅力，热一头、冷一头，母亲就说我是"松毛火"。母亲手脚皲裂，皮肤粗糙，就被我说成"松树皮"。我有时看不清前面晃动的背影是谁，"喂"的一声呼喊，人家扭头一看，觉得我不礼貌就不理睬，反而问："你是叫松柴，还是喊栗柴？"我母亲长寿，村里人就把她比作"万年青"。松树仿佛就是人，人就是松树的化身。

地名村名也离不开松树，有叫松树林、松树地、松树岭、松树坡、松树箐、大松树的。故乡有一个叫"大松树丫口"的地方，是古时候南方茶马古道必经的关隘。当年森林密布如墙，常有熊和狼出没，马帮路过就要早早地杀几只鸡带上，遇见熊和狼就扔，才能平安通过。中华人民共和国成立后，一条公路从"大松树丫口"经过，车来人往，熊和狼不知不觉消失了。可在我心里，"大松树丫口"是一个神秘的地方，我们小时候，每次把牛羊放到那里就会产生一种"狼来了""熊来了"的畏惧感。尽管我们都随身带着柴刀，手握棍棒，一个人从不敢独来独往，都要结伴同行。直到我离开故乡，也没有见过熊和狼，但野兔、獐子、野鸡之类的野生动物倒见过不少。

而如今，从"大松树丫口"一直连向老家村前村后的一道道山梁上，已经安装了数十台顶天立地巨人般的"大风车"，白天黑夜旋转发电，声音大如狼叫熊嚎。很多野生动物举家迁徙，捕食虫蚁的鸟也越来越少。环环相扣的生物链条渐渐脱钩断档，只有那些不长翅膀的小虫无忧无虑寄生在松树上,"大松树丫口"的那片大松树,已经成了老枯树。我每次回老家,开车经过那里,见到那些枯死的大松树,心里总有一种即将痛失亲人的忧伤。

二

故乡人把松树上绿油油的松针叫作松毛。逢年过节,垫青松毛必不可少。

彝族史诗《查姆》认为:"杉罗树为公,松树为母。"松树是彝族人的母亲树,养育了一代又一代的彝家人。每年春节,大年三十那天彝族人都要从山上砍回两棵最好的松树栽在院子里,一棵代表天,一棵代表地,作为"年松树",焚香烧纸,杀鸡祭祀,贴上"万年青"或"万年青松青又青"之类的红对联,寓意万古长青,清洁平安。

故乡的年过得很漫长,你来我往走亲戚,一直要延续到正月十五。青松毛也一直垫到正月十五,干了再反复去山上采回家,一层一层铺上,青松毛就是最好的饭桌、最好的草墩坐垫。直到正月十六那天,家家都会点燃香火,连同撕下的封门纸一起,把堂屋里的青松毛打扫干净,把"年松树"送出家门,或是用来烧火做饭,或是用来烧要播种的洋芋地、苗床地,开始料理来年的春耕生产。

青松毛也是故乡人结婚办喜事必不可少的绿地毯。不论谁家,只要有男婚女嫁的喜事都要上山采些青松毛撒在大门口,撒在院子里,仿佛是今天城市人举办婚礼搭建的 T 台。

故乡人为什么对青松毛情有独钟？传说先秦时期，我们彝族部落的头人俚濮与另一个部落的头人展开了地盘之争，由于寡不敌众，虽败下阵来，却不甘失败，发誓要做一棵傲雪凌霜的青松，百折不挠捍卫自己的家园。因此，崇拜松树骨气的故乡人与松毛结下了不解之缘，垫青松毛的习俗代代相传。

时下在滇中楚雄的彝人古镇，不少餐馆每天都会在地上、餐桌上撒一层薄薄的青松毛，招徕来客，"松毛席"已从乡村复制到城市。在彝人古镇街头，经常看见不少小吃摊，在烧烤的铁架上放一层青松毛，再放上臭豆腐烘烤，烤熟的松毛豆腐被松毛夺去臭味，又香又嫩，细腻爽口。尤其是每年彝族的火把节、彝族年等节日，凡是有庆典活动的地方随处都可见到青松毛闪亮登场。地上撒一层绿油油的松毛，吹响过山号，唱起敬酒歌，跳起彝族舞蹈，喝拦门酒，迎接来自四面八方的宾朋好友，成了千里彝山节日喜庆的一道美丽风景。

三

男女青年谈恋爱，喜欢说好日子，约定地点，成双成对在一起唱左脚调，跳左脚舞。很多调子（山歌）都寄生于松树之上。

　　高山青松青又青，哥弹弦子给妹听，约好日子来跳脚，试试表妹给真心。

　　送哥送到松树脚，根根松毛往下落，妹的话儿哥记住，揩揩眼泪各走各。

送哥送到松树山，抱着松树泪哭干，别人问我哭什么，我哭明油(树脂)心不甘。

送哥送到松树崖，问哥去了何时来，只要妹心合哥意，随时叫我随时来。

送妹送到松树坡，松树坡上橄榄多，吃个橄榄喝口水，橄榄回甜妹想哥。

有的小伙子刚刚离开舞场又反转回来，就会被姑娘挖苦："水淌松树柴，淌去又淌来；哪个小妹挂拉你，脸皮厚如松树柴。"

有的姑娘自傲清高，看不起男方，男方就会这样唱左脚调挖苦："哥是青松妹是花，花笑青松不如她；等到哪天霜雪降，只见青松不见花。"

如果男的腼腆羞涩，也会被女的调侃："约是你先约，骑辆小摩托，把我拉到松树脚；叫你唱歌你不唱，叫你跳舞你不跳，还说松毛戳着脚。"

当然，也有慕名上门提亲，打个石头试试水的。如果被姑娘一口气拒绝，提亲的人就会说："那个'松树疙瘩'头都不摇，降不翻。"谈情说爱，提亲说媳妇，汤里饭里，有盐有醋，幽默诙谐。

办喜宴迎宾待客，调子摇身一变就成了敬酒歌，喝酒必唱歌，唱歌必喝酒，琴弦伴奏，又弹又唱："阿老表，阿表妹，端酒喝，喜欢也要喝，不喜欢也要喝，不喝你莫走，点滴也莫留，彝家礼不周，还请再来走。"一首调子一杯酒高潮迭起，不卯一人，打通关。生长于这方水土的我，有时接待远方来客也会鹦鹉学舌，唱几首敬酒歌助兴。常常是自己把自己喝成了一棵被狂风连根拔起的松树,摇摇晃晃离开餐桌。

松树,结满了陀螺大的松果,挂满了我嫩生生的幻想。小时候的我最崇拜武松,每次听老师讲武松打虎的故事就会胡思乱想,把武松打虎的景阳冈和我们经常去放牛羊、砍柴的松树岭联系在一起,盼望有一只老虎出现,自己也要像武松一样打虎显显威风。可惜,直到我长大离开家乡,在松树岭只见过野猪、麂子,没有遇见过老虎。

读初中时,老师教我们:"大雪压青松,青松挺且直。要知松高洁,待到雪化时。"教两三遍,很多同学都还结结巴巴,我就能倒背如流,说出是陈毅元帅写的诗。老师就叫我站在讲台上,背给同学们听。我跑上讲台,一字一句背得像泉水叮咚响。老师连连夸奖,说我长大以后有可能成为诗人。

其实,那时的我很羡慕二叔家的大姐夫,他在林区当工人,工作就是天天砍木头、抬木头。然后把木头溜入金沙江,让其漂流而下由下游的金沙江水运局工人打捞上岸,装上渡口(攀枝花)的火车,运往全国各地。每次大姐夫来二叔家,见他穿一双钉铁掌的翻毛皮鞋,吸着"淌水(金沙江)牌"香烟,听他绘声绘色讲金沙江木头漂流到攀枝花坐火车的故事,我就梦想着长大后要当一名林业工人像大姐夫一样穿翻毛皮鞋,吸黄屁股香烟,坐火车。不知是老师当年对我的鼓励还是巧合,今天的我虽然不是著名诗人但也是个文学痴迷者。

四

松树很听山里人的话，需要它奉献时刀斧怎么咬它它都唯命是从。有时，山里人过山箐、过山水沟不方便就近砍三四棵松树搭桥。松树匍匐躺平，卑躬屈膝承载着来来往往背挑肩扛的山里人，背负着走过路过的牛羊牲口。

松树也是我们山里人的衣食父母。不论谁家要建盖新房子，椽子、房梁、柱子，样样都少不了木头，而这些木头的前身就是一棵棵不同年龄的松树。一户人家，如果要建盖一幢四梁八柱的三间大瓦房，大大小小、长长短短需要一百多根松树木头，砍木头、抬木头就是其中的一项大工程。如果自家山上有松树可以做木头也要提出申请，逐级向林业部门报批，方可限量砍伐。如果自家山上松树不够用就必须花钱买。

备足石头、木头、土墼，开工建盖新房子时，还要举行"动土"奠基，"架马"砍木头仪式。一切准备就绪，竖柱子立房屋框架那天主人家还要择个良辰吉日，杀猪宰羊，燃放爆竹，吹唢呐，请客庆贺。特别是上最后一棵中梁时还要早早饲养一只最好的大红公鸡做"跑梁鸡"，由主持砍木头的木匠敬天敬地，敬公鸡三杯酒，一边叨念："小小红公鸡，头高尾又低，头戴红帽子，身穿红袍衣，今天好日子，东家盖房子，选做跑梁鸡，吉祥又如意。"然后，把公鸡放在梁上，让公鸡顺着梁跑。如果公鸡从山墙的这头，一口气顺利跑到山墙的那头就是吉祥如意的好兆头；如果公鸡没有顺着梁跑通，中途就反转跑回来，或者还没有跑到头就从梁上往下飞，家里就可能有岔角事。

山里人使用的家具也如此,大多数都是用松树制作而成的。各取所需把松树砍成木头,抬回家,削皮,晒干,解成木板,就可以请木匠做床、桌子、凳子、柜子、木桶、木盆、木甑子……

家乡的山歌唱得最贴切:"小小松树一根柴,巧手木匠把你解,你一块来我一块,箍桶箍甑随他用,装水蒸饭莫计较,团团圆圆站拢来。"家家户户的生产生活用具都离不开松树。

儿时,我喜欢玩木轮车,经常跑去请木匠锯一个粑粑大的松树木轮子,自己用红通通的火箸顺着轮心钻一个眼儿,再用一根八号铁丝或是用一颗大钉子做轮轴。然后找一根竹竿,剖开成"八"字形的头,安上木轮,简易手把式独轮车就做成了,可以随身带到处玩耍。我们还制作过一种三轮车,找来一根三角形枝丫的松树,顶端做车头,两枝丫做车身,车身上钉一块木板,安上三个木轮子,一群小伙伴,你拉着我我拉着你,一趟又一趟轮流玩木轮车。有时玩过了头,耽误了找猪草、拾粪的时间,玩木轮车就成了父母眼里不务正业的事,经常遭父母反对,只能偷偷躲着玩。

故乡的姑娘出嫁,父母早早地就会从山上砍回松树,备足木料,临近出嫁前一个多月,请来木匠,又是解板,又是锯,又是刨,敲敲打打,做一个嫁妆柜,给出嫁的姑娘装新衣服、新鞋子和手镯、银链。同时,还要做一对四只脚的小方凳、一个火盆架,然后刷上红红的油漆。嫁妆柜上还要画上山茶花、喜鹊等图案作为礼物,陪送姑娘出嫁。娶亲那天由男方家请一个背柜子的人来,随着迎亲的队伍,一起把嫁妆柜、方凳、火盆架背到男方家,红红火火过日子。

背柜子的人是娶新媳妇回家的第一信号,柜子背进家,唢呐声随之而来,爆竹声声迎亲。更有意思的是牵新媳妇,男方家早已用上好的松树,劈成一块块白生生的柴,晒干,做成两个白生生的迎亲火把。等到新媳妇娶进门时,由两个童男子举着熊熊燃烧的火把照亮,两个年长的妇女把新媳妇牵入洞房。我小时候就经常帮人家讨新媳妇举火把,新媳妇发喜糖时就会多给我们"火把童子"几颗水果糖。此时,一些聪明的新媳妇跨进洞房门就会和新姑爷抢枕头坐。按照风俗,谁先抢到喜床上的枕头坐,谁就是未来夫妻生活的当家人。所以牵新媳妇是以"牵"为借口,名义引路,目的是想拽住新媳妇,不让她第一个抢坐枕头,新姑爷捷足先登坐上枕头就是成家立业后的一家之主、顶梁柱。

五

靠山吃山是我们山里人祖祖辈辈的信条。封山育林,自古有之,树养育着人,人守护着树。树和我家祖祖辈辈有缘,祖父是旧社会时的村长,为了护住村庄背后那山松树,安排祖母在吃午饭时故意去偷砍山上的树,让"拿山"的人抓个正着。"拿山"的人禀告祖父,祖父二话不说按村规民约杀了自家的猪,请来全村人白吃了一天,假戏真演。

"拿山"是我们山里人管护山林的一种方式,村村寨寨不仅有山规民约,还有专门巡护山林的"拿山"人(就是今天的林管员)。如果谁不循规蹈矩,偷砍山上的树木,被"拿山"的人抓到:轻者,没收刀斧、皮条、背索、羊皮褂;重者,罚办伙食,全村人打熄火到当事人家杀猪宰羊,白吃白喝一天。祖父自打自招就是警示山前山后的人,要守住管山护树的根本,这是老祖宗立下的规矩,谁都不能破坏。因而名传至今。

一棵松树,好比村里办红白喜事的总管火。我们村有一座能灌溉二十多亩田地的小水坝,每年封坝蓄水时,涵洞的磨眼石就是用一棵松树做"坝涵桩",如一个热水瓶木塞活脱脱插下去,然后在"坝涵桩"周围塞上胶泥巴,一层一层夯实。水蓄满了,水位上升,高高的松树梢露出水面,像一棵神树守护着小水坝。需要开坝放水灌溉农田时,由一个水性好的人游泳使劲摇"坝涵桩",水就慢慢渗漏出来,继续使劲摇,水越漏越大,然后拔起"坝涵桩",哗啦啦开闸放水。就这样,一棵松树管住了小坝水的咽喉管住了全村人田园的命脉。

"一村靠一人,一山靠一神。"所谓的神,就是山神树,也就是我们村庄背后祭天山顶的那棵大松树。腰杆直挺挺的,身材魁伟,皮肤如鳞,还长出了一些碎米花和白胡须。枝丫密密麻麻,仿佛千手观音,握着扇子,向四面八方伸展。头发青绿,宛若马鬃倒垂,浓绿的松毛间,结满马眼珠一般的松果,远远看去,树冠开屏,就像一把擎天大伞。故乡风不调雨不顺,庄稼遭遇冰雹,要去祭拜它,天旱无雨要去祭拜它,家禽六畜遭到瘟疫要去祭拜它……

有一年,我千里迢迢奔赴安徽黄山,一心一意就是要去看年画里的迎客松。当我站在迎客松旁时,大吃一惊,有一棵迎客松和我家乡祭天山的那棵大松树就像是同一个娘生的,一模一样。唯一不同的是,黄山的迎客松顽强地生长在石头上,家乡的那棵大松树,靠着一块人高的石碑。村庄里不论谁家上坟,都要先去向山神报到,山神就是那棵巍然屹立的大松树,杀鸡、上香、叩拜,谁家都不敢马虎。立了一块山神碑,有了一棵山神树,整座山就成了全村人心目中的神山,谁也不敢擅自乱动刀斧,随意砍伐山上的松树。

故乡彝族创世史诗《梅葛》记载:"每年农历六月二十四火把节,彝族人家都要把羊赶到山上去放,比一比谁家羊多,哪家羊肥,要祭祀羊神。祭羊神时要找山上结果最多的那棵松树,砍下杈丫最好的那支松枝,寓意来年羊多如松果。"彝族朵觋(毕摩的一种)在超度亡魂时都要带领死者亲属,选一棵小松树制作灵牌,用于安放祖先灵魂,置于家堂,用于祭奠。

那棵大松树,在故乡人的心目中早已不是树而是一个观天象的毕摩,通天文,懂地理,掌管着全村人的衣食宿命。

母亲去世出殡时,几条汉子找来一棵三米多长的松树木头,还有几根一米多长的松树圆木,横的横,直的直,又是铁链,又是皮条,捆绑在棺材上。在朵觋敲敲打打的哀乐声中,"死人出"一声吆喝,八条汉子,前的前,后的后,左的左,右的右,并肩前行,爬坡过坎,把母亲长眠的一口黑漆漆的红头棺材顺利抬上坟山。

下葬完毕,那些被村里人称为"大牛""小牛"的松树抬杠,全都放在母亲的坟墓旁,留给母亲去另一个世界当拐杖用。紧接着,由主持葬礼的朵觋为母亲"安山",在山神树下举行祭拜山神活动。朵觋又说又唱,锣鼓铿锵,既像是欢迎"来亦清平"的母亲,又像是欢送"去亦清平"的母亲,恳求山神接纳母亲,一个新人前来注册报到,安家落户当守山人了。

在我看来,祭拜山神就是祭拜那棵神秘的大松树。

六

山不转路转，一心一意想当林业工人的我后来也跨入了林业部门的门槛。

行走在绿水青山之间，奔波于崇山峻岭之中，大自然这本书，也让我获得了很多林业知识。深知云南松分布菲律宾、缅甸、贵州、广西、西藏、四川等地，既是中国有名的松树之一，也是中国西南地区森林植被中的主要树种，是山里人靠山吃山的法宝，同金箍棒一样。

每年冬春季节，不管怎样严防死守，还是免不了有山火发生。每次奔赴火灾现场，母亲驾驭火的旧幕又在眼前浮现。母亲在世时，每年都要准备很多"狗尾巴"松毛，堆在洋芋地边、菜园边、秧田边。播种前，烧洋芋地、烧菜园地、烧苗圃地。这样一烧，土蚕、蛐蛐儿、蚂蚁一网打尽。土壤被烧，等于进行了一次高温消毒杀菌，而且炭火灰是哺乳禾苗的有机营养，来年的洋芋，育出的菜秧苗、水稻苗，又肥又壮，不论移栽在哪块田地里，一苗多蘖，苗壮成长，年年都有好收成。

不仅我的母亲如此，故乡人把松毛一把一把抓进竹篮，背回家，给家禽六畜垫厩，一层一层不断添加，不断更换，松毛和家禽的粪便经过发酵，就成了农家肥，是喂养庄稼的最好肥料。很多人家为了让家禽六畜一年到头都有松毛垫厩暖窝就会在房前屋后找一块安全可靠的地方，把从山上耙回家的松毛垒成一个圆溜溜的大松毛堆。不论是给畜牲垫厩积农家肥还是每天烧火煮饭,松毛都必不可少。

难怪我的家乡,有"房前不栽棕,屋后不栽松"的说法。言下之意,棕树不像桃树、梨树、柿子树、石榴树一样有果子可摘吃,也不能当木材做家具,风吹来,噼噼啪啪响声不断,整天就像个哭娃娃,吵得人不安宁。而松树呢,虽然一身都是宝,但就像个上了年纪的人,风一刮过头发飘落下来,天长日久,如果不及时把地上的干松毛耙走,就会埋下隐患,有可能引起火灾,危害安全。

松树和人一样也会生病。最难预防的是小蠹虫,它们寄生在松树的心脏里,吃喝玩乐,松树就像得了传染病似的,一片接一片黄快快地枯死,喷药杀虫,治标不治本。切断小蠹虫的有效办法就必须把得病的松树斩尽杀绝,毁坏小蠹虫的家园。看着那些当作柴被砍的"病死树"就像缺医少药的年代,家乡那些在瘟疫中死去的猪鸡牛羊,备感痛心和自责。

有松树的地方,每年雨季都会生长出很多野生菌。腐烂的松毛下面,最多的要数松毛菌,几乎都是集群式地生长,一个班、一个排、一个连,一朵朵、一丛丛、一片片,从松毛下面灰头土脸钻出来。这种松毛菌,也叫"麻布脸",由于有点酸很多人都不要,我却很喜欢,一朵一朵拾起,扒掉菌子头上的松毛,拿回家清洗后用来炒腌菜,既可口,又下饭。如果把它晒干,就成了风干菌。不论是用新鲜肉煮吃还是用腊肉煮吃,都是香喷喷的风干菜。

珍馐膳品松茸,也离不开松树。高大的松树脚下,厚厚的腐殖土下面,松茸东一朵西一朵探出头来,菇帽羞羞答答,一直不愿把小伞打开,如果不细心观察,踩到松茸都不知道。松茸对生长环境极其挑剔,只能生长在没有任何污染和人为干预的树林中,孢子必须与松树的根系形成共生关系,而且共生树种的树龄必须五十年以上,才能形成菌丝和菌塘。其生长的地方必须有松树,松树的周围都是阔叶灌木林,松茸就躲在松毛和腐叶下面,到了雨季,年年有松茸可采。

身价高贵如软黄金的松露,像一个个黑溜溜紫嘟嘟的洋芋,躲在松树下的腐殖土里,从不抛头露面。传说,最先发现松露的是山母猪。母猪发情时,嗅觉灵敏,顺着松露散发出的气味,往地下拱,就能把松露拱出地面,人们才知道松露是像乌金一样的好东西。当然,现在也有专家训练犬,用"松露犬"找松露的。而故乡的人找松露,不仅要熟悉松露的菌窝,而且到了采野生菌的时节必须像探矿一样,扒开腐殖土,才能像挖洋芋一样把松露一个一个刨出来。

松树生长的地方除了野生菌,还有一种古今名贵的中药材琥珀。它是松树的树脂埋藏地下,经年久转化而成的化石样物质,具有镇静安神、活血化瘀、利尿通淋的功效。琥珀也被一些商家当作玉石、翡翠一样,加工成各种身价百倍的奢侈品。

时代在变,一朵朵野生菌,从高山松树脚下出发,走向农贸市场,走入餐馆走入工厂。通过冷链加工,或是冻干,被贴上商标,戴上生态食品的帽子,源源不断汇入商海流入市场,变成了餐桌上的山珍。

松茸和松露是野生菌的皇家贵族,漂洋过海出口欧美很多国家,不少食客都说有防癌、壮阳功效,而故乡人吃松茸、松露则是家常便饭。想生吃,切片、芥末、辣椒蘸水,像吃生鱼片一样即可;想喝汤,与鸡肉、猪排煲汤即可,也是招待远方来客的招牌菜。好酒者，还可以泡制成松茸酒、松露酒。

　　松露的功效究竟如何？三十年前，我在山区供销社村公所购销店工作，一个妇女来卖松露，顺便找村支书说事，要求要和丈夫离婚。村支书一五一十问那妇女，为什么要闹离婚，妇女说了很多家长里短磕磕碰碰的事。村支书劝解道："你说的都是些鸡毛蒜皮的事，家家都有一本难念的经，牙齿都会咬着舌头呢，回去好好商量商量再来。"妇女红着脸，一把鼻涕一把眼泪："老支书，你替我想想，我每天晚上身边就像睡着一条死蛇，这日子实在无法过下去。"老支书眼睛滴溜一转："既然这样，婚，更不能离，松露莫卖了，回去杀只小母鸡，好好给你家老公补补身子。"就这样，村支书一边劝说，一边把妇女送出村公所大门。后来，那个妇女和丈夫经常来我的购销店买东西，有时，夫妻俩一人背一大袋化肥，脚跟脚来，脚跟脚去，再也没有找过村支书提及离婚的事。

　　山上的松树成年后，从树干切开一个倒三角形的口子，树腰挂一个袋子，松树上就会流出明油（树脂）。那是松树的乳汁，贮存起来晒干就成了松香。卖给加工厂，就成了食品、药品、化妆品、肥皂、油墨等必不可少的添加剂。也许，在当今商品琳琅满目的海洋里，很多人天天使用与松香、松节油有关的产品，享受着香美的生活，可能不知道这一切都是松树的恩赐。

　　茯苓寄生于松树根系周围是很多疾病的克星，具有利水渗湿、健脾补肺、宁心安神的功能。随着科技的发展，茯苓现在也可以种植了。有的人家在山上腐烂的树桩附近挖坑，将茯苓菌种埋在松树根上覆盖上土，仿生种植。更多的人家则是把茯苓种在山坡地里,土地平整后理成沟,用上年冬季砍伐的松树,晾干后,一截一截锯断,依次放在地沟里,然后在松木上种上茯苓菌种,严严实实覆盖上土,垒成墒。春天种植冬天采挖,扒开泥土,茯苓就一个个圆头圆脑、瓜大球大,寄生在松树上即可收获了。其实,松树是种植茯苓的唯一母本,茯苓就像我一样都是松树的孩子。

松花粉,也是中国医学宝库中的一剂良药。每年春天尾巴夏天头,是采松花粉的最佳时节。我跟着母亲上山,找到一棵棵马尾松,互相配合,把松花一穗一穗轻轻剪下放进蛇皮口袋,背回家,一簸箕一簸箕晒干。然后母亲用筛糯米面的细铁沙罗筛,一筛子一筛子地筛,麦面一样的松花粉就被分离出来了。再用塑料袋一小袋一小袋分装好,就可以卖给那些走村串户收购中药材的倒爷,从而贴补我的书纸笔墨钱。

"记得少年骑竹马,转眼又是白头翁。"和松树血脉相连的我步入中年以后,高血压、高血脂、高血糖缠身,经常求医问药,不论是中草药还是中成药,药方中都少不了茯苓、松花粉。反复读诗仙李白"愿君学长松,慎勿作桃李。受屈不改心,然后知君子"的诗句,才豁然明白,我不仅是大山的儿子而且是松树的后裔,茯苓、松花粉就像情同手足的好兄弟,将陪伴自己终身。

七

我出生在云南哀牢山的胎盘里,认识很多树,很多树也认识我。如今,生活在喝水不见井、吃米不见糠、烧火不见柴的城市,春夏秋冬,徜徉在大街小巷、广场、河边、公园,叫得出名字的、叫不出名字的花草树木,随处可见。

　　前年冬天,我去北京,北漂多年的老乡陪我去逛天安门。走在雪后的长安街上,冷风如刀,滑过脸上,刺淋淋地疼。车流、人流,街边的很多绿化树对我而言都是陌生的面孔,只有那些头发染霜的松树好像认识我,迎风微笑。我暗自惊喜,能在北京这座大都市见到松树,就像又见到我头发花白的父母,又见到了眼前的老乡无比亲切。

　　晚上在一家云南人开的餐馆吃饭时,老乡告诉我下个月他要到云南杨善洲干部学院学习。我说,好啊,杨善洲"前半生当官,后半生守山",扎根大亮山义务植树二十多年,去世前,把价值三亿元的林场无偿交给国家,献出了自己的金山银山,是云南响当当的一棵松。

　　老乡笑笑。"哟!还没去,你就提前给我上课了,来,特敬你一杯。"说着,酒杯朝我举过来。

　　两杯酒就像两个久别重逢的老朋友,被我俩一饮而尽。我们喝的是来自云南的松露酒,这也是他乡遇故知。

寸草晖

乡村的草

在乡村人的眼里,草是泥土的后裔。宿命之草处处皆是,只要有方寸泥土立足,草就能站稳脚跟,繁衍生息。

在乡村,草是很多家禽和六畜的口粮。牛草、羊草、驴草、骡草、猪草……每一棵能裹腹的草,都关乎到农家畜牧业收入的厚薄。

身为农家子弟的我,童年时光几乎都与草度过。放学回家,常常被父母安排去找猪草、割牛草。有时,镰刀遭到草的反抗,一不小心就右手割左手,鲜血直流。大凡农村长大的孩子,左手都或多或少留有镰刀的印记。我有一个小伙伴,是左撇子,一起去割猪草,镰刀也不依他使唤,和我一样,我左手流血,他右手流血。

在乡村,草是农家广泛运用的普通的材料,草帽、草鞋、草席、草帘、草墩……草编织的农具随处可见,家家户户都少不了。尤其是种烤烟,需要很多草席打烟包,心灵手巧的人家就地取材用稻草编织草席卖给烟叶站,借草生财。每年冬天,老家的购销店也会收购山草,销售给造纸厂,山里人又多了一条卖草路。

在我们老家，起房盖屋都用土墼砌墙，脱土墼时少不了要在泥巴里掺一些细碎的稻草做草筋，这样，土墼就不会断裂，砌墙才稳固。涂抹墙时，同样也要在泥巴里放少量细细的草筋，涂抹的墙才不会开裂，一直光滑平整。

乡村不少人家建盖畜厩，也模仿鸟做窝，先从山上把最好最坚硬的茅草一捆一捆割回来，晒干储备好，等到房屋封顶需要盖瓦时屋顶全部用山茅草和篾一层叠一层铺扎，就成了茅草房，既遮风挡雨又通风透气，给猪鸡牛羊驴马做住房。

在乡村，如果草长错地方，与庄稼争水肥，就会被视为庄稼的敌人，锄头不放过它，镰刀不放过它，农药不放过它，火不放过它。可是，草总是前仆后继，卷土重来。所以，那些长在田间地头的草，不是被割掉，就是被连根铲除，或是被火烧得面目全非。

在乡村，草与人相依为命就像人类的孩子，都有自己的名字，菟丝子草、羊耳朵草、牛筋草、马蹄疾草、狗尾巴草、猫猫草……每一棵草都有自己的姓氏名字，都储存在每一个乡村人记忆的档案里。

在乡村，烧火做饭少不了用草引燃柴火。草既是家禽六畜最好的垫褥，也是必不可少的农家肥原料。我们小时候玩躲猫猫，经常跑到草堆里，让人半天都找不到。有时运气好，还能捡到几个鸡蛋。特别是秋天，常有人搞恶作剧，把田埂路上的牛筋草"拉郎配"结在一起"下扣子"，走路的人不小心就中招被绊倒。稻谷即将成熟的时候，稻田里就插满了很多红红绿绿的稻草人，用来吓唬麻雀。一个少年和一群稻草人，就能守候一大片黄灿灿的稻田。

尤其是春天，万物复苏，火烧过的田埂上就会长出一根根

"草灰苞"嫩芽,饥饿的我们像一群蹦蹦跳跳的兔子,穿梭在田间地头掐"草灰苞"吃。那"草灰苞"嫩生生的,放进嘴里一嚼一包灰,满嘴钻,既有炒面的香味也有草芽的甜味。一不小心,灰黑的草灰把我们变成了"小老倌""画眉脸"。

每年寒冬腊月杀年猪时,我的任务就是烧猪头。于是,我选择一块空旷的地方,拖几把稻草,把毛茸茸的猪头栽在稻草上,用稻草把猪头捂圆,"哧"一声点燃稻草,反复烧,反复刮洗,就可以扛着焦黄的猪头回家邀功请赏了。母亲每年做豆腐腌腐乳,常常选择一些上等的稻草,抖掉灰尘,洗干净晾干后,给豆腐铺床睡觉,五六天后,豆腐就长出了一层灰兔毛。再把一块块霉豆腐在阳光下晾晒半干,加上早已准备好的花椒、辣椒、姜等作料,一并装进罐里,沉睡几个月后,腐乳腌制成熟,就成了全家人一年到头的下饭菜。直到今天,我们县里名满天下的"羊泉腐乳"仍然保持着用稻草霉制豆腐、晾晒豆腐的传统工艺。五块钱一公斤稻草的收购价,与一公斤大米的价格相当。

在乡村,草是人的影子也是口头的民间文化。如果男女不守本分,破了道德底线,就会被骂成"烂草鞋";如果两个人同流合污干坏事就会被说成"一马驮到云南城,烂草把都不消垫一个";如果谁说下流话,就会被人指责"草里草气";如果有人做事不踏实,就会被说"浮皮潦草";如果家里不讲卫生,就会被人笑话"草里草逼";如果做事半途而废,就会被人说是"草草收场";如果有的人立场不坚定,顺嘴打哈哈,就会被指责为"墙头草"……生活中,以草拟人、用草喻事,有褒有贬,幽默诙谐,说说笑笑,日子过得有滋有味。

进城的草

在我看来,草和人一样,都是大地的孩子,草跟着人进入城市就是城市的一员,就是城里人的兄弟姊妹。

如今的城市,人密密麻麻,草也随处可见,几乎只要有绿化带的地方,就有草的身影,就有草的家族。树带领着草,草簇拥着树,高高矮矮,装点着城市一道道亮丽的风景。

茶余饭后,我经常会去太阳历公园,去拜会那片粉黛乱子草。

开始的时候,我并不在意那片草地,只知道那片草是与其他那些绿化树——山茶、玫瑰、杜鹃、海棠、菊花等,叫得出名字的、叫不出名字的——均经过园艺规划设计,分门别类,按部就班移栽进公园的。于是,整个春天和夏天太阳历公园全是花的世界,不仅成了楚雄人的大花园,也成了我家的后花园。一朵朵、一片片,红的、黄的、白的,姹紫嫣红,争奇斗艳。

季节在更替,花在痴痴开,唯有那片草却静静地躺在寡瘦贫瘠的山坡上,无惊无喜无芬芳,匍匐着,生长着。我好几次散步路过,都觉得那片草地跟乡村的草一样,不仅普通,而且长得慢。有时,我停下脚步,看着那片乱蓬蓬的草地,觉得管理员早该给这片草"理发"啦。

时间牵着季节的手走过春夏,太阳历公园的花还在稀稀疏疏绽放。转眼间,秋天姗姗而来,那片草成熟丰盈,摇曳的草尖上抹着淡淡的唇膏,渐渐吐出了一点点高粱红的穗头,蚂蚁蛋大,一个蕊、两个蕊、三个蕊,串成一串,灿然一片,宛如一块紫红色的地毯,铺在山坡上。风吹过,草,上身红绸,下身绿裙,摇曳着,婆娑着,婀娜多姿,仿佛在彩排,准备迎接贵宾的到来。

真是令我没有想到,就是这样一片粉黛乱子草,却让客居城市的人们奔走相告,蜂拥而来,与草为友,与草同乐,与草存照,慰藉乡愁。

据说,这种粉黛乱子草是从北美大草原来到中国,来到云南,来到我的身边。

其实,草的性格最温和、最乖巧,谁对谁错,草心知肚明。无论身处何时何地,草和我一样,都是卑微一族。

草,是城里人稀罕的食物。楚雄的餐馆有好多家"酸汤猪脚""酸汤鸡"火锅店,锅底作料就少不了来自山野的"酸酸草",偶尔登门去吃一次,胃口大开。还有一些像模像样的餐馆酒店,经营一道叫"香草排骨"的荤菜,就是用一根香草捆住一小块排骨,加其他作料简单腌制,下油锅煎炸,是我最喜欢的下酒菜。除了下酒菜,还有一种名叫"鱼腥草"的凉菜,用辣椒、酱油、花椒、醋合拌,满口麻辣脆香。

草,也是城里人稀罕的植物。有一天,我在桃园湖附近的餐馆吃完饭,到湖边闲逛,牙齿缝隙里塞了东西,老感觉不舒服,想找一根草当牙签,找来找去,到处都是树,都是密密麻麻的人,哪有草的影子。我才发现,要在城市里找一根让自己心满意足的草,比找工作、找对象、找老乡还难。

草,遍布于自然界,据说很多草都含有草酸钙,随着现代工业化的发展,草化身为草酸漂白剂,走进市场,走进千家万户,不惜牺牲自己,清洗污垢、除锈,把清洁还给人间,成了当今我们日常生活必不可少的好帮手。

治病的草

在那个缺医少药的年代，乡村的人得了小病小痛，跨出门槛就能采挖到龙胆草、风藤草、透骨草、车前草、酸浆草、夏枯草、蛇舌花草……拿回家自己配制一剂"草草药"，熬煨煮汤，喝几碗下肚，也颇有疗效。还经常看见"草太医"行走在乡间，用"草草药"偏方给人和家禽六畜治病，救死扶伤，济世草民。那时的我们，放暑假回家，一边放牛羊一边挖中草药，卖给"草太医"，多多少少也能贴补一点书纸笔墨钱，或是买几本自己渴望已久的小人书。

每年夏天，学校里都要临时砌一眼大锅灶，发动我们以劳动课的名义上山挑柴，用来烧火煎熬"大锅药"，一碗一碗分给老师学生喝。据说，那种"大锅药"可以预防脑膜炎。我们从不惧怕那药苦，稀里呼噜就把一碗药喝得底朝天，不少同学还像围着主人要食的小鸡，缠着老师讨药喝。老师总是说："是药都有三分毒，不行，不行，又不是喝糖开水。"他一边摇头，一边挥手，催我们赶快回教室准备上课。其实，童年的我们并不想喝药，看中的是那一丁点儿极其难得的白糖。

在乡村，家家都储存着很多中草药。人人都上山挖过药，个个都或多或少认识一些中草药，也略知一些治病的土药方。药方几乎是通用的，一传十，十传百，家禽六畜病了，自己配制几种熟悉的中草药煎熬成汤，强行喂。猪憨厚老实，只需把药碎成粉末掺在猪食里，加点面，猪误认为是美食，就扇团大耳朵吭哧吭哧吃了。可喂牛药并不是一件容易的事，不论是谁家的牛生病了，都不会随便配药喂。因为牛是农家最值钱的家当，都要翻山越岭去狗街、猫街镇上请"牛太医"来诊断开药。喂牛药时，都少不了要请五六个壮汉来帮忙。对于脾性温和的牛，用绳子或皮条拴住牛角，把牛牵到专门喂药的场子上，然后把牛头吊在一棵一人多高的大麻栗树桩上，有人挠着牛屁股，有人抬着牛头，有人掰开牛嘴，有人打药，一灌角、一灌角轮流喂，转眼间，一大盆汤药就喂完了。对于那些脾性犟的牛，必须先用青草或菜叶引诱，趁牛低头吃草时，几个壮汉冲进牛厩，七脚八手用绳子或皮条把牛蹄套住，默契配合一起用力，牛神不知鬼不觉被拉倒，四蹄被捆绑，中间还加了一根"穿心杆"，被擒翻的牛就乖乖接受喂药了。

大嫂和二嫂生孩子时，母亲就找来一些风藤草、山野姜、破土果叶、透骨草、柏枝叶之类的中草药，熬煮一大锅。然后，用草帘卷围成屏障，让大嫂和二嫂躲在里边，一边洗一边熏蒸，生怕她们坐月子落下病，终身难治。

童年的我体弱多病，火塘里的药罐几乎不断。有时，不知饱足的我，东西吃杂了、吃多了，肚子胀、肚子痛、拉肚子，母亲就会用大麦芽、地棠香、芦苇根、蛤蟆叶、隔山消等几种中草药配成药方，让我守在火塘边煨煮吃。有时，我感冒发烧头痛，母亲就会用龙胆草、黄芩、黄连、臭灵丹等让我一道水、一道汤煨了喝。

为了让我吃药，母亲拿来一块红糖，让我喝一口药，舔一下红糖，诱导我喝药汤。最后，药喝了好几煨罐，小碗大的一块红糖被我吃光，病也慢慢治好了。

转眼间，长大成人初为人父的我，对刚出世的女儿生病却束手无策。女儿感冒鼻塞，经验丰富的母亲找来一根葱管，在火上面慢慢烘，然后掐断葱梢让葱管里的水流入女儿的鼻孔。果真，女儿手舞足蹈，连打几个喷嚏，鼻子就不塞了。有时，女儿咳嗽，母亲便叫我到城郊的村庄砍一棵嫩竹回来，一桐桐断开，在火上烧烤，然后再把竹筒里的汽汗水倒出来，当药喂女儿，疗效也很神奇。有时，女儿发低烧，母亲就叫我去找臭灵丹草；拉肚子，就叫我去找小鹅菜(蒲公英)。母亲总是说，中草药不伤身，治病能断根。

不过，草药确实能缓解乡村的一些病痛。二十多年前，我有个发小儿屁股上长出了一个鸡蛋大的肿瘤包，这家医院进那家医院出，楚雄看过，昆明医过。那时医保不健全，为了治病，已经债台高筑。家里人很绝望，把病恹恹的发小儿拉回家，听天由命。而且，家里人还请来木匠，为发小儿做了一口棺材，做好了送葬的准备。

半条命的发小儿躺在床上，白天昼夜"哎哟哎哟"叫个不停，疼痛难忍。死也难，活也难，于是就叫家里人买回一本中草药书，自己一边学，一边配制药方，买些中草药自己煨汤喝。天天煮，天天喝，死马当作活马医，慢慢地，疼痛有所减轻，两三个月后可以翻身下床，扶着床沿、墙壁挪移。一年后，可以帮家里做些喂猪煮饭之类的家务事了。

我每次回家，发小儿就拄着拐杖摇摇晃晃来找我，要求帮他找找民政部门争取一点儿救济。

每次他来找我，我就好奇地向他打听药方，他总是说："药不治真病，迟早都要死，赶牛赶马都是一条路，心放宽些。"就这样，发小儿一年到头药罐子不断，生命又延续了十多年。可是他死时，屁股上的肿瘤包已经有饭碗大，而且已经流出很多脓血水。在村里人看来，他能从阎王爷那里逃出来，又多活了十几年，奇迹就源于那些草药的功效。

直到今天，认识很多西药的我，面对那些能治小病小痛的土药偏方，仍然找不到打开的密码。

身上的皮草

徜徉在绿树成荫的城市，我曾反复问自己，自己不就是一粒被风从乡村吹进城里的草籽，落入城市的缝隙立命安身的草民吗？

客居城市，怀想乡村，自己曾经使用过不少皮具。家乡的人把宰杀后的牛羊皮晾干，然后拿去请皮匠缝制成羊皮褂、牛皮褂，在干背、挑、扛、抬的农活儿时穿，一方面可以减少物件对衣服的磨损，另一方面可以防止对衣服的污染，一举两得。也可以把牛羊皮割制成皮条、背索，用来捆柴、捆草和背柴、背草。

那时，肥猪实行派购政策，家家户户都有交售肥猪给国家的任务。我们老家山高坡陡，不通公路，肥猪无法用人抬，更无法用车拉，交售猪，只能靠人背。背光秃秃的猪，并不是容易的事，但山里人自有办法，用坚硬的栗树制作一个背架，宛若一个"井"字形小楼梯。然后，把肥猪擒翻，用皮条捆绑在背架上，猪头朝上，相当于将其直立起来，由两三个身穿羊皮褂的壮汉轮换着背。猪受罪，人受累，翻山越岭把哼哼唧唧的猪背到狗街小镇食品组，交售给国家。

在那个"农民爱件大羊皮,工人爱件大棉衣"的年代,羊皮袄、牛皮袄就是山里人防寒保暖的外衣,一年到头都不离身,大大小小,家家都有好几件,人人都爱穿。那时,村里人干农活儿聚集在一起,就会用羊皮袄、牛皮袄互相 PK,炫耀自家的羊皮袄是用大羯羊羊皮做的,牛皮袄是大牯子牛牛皮做的。羊皮袄、牛皮袄也成了山里人展示生活的奢侈品。

那时,买不起毯子、床单,一张牛皮就是我们兄弟姊妹六人的席梦思,一个个睡在牛皮上,仿佛一窝猫崽,在母亲的怀里依次被哺乳长大。有时,我尿床后,母亲惩罚我的方法就是背儿歌:"我家有个小皮匠,屙屎在床上,洗呀洗,晒不干,你妈给你两扁担……"儿歌不知背了多少次,床也不知尿了多少回,只有那张忍辱负重、经久耐用的牛皮才知道。

我们小孩子喜欢打陀螺,麻线禁不起打,布条禁不起抽,就去讨好皮匠,甜嘴甜舌喊他爷,拣那些鞋底线粗的边角废料皮条来做打陀螺的鞭条。再大的陀螺,在我们手里的皮鞭控制下,都会嗡嗡嗡鸣叫着不停地旋转,让我们玩转童年时光。可是,当我做错事时,我就成了母亲抽打的陀螺,皮鞭条就是母亲惩罚我最好的工具。

我脱下羊皮袄进城以后,很少见到牛羊,每天睁开眼睛,跨出家门,眼前是像牛群羊群一样奔跑的车辆。细细打量自己,脚上穿的皮鞋,身上穿的皮衣,腰间系的皮带,肩上挎的皮包,兜里装的钱包,都是草的化身,都来源于牛皮、羊皮。家里的皮沙发、车上的皮座套,朝夕相处的"皮家伙"随处可见。

我所在的云南楚雄千里彝山，草木丰茂，草喂养着牛羊，牛羊奉献着肉食和皮毛，千百年来皮草一直与人们的生活息息相关。但随着时代的变迁，曾经温暖山里人的羊皮褂、牛皮褂已经进了村史馆；屈指可数的皮匠，已经变成了"非遗"传承人。

　　有时，我去彝人古镇闲逛，走进那些装扮一新的民族工艺小店，偶尔也能见到很多自产自销的绣花皮革制品，依照裘皮、皮毛、皮草画瓢，那些名正言顺的楚雄特产是不是可以叫作"花皮"或是"皮花"呢？

　　如今，不少和我一样的乡村人，早已被城市翻版复制，就像那些被现代化工艺做成的皮革制品，已经看不出灰头土脸的模样，唯有那些和我一样被当作城市补丁的小草，不论落脚在哪个旮旯儿，始终在"一岁一枯荣，春风吹又生"中保持年年发芽、岁岁开花的心态，默默无闻地做大地的汗毛、城市的面膜。

忠实的篱笆

情人节，朋友邀约吃饭。导航把我带到目的地，抬头一看，饭店的名字叫"东篱餐馆"。

仔细打量，一幢仿古建筑，二层小楼，前面是车水马龙的大街，背靠一片古装古色的别墅区。餐馆紧挨小区大门侧边，院墙是一排黑黝黝的铁篱笆，铁篱笆上爬着稀稀疏疏的藤蔓，小花星星点灯，一群人正在花下喝茶打牌，颇有几分陶渊明"采菊东篱下，悠然见南山"的韵味。

进入餐馆，偌大一个餐厅，楼上楼下，一桌与一桌之间，全部用一道道竹篱笆隔开。篱笆是一根根甘蔗粗的竹子，挨挨挤挤站立而成，竹节疤明显，偶尔还保留着几片原模原样的竹叶。圆圆的竹桌子、圆圆的竹凳子，保留着乡村竹子的底色，蕴藏着乡村篾匠的艺术灵魂。

我们的包房在二楼 9 号，饭厅的外面有阳台，阳台的围栏也站着一道竹篱笆。我看了又看，篱笆的篾条很精致，一条条左右穿梭编织，构成无数个菱形。伸手一摸，滑溜溜的，好像涂抹过一层清光漆，与其他常见的篱笆相比，可算得上是民间艺术品了。

这样的篱笆，在城市实属少见。两年前，国家实施乡村振兴战略，要求干部大返乡，参与家乡规划，我跑遍了老家的房前屋后,田间地头都没有见到篱笆的踪影,令我很纳闷儿。

今年春节回老家,村庄的道路旁边立起来了几道钉子扎成的木条篱笆,房屋的墙壁上稀稀疏疏挂着一些陈旧的篾器、木器、土陶器。不难看出,它们已经被人小心地擦去尘埃,昭示着村庄零零碎碎的农耕史,与一幅幅墙体画互相映衬,构成了村庄今非昔比的图景。

最近,我去过很多美丽乡村示范点,一道道竹篱笆、木篱笆复活而生,它们是新农村的标志,守卫在乡村水泥道路旁。道路旁的农家小院大多数已经是砖房洋楼,门口安装了电子监控,摩托车、微型车、小轿车东一辆西一辆停在路口,只有那些精心打造的篱笆、那一片片黄灿灿的油菜花,装饰着村庄的乡愁,吸引着来来往往的游客。

我在乡村生活的那些年月,村庄的道路边、菜地边、庄稼地边,用来防御牛羊牲口的篱笆随处可见。尤其是果园边的刺篱笆,全部用张牙舞爪的刺一捆捆栅成,用于防止人进入。有一年,我家的篱笆两三年没有更新,很旧、很腐、老气横秋,不知是谁家路过的牛羊,今天啃一嘴,明天啃一棵,偷吃了我家很多蔬菜。而且,我家菜园边上的那几棵火把梨,冷一个热一个被人偷摘了很多。那一年,我没有吃上母亲腌制的泡酸梨,心里怪不是滋味的。

在我的老家,还有一种为婚宴喜事临时制作的"青棚篱笆"。家家户户在举行男婚女嫁的婚宴喜事时,都要从山上砍回一些活鲜鲜的树枝叶,在院子里搭建一个绿茵茵的青棚,青棚四周用一棵棵树枝扎成篱笆,男方家在青棚里举行踩青棚仪式,女方在青棚里举行出嫁仪式。同时,人们在青棚里吃饭喝酒待客,自娱自乐跳土著民族舞蹈,直到回门那天,喜事完毕才把青棚拆除。

我参加工作以后,到过很多彝家山寨,见过很多垛木房,四周的墙壁全部用木头一棵垛一棵栅成篱笆,围成畜圈关牛羊。山坡地里也时不时见到当地人用篱笆围成的羊圈,让白天满山遍野跑的羊群夜宿山地中,积攒羊粪蛋做肥料,反哺山坡地里的洋芋、苞谷、萝卜。

我还见过一种"萝卜丝篱笆"。楚雄高寒冷凉山区盛产萝卜,父老乡亲们就地取材,在萝卜地里栽上几棵一人多高的树桩,用手杆粗的竹竿一排排绑在桩上,然后用来晾晒萝卜条。到了秋冬挖萝卜的季节,山地里的篱笆挂满了雪白的萝卜条,远远望去,一挂挂萝卜条变成了一道道亮丽的山地屏风,白云来看,阳光来看,来看一道道镶嵌在天边、站立在云端的萝卜篱笆。

眼前的篱笆是我进城这么多年见过的最地道的从乡村复制进城的篱笆。

开饭时,满桌香喷喷的菜肴,有我平时很难吃到的竹笋炖鸡、油煎竹虫、腌竹笋、竹筒饭。显而易见,餐馆主人的经营理念就是以竹子为符号,吸引顾客,还原乡愁。

有一年,去四川闽南竹海,当我像一个游泳爱好者游出竹海宽广的胸腔时,已经满身冒汗,微风拂面如幺妹柔软的手不停地为我轻轻擦洗,顿觉洗了一次澡,全身轻松。我们在一家绿竹掩映的山庄小憩,品尝了一顿别开生面的"全竹宴"。餐桌上竹蛋、竹笋、竹菇、竹花、竹筒炖鸡蛋、竹筒豆花、竹筒饭等十几种地地道道的菜肴,全是用竹材料烹制而成。再来一壶竹根水酿制的土酒,慢慢品,慢慢喝,你敬我,我敬你,品尝竹子的心肺、竹子的肝脏。我仿佛置身于清洁高雅的竹子之中,不是在与朋友喝酒,而是在与青翠的竹子交杯换盏,开怀畅饮,窃窃私语。

那顿"竹子饭",我仿佛吃进一肚子竹子,变成了一个大熊猫,终生难忘。而今天的这顿饭,虽然不是"全竹宴",倒也有几分闲情逸味。

自从那天到"东篱餐馆"吃饭以后,我就开始留意城市里的篱笆。篱笆就是人类身后的影子,人走到哪里,篱笆就跟着人到哪里,人在哪里扎根,篱笆就在哪里扎根,是人类最忠实的朋友。

每天开车上下班,经常看到城市中狭窄的路段,中间的隔离带站着一排齐秃秃的铁篱笆,把来来去去的车辆分开,指挥着密集流动横穿马路的人群。这种篱笆是维护交通秩序的好帮手,白天黑夜,寸步不移,站在那里;风霜雪雨,雷打不动,站在那里;阴晴圆缺,死心塌地,站在那里。如牛马驴骡奔跑的车辆,放出的屁,腾起的灰尘,把篱笆弄得满身污垢,但它忍辱负重,不卑不亢,立规矩,守规矩。它还随时面临生命的危险,经常有车撞上篱笆,要么倒地,要么骨折,篱笆不说一句话,经过修复,又打断骨头连着筋,和自己的兄弟姊妹站回原位,履行着自己的职责。有时,篱笆还被当作广告牌,看似身价百倍其实分文未取,只不过是广告商谋利的嫁衣。

漫步街头,很多绿化带的周围也站着一排排膝盖高的铁篱笆,与街道中央那些作为界限的铁篱笆相比,那些绿油油的篱笆天天和花花草草、小灌木在一起,篱笆既是它们的伙伴也是它们的贴身保镖。可是，在雨水和阳光的诱惑下，它们也会背叛篱笆，有的伸出手，有的探出头，翻越篱笆。篱笆的顶头上司来了，手握电剪刀唰啦唰啦修剪，贴着篱笆给它们理发，似乎是对花草"红杏出墙"的惩罚，一次又一次教训它们。它们是篱笆的合法伴侣，必须服从篱笆的管理。否则谁越界，谁伸手，就要被剪，挨惩罚。

每天开车上班，都要从一段铁路旁经过，铁路边的铁篱笆一人多高，篱笆头上还顶着一个个刺淋淋的钢丝圈。那样的篱笆，除了鸟能飞过去，人哪怕有十八般武艺也只能隔着篱笆看火车来来去去。

城市的街道边，每隔一段路都会有一间小房子，里边是城市必不可少的变压器供电设施，外面四周的墙上，标明"高压危险，请勿靠近"。墙体上还栅着木篱笆，这种篱笆究竟是为了保护供电设施，还是作为一种装饰，我一直没有弄明白。

偶尔路过一些紧邻街边路边的建筑工地，远远看去就像有一堵绿色的墙，走近细看，是在铁皮上粘了一层绿茵茵的塑料草。里边是尘土飞扬的建筑工地，外边是一堵堵人造篱笆墙。这种人造篱笆墙，实心、高大，挡住了一些尘土和喧嚣，起到了"一好遮百丑"的作用，这也是城市文明进步的体现。

我所在的城市，青龙江从西向东穿城而过，十多公里长的江两岸，花是花，草是草，树是树，宛若两条花花绿绿的项链随着河流延伸，不是公园，胜似公园。从早到晚，人是河流长藤上开出的花、结出的瓜，散步的、唱歌的、跳舞的、钓鱼的人络绎不绝。

沿河两岸的护栏，有的地方密密匝匝的藤蔓就是天然篱笆，有的地方是铁篱笆，有的地方是塑木篱笆，有的地方是大理石雕刻的石篱笆。这些篱笆它们的职责是保护人,而且是保护无知的人。有来自河流的坏消息,有人解不开心里的疙瘩夜里跳河身亡了。可是,河水没有锅盖,护栏怎么管得了呢?也有好消息传来,有人不小心溺水,有人见义勇为……

河流里发生了什么事,很多都随流水远去,悲欢离合,只有那些不会说话的篱笆,历历在目,铭记心中。

机关驻地也有篱笆。院子大门的电动篱笆,脚下安着轮子,遥控器掌握在人的手里,哗啦啦开,哗啦啦关。我进了院门,办公楼的门厅内也有一片小矮人一样的篱笆。通过人脸识别,篱笆的门像两个巴掌向我打开,并且很有礼貌:"你好,欢迎光临。"出门,篱笆送客,同样会说:"欢迎下次光临。"有时开会,人群出入频繁,篱笆迎来送往,依然甜嘴甜舌不停地鼓掌。你什么时候入,什么时候出,"小矮人"一清二楚。这种篱笆,不仅肩负着机关办公的安全,还守护着很多无可奉告的机密,已经不是乡村庄稼地旁灰头土脸的篱笆,而是现代化高科技智能化的篱笆。

这样的篱笆,城市里不论是办公驻地等重要场所还是医院等公共服务场所,已屡见不鲜。篱笆随着人类农耕文明的诞生,已经有几千年的历史。人类离不开篱笆,篱笆最听人的话,哪里有人烟哪里就有篱笆的影子。

有时,开车出游,高速公路边的铁篱笆手脚粗壮,陪护着展翅飞翔的汽车。晚上,我开着车一路前行,铁篱笆上一只只闪亮的小眼睛,仿佛在提示自己这是天上的银河,前方就是天上人间。

去昆明滇池看海鸥,滇池边的不锈钢篱笆旁,人和海鸥一样多,很多人和我一样,都想抓拍几张称心如意的照片。可是,人来来去去,海鸥来来去去,风来来去去,只有篱笆是最好的倚靠,死心塌地在那里等你和海鸥合影。

我游览过很多名胜,栈道旁边的木篱笆、铁篱笆无处不在,篱笆就像我身后的孩子,又仿佛是我的向导,无论走到哪里都有篱笆陪伴着我,也引导着来来往往的游客。

我所在的文化活动中心,是一个开放式的大公园,四周两千多米的围栏,全部是铁篱笆。篱笆虽然只有肩膀高,但中间全部是菱形的铁丝网,篱笆头上长满了小箭头。靠西边的那一道篱笆外,是城市的一片预留建设空地,很开阔,一年四季都种植着庄稼蔬菜。篱笆是很多野草和牵牛花登高望远的梯子,也是架豆、洋丝瓜、葫芦的瓜架,成了小鸟歇脚赏花的好地方。就是这一道篱笆,天天都可以让我看见农人忙碌的身影,看到一茬茬庄稼拔节生长,看花开花落,感受春夏秋冬的四季轮回。即便是万物萧条的冬天,篱笆也有很多野草陪伴。在我看来,这样的篱笆,才是乡村味十足的篱笆,才是幸福的篱笆。

我每天上下班路过篱笆,都要朝篱笆望几眼,篱笆熟悉我,我也熟悉篱笆。出差开会,或是放假,几天不进办公室,一见到篱笆就像见到老朋友,很亲切。有时,在办公室坐久了,腰酸背痛,我走出办公楼,绕着篱笆散步,时不时停下脚步,对着篱笆哼一曲《篱笆墙的影子》,看篱笆呵护的田园风光,赏篱笆身后的草木图腾,很开心。

文联办公楼距离这道篱笆不过一百米,一式三层,中间是个大天井。办公室楼道上的护栏,天头地脚都是亮堂堂的不锈钢管,中间是一块接一块被钢条包裹的玻璃,其实就是一道亮堂堂的"玻璃篱笆",与办公楼外的那些篱笆相比,既漂亮又威严。

一次,我们正在开会,讨论单位的二十多项规章制度,领导反复强调:"没有规矩不成方圆,要建章立制,扎紧制度的篱笆。"会议开到中场,突然有人喊"地震了,地震了"!大家惊慌失措,跑出办公楼。地震平息后,又回到办公室,房屋门窗虽然微微有破损,但影响不大,而走廊上的几块"玻璃篱笆"却遍体鳞伤。下班时,我习以为常,瞄了一眼门外那些草木陪伴的篱笆,安然无恙。

我换过好几次房,住过好几处楼房林立的小区,很多人家的窗户外面都加固了防盗笼,那些防盗笼其实也是篱笆的化身,只是被人从地上移到了墙上。篱笆上墙,增加了房屋空间,不仅可以摆一两盆花草,还可以晾晒衣物,同时还可以防止高空坠物。有一年,我们小区里一户人家房屋内发生火灾,人被困在里边,邻居们急得团团转,无计可施,拨打119求援。消防救援队赶来,争分夺秒,用电锯切割篱笆防盗笼,篱笆纷纷被分尸解体。篱笆牺牲了,人及时得救了,篱笆舍生忘死,功不可没。

我现在所住的小区,东西南北四道大门,也是铝合金篱笆门。车进车出,篱笆像一只无限伸长的手臂,可张可合,忽升忽降,横亘在地,就像一把大梳子。我每天出出进进,篱笆又好像是一只向我挥动的大手,送我出门迎我回家。

小区里的房屋,大多数是三层楼的联排别墅,户与户之间的花园、车位,也是一道道腰杆高的铁篱笆,很少看到砖头水泥墙。这种以人为邻的篱笆,脏了,有人为它冲刷擦洗;锈了,有人为它刷漆。这样的篱笆可堪称"小康篱笆",虽然瘦小单薄,却很受房主庇护。由于篱笆不占地方,在寸土寸金的城市,可以多有一寸土地栽花种草，难能可贵。惜土如金的妻子，在花园的篱笆脚下种上红豆、南瓜，让瓜豆爬上篱笆。花开时，篱笆就是一道花花绿绿的墙，每年多多少少都能吃上一些红豆、几个南瓜，反哺味蕾，慰藉乡愁。

后花园的篱笆脚下，我栽了一株金银花，把整道篱笆爬得严严实实。开花时一片金黄，蜜蜂嗡嗡飞来，蝴蝶翩翩飞舞，不少人也来采金银花当茶喝。一株金银花，盘踞了我家整个后花园，一株金银花迎得了邻居们的好口碑。

回到家里，每天上楼下楼，楼梯的护栏也是篱笆，只不过是红木做的。护栏方柱子顶着一个圆溜溜的小脑袋，我上也摸，下也摸，就像老人抚摸孩子的小脑瓜，很亲切。

我家三楼的后阳台，是露天敞开的。左右两边是邻居家的隔墙，正面是一道铁篱笆护栏。冬天，我经常坐在阳台上晒太阳，看书；夏天，我经常坐在阳台上纳凉，喝茶。有时，倚靠在铁篱笆上伸伸懒腰；有时把腿搭在篱笆上反复压几下，拍打拍打；有时背靠篱笆，头仰天，活动活动颈椎。看天上的风云变幻，看春夏秋冬的更替，看别人的书，写自己的文章。钱钟书在《围城》里说："城里的人想逃出来，城外的人想冲进去。"但事实上，今天的城市已经没有城墙，篱笆也无力围住城市内的一切，只有那些无形的篱笆，呈包围的姿态，站立在我们的工作和生活中。

年过半百，遇见过各种各样的篱笆，阅过形形色色的人。其实，每个人的外表和内心都有一道篱笆，那也是人世间最难看懂的篱笆。

忠实的篱笆跟着人进城，虽不太起眼，但却收获了城市的青睐。我就是城市篱笆中的一员。

一盘没有下完的豆腐棋

一

在牟定，大街小巷的商店，没有哪一家不卖腐乳。

在牟定，无论走进哪一家餐馆，桌上都会上一碟腐乳。

油腐乳、素腐乳、干腐乳、野生菌腐乳……牟定腐乳无处不见。

牟定人走亲戚，随身带的礼物，少不了腐乳。家有来客，礼尚往来，也少不了要送点土特产腐乳给亲戚朋友带走。

我是地地道道的牟定人，是"牟定腐乳"这张响当当名片的持有人，对牟定腐乳情有一种唇齿留香的乡愁。为此，我曾经写下了这样几行不称其为诗歌的文字：

羊泉腐乳

自从我认识了你

你就和我唇齿相依

成了每天餐桌上的情侣

多少年来

不管你"臭"名远扬

还是香飘万里

我依然爱你

二〇二一年深冬的一个早晨，牟定坝子大雾弥漫，如白生生的豆花，铺展成一片汪洋。我又一次走进云南羊泉生物科技有限公司，羊泉腐乳创始人王知太接待了我。

地地道道农家子弟出身的王知太，出生在离盛产豆腐天台集镇两三公里的小仓屯村，从小就见识过农家做豆腐、霉豆腐、腌豆腐的一切场景。一九八四年，吃着天台豆腐长大的王知太从楚雄财校毕业后，被分配到牟定县饮食服务公司，主要工作是财务会计。他心想，进入国有企业，终于鲤鱼跃龙门端上了铁饭碗，过上了梦寐以求的城市生活。

那时，中国的改革开放刚刚起步，私营餐饮也如雨后春笋应运而生，令王知太没有想到的是，没过几年，他所在的饮食服务公司在不断发育的餐饮市场竞争中每况愈下。更让他意想不到的是，国有企业改革的步伐会如此蹄疾步快。

一九九六年，王知太停薪留职，开始"下海"摸爬滚打。他想卖腐乳，可是，县唯一食品加工厂独家生产经营，要现钱现货，他拿不出那么一笔资本金，跑了几次食品厂，都竹篮打水一场空。于是，他七拼八凑在农贸市场找到了一席之地，摆摊卖风干菜、咸菜等土特产。

一年下来，盘点算账，只打了个平手，几乎没有赚到钱，养家糊口都成问题。踌躇满志的王知太困惑不已，陷入了深深的沉思。

开弓没有回头箭。站在进退两难的人生路口,王知太想了好久,路在何方?思来想去就是缺资金。家人、亲戚、朋友,谁都没有上万元的钱借给自己。于是,他试探着跑到楚雄,敲开了一个沾点瓜葛的亲戚的门,甜嘴甜舌说了自己一大堆美好的打算。亲戚也是在一家国有企业上班,很同情他的处境,慷慨解囊,把仅有的两万元存款全部借给了他。

怀揣两万元,王知太跑到昆明,开始学贩卖木材。倒来倒去,几个回合,借来的两万元亏得还剩四千元。刚"下海"就被水呛,没有赚到钱,他不知辗转难眠了多少个夜晚!

一肚子财务知识的王知太怎么也没有想到,市场如此残酷。于是,他找熟人去银行贷了七千元,和好几个亲戚朋友又借了两千元,带着仅有的一万多元,跑到南华县的大山里收野生菌,当"二道手"。白天走村串寨收购,晚上返回南华县城卖给大公司。一个秋季过后,收购野生菌还是"马尾打豆腐",这让他的处境雪上加霜,所有借来的资本金仅剩三千元。

面对失败,王知太再次陷入了困惑。

回头是岸。王知太又打道回府,继续在牟定县城农贸市场摆摊卖咸菜、风干菜,做小生意。一波三折,他虽然没有赚到钱,但增长了见识,淘到了经验。在农贸市场摆摊做买卖,一年下来终于淘到了六千元的第一桶金。

王知太没有知足常乐,他又邀约弟弟王知荣在县城买了两台电脑,开起了一个小网吧,再在街边摆了两张台球桌,每天收入两百多元,很可观。但是,那些贪玩的孩子,让父母三番五次到游戏室来找。王知太也为人父母,他痛下决心关闭了游戏室,决定另谋出路。

思来想去,王知太想到了他老家天台小有名气的腐乳。

说起天台豆腐、天台腐乳,王知太头头是道向我讲述了石羊井和天台从古到今的故事。

相传,三国时诸葛亮南征孟获就在五月渡过金沙江,深入不毛之地。途中蜀兵多中瘴疠之气,有的成为哑兵,苦不能言,喜不能语。军医不治,诸葛孔明为此不甚烦恼。进永仁过元谋,大军行至今天台地区时已是炎炎夏日。一日,蜀兵们正在口干舌燥之时,看见荒无人烟的地下涌出一股清澈泉水,一群羊正在低头喝水,士兵们不敢冒然饮用。但士兵们又想,反正已经哑了,口渴难忍,就大着胆子喝了泉水。没有想到的是,到了宿营时却出现了奇迹:饮用泉水的哑兵们开口说话了。消息在蜀军大营传开,士兵们争相饮用,很快,这眼泉水治愈全军哑兵。因为贮满清澈泉水的石窠样子像一只羊,诸葛亮就将此泉命名为羊泉,命令军中工匠就地取材,立了一尊石羊作为纪念。

天台集镇坐落在天台山上,横穿山脊。往北方向西侧,一个小小的巷口往下,一个缓坡不足百米,一片小小的田畴间一眼水井泉水喷吐,潺潺流淌。这就是名满牟定的天台石羊井,从蜀汉一直讲到今天的石羊泉,这就是文人墨客笔下的羊井奇踪所在地。

天台人利用石羊井的水做豆腐,从古至今,代代相传。天台周围的村庄,加三层楼、周家、吴家、食旧村、贾溪塘等地的村民,也都会做豆腐。年关节下,几乎家家户户都做豆腐,遇上红白喜事也做豆腐。年头节下吃豆腐,婚丧嫁娶吃豆腐,豆腐脑儿、豆腐煮猪血旺子、豆腐圆子、油煎豆腐、鸡蛋炖霉豆腐、蒜苗炒霉豆腐、芫荽煮霉豆腐、豌豆尖煮霉豆腐、茼蒿菜煮霉豆腐、油炸霉豆腐……由于豆腐出自天台,用石羊井水做成,就被叫作"天台豆腐""天台霉豆腐""天台腌豆腐"。叫着叫着,天台豆腐就渐渐名扬四方。就连婚丧嫁娶送的礼物,也是一块块砖头厚的豆腐。今天你送我,明天我送你,小小一块天台豆腐传递着民间你来我往的礼尚往来。

到了二十世纪八十年代初,改革开放使农民束缚了多年的手脚得到解放,天台附近很多农民,你带我,我带你,互相学做豆腐小生意。三五成群,用单车拉着一筐筐鲜豆腐、霉豆腐,走村串寨叫卖:"卖豆腐——卖豆腐,天台石羊井水做的豆腐。"有钱给钱没有钱换大米,换洋芋,以物换物。除了走村串户卖,还瞅着赶街天到小集镇乡街子上卖,到机关单位住宿区叫卖。不仅在县内卖,还跑到与牟定毗邻的禄丰琅进、黑井、甸心、广通、大旧庄、一平浪卖;跑到姚安前场,姚安县城卖;跑到楚雄吕合、钱粮桥卖。

王知太对牟定天台豆腐的历史还真是如数家珍。可是,办腐乳加工厂并不是做小敲小打的小买卖。曾经在市场风浪中吃一堑长一智的他,不敢盲目上马。从二〇〇一年开始,他就萌发了要办腐乳厂的念头。为了把事干稳,他在牟定县城东溜西逛,打听腐乳的销售渠道、行情,了解腐乳生产的工艺、产量。通过走访调查,他得知,牟定当时已有天台腐乳、石羊井腐乳、佳和腐乳、鹊泉腐乳、县食品加工厂共五家腐乳企业,但产量不多,还不足两百吨。王知太认为,既然牟定腐乳口碑好受欢迎,照理说还有发展空间。他想探探做腐乳营生的水究竟有多深。

对天台腐乳情有独钟的王知太,又是多少个夜晚辗转难眠。白天想腐乳,晚上想腐乳,满脑子都是腐乳梦。

生意无本白操心。一个巴掌拍不响。又去哪里筹几十万元呢?

时光如流,两年光阴不知不觉在王知太的年轮里转眼而过。四十不惑的他下定决心,把赌注下在了办腐乳加工厂上。

二○○三年,王知太邀约王知荣、赵显礼等五个合伙人,东奔西跑筹措到三十五万元资金,紧锣密鼓迈出了筹办腐乳厂的第一步开局棋。

没有技术怎么办?他从天台腐乳厂、县食品加工厂聘请来两名退休师傅做指导。

没有钱建厂房怎么办?他们在天台坡脚租了宏达物品包装厂的旧厂房。几口大铁锅、一台磨浆机,因陋就简,招兵买马,有多少面做多少粑粑,于十月开始做豆腐,生产腐乳。

三十五万元,租厂房、买设备、买黄豆、买菜油等原料,几乎只剩一半。用这一半钱起家,腐乳做出来了,共 1.6 吨,每瓶 320克,制作出 5 万瓶,品牌名叫"羊泉腐乳"。要走向市场,就要穿衣戴帽,就要包装。此时,王知太打听到县食品加工厂已经停产,还剩一部分腐乳包装纸箱,就找上门全部买回来。可是当他和王知荣跑到昆明一家玻璃厂订购腐乳瓶子时,却吃了闭门羹。玻璃厂是大块头企业,老板嫌弃数量少,达不到 10 万个不接单。磨了半天嘴皮,王知太答应提前付款,5 万个腐乳瓶才有了着落。

羊泉腐乳就这样一瓶一瓶诞生了。转眼春节临近,王知太觉得过年过节,返乡的人多,走亲访友的人多,是销售腐乳的好商机,于是,他做了七百张春节慰问信式的羊泉腐乳宣传单,倾巢出动,发给机关工作人员,并承诺凭一张宣传单到指定的销售点可免费领取2瓶腐乳。

说到做到,春节前夕1400瓶腐乳纷纷免费赠送,让很多人知道,牟定又冒出了一家羊泉腐乳厂。心急吃不到热豆腐,王知太万万没有想到,腐乳还只有三个多月,熟化期不够,很多人吃了都说味道不错,就是有点"生"。王知太又公开承诺,凡是赠送的腐乳都可以拿到县城销售点调换。从此,牟定人逐步认识了羊泉腐乳,逐渐认识了"羊泉腐乳"的老板王知太。

腐乳陆陆续续销售一空。准确地说,是赊销一空。大部分腐乳很多经销商还不熟悉,只是试销,卖完才付款。腐乳不同于其他商品,从一粒黄豆到腐乳走向市场,在仓库里腌制熟化少不了半年时间,不可能今天生产,明天就可以上市。也就是说,一笔资金一年只能周转一次。第二批腐乳要生产,资金回笼慢,要买原料,要发工人工资,实在有点儿揭不开锅。

真是一文钱难倒英雄汉。王知太找五个合伙人商量,困难只是暂时的,先保生产工人工资,领导的工资以后补发。所谓领导,就是他们五个合伙人。同时,他还提议由五合伙人继续外出借钱,共渡难关。

为了借钱,王知太跑了牟定的几家银行,腐乳厂没有厂房,没有抵押物,一分钱都没有贷到。于是,五个合伙人兵分几路,一边推销腐乳,一边找熟人,找朋友,找亲戚,两百元也要,三百元也要,一千元也借,两千元也借。一共借了二十多笔钱,合计十六万元。到了冬天,天气渐凉,沉睡了几个月的磨浆机开始嗡嗡旋转,第二批腐乳开始依次生产。

就这样,在王知太的带领下,借钱生产腐乳,再借钱继续生产腐乳。就这样勉勉强强维持了两年,羊泉腐乳销路不断打开,腐乳厂也略有盈利。资金短缺仍然是羊泉腐乳扩大生产规模的拦路虎。

二〇〇五年,王知太听说,像他们这样的农产品加工企业,政府每年会对部分项目给予扶持。于是,他从县到州开始打探,进了很多机关,出了很多道门,才弄明白财政部门有项目扶持。材料报了,人家也收了,可是迟迟没有音信。

等米下锅的王知太产生了一个大胆的想法,直接去云南省财政厅。去之前,王知太投亲问友,做了很多功课,了解财政厅办公的地点,了解财政厅分管项目的领导,了解财政厅分管项目的处室。

王知太和王知荣开着车,跑到了昆明市五华山省政府办公区大门口。他们俩每人提着两小盒羊泉腐乳,被保安拦了下来:"你们找谁?"

王知太胸有成竹回答:"我们来报项目,要找财政厅某某副厅长。"

保安一看他们手里的羊泉腐乳,觉得是办正事的,又看了他们的身份证,叫他们一一做了登记,才让他们进门,并告诉了他们财政厅办公的地点和方向。

王知太带着王知荣走进财政厅,看了标牌示意图,直接去了某某副厅长的办公室。副厅长分别给他们倒了茶水,热情接待了他们,还喊来相关处室负责人,详细听取了王知太的汇报。大家认为腐乳是带动农民增收致富的好产业,应该给予扶持。但是,还要进一步深入调研论证,告诉王知太听候通知。

财政厅副厅长的一席话,暖了王知太的心,也给他吃了一颗定心丸。可是,令王知太犯愁的是,厂房如此简陋,规模如此小,如何汇报才能争取到扶持?王知太马不停蹄回到腐乳厂开会,向大家通报了上级要来厂里调研腐乳生产这个振奋人心的好消息,紧接着一项一项安排,生产、接待,责任落实到每一个人。一切都在为羊泉腐乳的明天做准备。

第三天中午,前天在财政厅见过的领导果真来了,还有州财政局、县财政局的,县上的分管领导也来了。调研组详细察看了羊泉腐乳生产的全过程,问这问那,问得最多的是:黄豆从哪里来? 菜油从哪里来? 辣椒、花椒从哪里来? 有多少农民在厂里做工? 工资收入多少?

调研完毕,给不给扶持? 来的领导一个字都没有说。王知太反复邀请调研组的同志在食堂吃饭,调研组的同志再三推辞,上车走了。

调研组做得滴水不漏,连饭都不吃,王知太有一丝失落感。他反复问自己,究竟是接待中有环节没有做好,还是羊泉腐乳的生产规模太小?

也许是王知太的创业精神感动了副厅长,感动了调研组,十天半个月过后,项目争取下来了,扶持资金十五万元。十五万元对于很多大企业来说只是个小数,但对于羊泉腐乳这样的小微企业来说却是大钱,相当于羊泉腐乳经营一年的毛利,是羊泉腐乳的救命稻草。

争取到十五万元无偿扶持资金后，羊泉腐乳如干渴的大地迎来了一场及时雨。可是，有合伙人提出，建厂到现在个人投入三年来的本金要分红。饱尝创业艰辛的王知太明白，好钢要用在刀刃上。他说服合伙人，还要勒紧裤带过两年，把有限的资金用在扩大腐乳生产规模上。

转眼间，羊泉腐乳也成长起来了。二〇〇八年，王知太又把与羊泉腐乳厂一墙之隔的油毛毡厂、被服厂租过来，生产规模进一步扩大，腐乳销售量也一天天增加。

资金短缺一直是困扰羊泉腐乳做大做强的难题。二〇〇九年，王知太突发奇想，找到昆明的一个朋友，请求用朋友的大酒店抵押向银行贷款，贷到的款分一部分给羊泉腐乳厂使用。朋友知道牟定腐乳在昆明也小有名气，就同意用酒店担保抵押，向银行贷了四百九十万元贷款，将一百九十万元给王知太用于扩大腐乳生产。

有了这一百九十万元，再加上羊泉腐乳的部分资金，王知太买下了原来租用的油毛毡厂、被服厂，还租用了相邻的麦片厂，大刀阔斧开始扩建厂房、生产车间、仓库，将生产区、办公区、生活区分开。看着腐乳厂像个工厂的样子，工人们安心了，也看到了羊泉腐乳的前景和未来。

二

羊泉腐乳要走出云南，融入全国大市场。王知太给我讲述了当年去北京闯市场的故事。

那时,王知太刚参加工作两年多,在县饮食服务公司从事财务会计工作。县里从国有企业中精挑细选了十多个年轻人,前往北京昌平开办云南土特产销售公司,王知太主要负责财务工作。公司主要经营楚雄当时小有名气的丝绸被面、化佛山茶、元谋番茄、云南小锅米线、牟定腐乳等土特产。

公司开张后,一方面由于当时物流不发达,只能靠火车运输,几经倒腾,番茄、腐乳运输到北京昌平,损耗较大;另一方面,公司对南北口味、饮食习惯、消费理念、地区差异等一无所知。磕磕碰碰经营一年下来,亏损严重。一九八七年十月,县政府撤回土特产销售公司。

这一次北京闯市场,市场教会了王知太两点经验:第一,北京人认为牟定腐乳味道不错,美中不足的是辣味太重,很多消费者吃不消;第二,牟定腐乳包装较大,一个土陶罐盛装,都是以公斤计价,虽然货真价实,但一罐腐乳打开,短时间内吃不完,就会变质,造成浪费。

二〇〇七年,王知太做出一个决定,羊泉腐乳要闯市场,必须出去开开眼界。于是,他与王知荣、赵显礼三人结伴同行,跑到昆明最有名气、规模最大的石林看路南腐乳。

看了路南当时的三十多家腐乳厂,王知太感慨,路南腐乳已经成为一个产业,自己的羊泉腐乳还属于起步阶段。王知太对路南腐乳得出的结论就是一个字:多。

二〇〇九年,王知太又把目光转向省外。通过工商联引荐,他带着王知荣、赵显礼跑到了贵州"老干妈"油制辣椒厂。走马观花看了"老干妈",虽然核心的工艺没有看到,但这一趟没有白跑。十多辆在门口排成长龙正在下原材料的大卡车,全部是机械化装卸,让王知太不禁感叹:这么多车排队下货,排队拉货,毫无疑问是大企业、大规模,自己的羊泉腐乳与"老干妈"相比,真是远着呢。

除了看到"老干妈"的"大",王知太还看到了"老干妈"品牌的文化创意。

在王知太的眼里,羊泉腐乳要壮大,取经的路没有止境。二〇一八年,他们又跑到江南大学,达成与江南大学合作三年的协议,投资一百零五万元,在羊泉腐乳厂里建立了"周鹏专家工作站",专门研究腐乳发酵菌种培育等课题。

周鹏何许人? 二〇一〇年,他被国际食品科技联盟授予"青年科学家奖";二〇一一年,被中国科技食品学会授予"杰出青年奖",并入选"教育部新世纪人才"。厂校合作,专家团队三个月一次驻厂,江南大学前前后后派来三十多人次,实地参与,实地研究,为羊泉腐乳做大做强献计出力,添砖加瓦。

王知太深知,企业要做大人才是关键,在招聘一批大学生的基础上,还要提高自身团队的素质。一次次培训学习,让泥脚杆起家办厂的他们更加明白,一个小作坊腐乳厂要成长为现代企业,光靠自己摸索还不行,与大市场、大流通接轨还有很多路要走。

三

三人行必有我师。羊泉腐乳是一盘豆腐棋,王知太、王知荣、赵显礼、郑晓波都是羊泉豆腐棋的局内人。谁是师？谁都不是，个个都是棋手。

在牟定，特别是天台附近方圆十几里的人家做豆腐、做腐乳，真可谓是家常便饭，很多人都会做，自产自销的模式已经传承了几百年。但办腐乳加工厂，把一块小小的腐乳做大，在激烈的市场竞争中立足，就有很多学问，有很多诀窍和秘方。刚起步的时候，王知太、王知荣几乎把牟定当时的几家腐乳厂都考察了一遍才了解到一点儿腐乳生产的皮毛。

失败是成功之母。一次次失败，一次次改进。比如，每天要做6吨多的鲜豆腐，煮20吨豆浆，加热、冷却整套加工系统都是他们自行研发的。

点浆也是技术活儿，温度掌握不好，豆腐不是点"老"了，就是点"嫩"了。羊泉腐乳点浆，沿用的是用昨天压豆腐的酸浆水，做第二天点浆的卤水。周而复始，今天的卤水明天点浆，明天的卤水后天点浆，豆腐生酸浆，酸浆生豆腐。

霉豆腐全是手工活儿，压好的一板板鲜豆腐，一刀一刀火柴盒状打开，又一块块放进木框，稻草是豆腐发酵最好的产床。豆腐一框摞一框，一层又一层比人还高。五天后，豆腐发酵成熟，长出了小灰毛，变成了霉豆腐。

霉豆腐如刚出生的婴儿，需要晾晒，需要阳光。于是，一框框霉豆腐被搬上楼顶的天台，天台是豆腐聚集的地方，整整齐齐的一块块豆腐就像是正在操练的千军万马，几个翻晒霉豆腐的人又像是在下豆腐棋。不知什么原因，在我的记忆中，霉豆腐一直是臭的，而羊泉腐乳的晾晒场上却到处弥漫着豆腐的香味。王知太如数家珍,一一向我们介绍晾晒霉豆腐的探索过程。

办厂初期,他们也是在露天晾晒霉豆腐。可是,苍蝇、蚊虫是霉豆腐不请自到的常客,只能安排人一边看守,一边驱赶,每天夜间用塑料薄膜覆盖,第二天早晨打开。若遇上阴雨绵绵,几天见不到阳光,豆腐就只能躲在塑料薄膜里睡觉。霉豆腐晾晒不干,就会影响腌制。为了解决晾晒问题,他们想出一个办法,专门定做了一些拱形纱罩,晾晒改革走出了第一步。防止苍蝇、蚊虫的问题虽然解决了,但是防尘、防下雨的问题还是没有彻底解决。

为了确保豆腐的卫生安全,他们迈出了晾晒霉豆腐的第二步,将屋顶天台上全部建成钢化玻璃大棚,既防尘,又卫生。但是,为了保持霉豆腐晾晒的传统工艺,用最好的稻草给霉豆腐铺"床",一直是羊泉腐乳恪守的信条。有时,公司也会接到消费者投诉,反映腐乳有一点点稻草末,有白点状结晶体。怎么办?王知太只有一个理念:每一个消费者都是羊泉腐乳的上帝,必须改。怎么改?几个人一合计,有了主意:在稻草上面加一层薄薄的不锈钢铁纱,把霉豆腐与稻草隔开,仍然不改变使用稻草晾晒霉豆腐的传统工艺。

腐乳一年四季可以吃。但是,能做霉豆腐的时间仅有半年,每年冬天的十月到次年春天的三月底才能做霉豆腐。过了这个季节,气温升高,做出来的腐乳就没那么地道了。

照理说,现代科技完全可以给腐乳做个恒温,一年四季生产也没有问题。可羊泉腐乳坚守不变的信条,就是采用地地道道的传统工艺。

王知太带着我从屋顶天台下来,参观了腌制车间,工人们正在忙着淘洗豆腐,腌制腐乳。调料、入瓶、加油、加盖、贴标签、打码,一环扣一环,流水线上、线下作业的工人手勤眼快,传送带上腐乳在你追我赶有序赛跑,仿佛要去出征,正在全副武装。王知太告诉我,全国的腐乳生产都大同小异,少不了花椒、辣椒、菜油,配方跟着口味走。但是,原料是关键,菜油、辣椒、花椒、白酒,该用哪里的,该用什么厂的,羊泉腐乳自然胸中有数,从来不敢马虎。

参观完腐乳生产车间,回到王知太的办公室,我俩一边喝豆浆,一边聊羊泉腐乳的前世今生。一块大方木板茶几上,摆着十多瓶来自全国各地商家的腐乳。我问他:"你就是做腐乳的,怎么还买这么多的腐乳?"

王知太笑笑,说:"不是买来吃的,是买来研究研究,做个参照。"

我明白了。

羊泉腐乳能一步一个台阶,既勇毅向前又低头问路。二〇一〇年,羊泉腐乳销售收入达到八百多万元,企业员工六十多人,在牟定十多家腐乳企业中已经遥遥领先。但是,腐乳销售市场仅在牟定、楚雄、昆明。王知太组织几个合伙人开会,反复找原因,你一言我一语,几场"小诸葛"会之后,问题找到了,还是企业的管理制度、激励机制、营销团队不健全。于是,羊泉腐乳又投资一百多万元,组织公司高管人员到广州等地学习。

学以致用。羊泉腐乳从完善内部管理入手,因地制宜,因企业施策,制定了"绩效管理方案""经销商激励方案""营销奖励方案"，进一步优化质量检测体系。同时，还规定每周都有"学习日"，从高管到中层管理人员，必须人人参加。

制度落地见效，会议每周雷打不动。学习，开会，总结过去一周的生产销售，发现问题，立马研究解决。从高管到中层，从到车间到个人，每个人的任务都清楚，目标也明确，大家心中都有定心丸。

王知太明白，公司大了人多了分工越来越细了，如果三天两头不见面碰头，不沟通交流，问题得不到及时解决就会降低效率。所以，每周开会、学习、通气，也是羊泉腐乳企业管理的良方。

企业在长大，原来的合伙人王知太、王知荣、赵显礼在一天天老去，现代企业需要现代的管理人才。二〇一五年五月，王知太找到了国信证券深圳驻昆明公司的郑晓波。郑晓波辞职后，带着五十七万元股金来到羊泉腐乳厂。

按照王知太的设想，羊泉腐乳的未来是一个有头有脸的上市公司，而不是灰头土脸的作坊企业。所以，他把郑晓波"挖"来做公司总经理，是要筹建羊泉腐乳新三板上市公司。消息很快在厂里传开，许多人不知道什么是新三板上市公司，也不知道羊泉腐乳上了新三板会带来多少好处，只知道做豆腐、腌腐乳、卖腐乳。经过广泛宣传，反复开会，王知太一锤定音：干。

那段时间，会计、审计、律师、证券公司的人络绎不绝驻扎羊泉生物，财务清算、资产重组、股权设置，一系列的工作紧锣密鼓展开。

二〇一六年九月七日，公司成功在全国中小企业股份转让系统新三板挂牌上市。

二〇一八年年底，全国中小企业股份转让系统交易额年递增 10%~15%。全县十多家腐乳企业四千多吨,羊泉腐乳达 1200 吨,占全县腐乳产量近 50%。

时间是最好的检验师。"天台羊泉"腐乳系列产品,二〇〇五年八月通过农业部农产品质量"无公害农产品"认证;二〇〇九年八月通过中国绿色食品发展中心 A 级绿色食品认证。二〇一四年,经国家工商总局商标局批准,"牟定腐乳"成功注册为地理标志证明商标;同年,经国家质检总局审查,"牟定腐乳"成功申报为国家地理标志保护产品。二〇一六年,全国品牌综合实力排名评选启动,云南牟定羊泉生物科技作为全国唯一一家腐乳专业企业上市公司参评,其产品羊泉腐乳排名全国第四名,长江以南第一名。二〇二〇年四月,羊泉腐乳被国务院扶贫办认定为第一批全国扶贫产品;二〇二一年还获得了"云南省著名商标""云南老字号""云南省消费者最喜爱商品"等殊荣。羊泉生物现已成功申报并获发明专利技术十八项, 获州县表彰奖励的荣誉更是不胜枚举。

四

羊泉腐乳一头连着生产,一头连着销售。王知太是羊泉腐乳的掌门人,主管全盘,王知荣负责后方的生产加工,赵显礼负责前方的市场销售。三人分工明确,其实是血脉连着心,分工不分心。

方向很明确:逢山开路,遇水搭桥。

目标只有一个:卖出去才是好腐乳。

因此,从办厂到现在,卖腐乳的故事也有讲不完的几箩筐。

二○○三年刚起步的时候,生产销售不分家,哪里需要哪里干。有一次,王知荣、王知太带着 10 盒腐乳,找到楚雄的一个小超市恳求代卖。老板一口拒接:我们只卖天台腐乳,羊泉腐乳没有听说过,坚决不卖。

这一次打个石头试水深虽然没有成功,但他们从小超市老板口中了解到腐乳价格,回来后,立马商量,刚刚问世的羊泉腐乳价格必须下调,低于同行。于是,他们又到处托熟人找代理商,再次进攻楚雄市场。有熟人搭桥,代理商答应可以试试看,试了一年,销售腐乳八千多瓶。羊泉腐乳在楚雄市场迈出了第一步。

羊泉腐乳在楚雄开了个好头, 二○○四年又在昆明找到了两家代理商, 并承诺只要能让羊泉腐乳亮相, 卖不掉也没有关系。没有想到的是,没过多长时间,云南同盈经贸有限公司找上门来了,请求代理批发羊泉腐乳。从此,羊泉腐乳在昆明市场也有了立足之地。

说起羊泉腐乳的营销,赵显礼的故事更是讲不完。二○○三至二○○五年,整个牟定县城都有他卖腐乳的身影。一辆自行车满城跑,这家商店进那家商店出,费尽口舌,一次又一次登门,一家又一家介绍,苦口婆心推销,渐渐地理商接受了,才愿意代卖羊泉腐乳。

牟定市场初步打开,下一个目标是开拓楚雄市场。市场如战场,羊泉腐乳要在楚雄市场占有一席之地,到处都是硬骨头。赵显礼不知跑了楚雄多少趟,跑了十多家销售商,都说不了解羊泉腐乳,不愿意代卖。但令赵显礼高兴的是,水闸口一家最大的土特产批发商勉强答应代销,并接单了十多瓶羊泉腐乳。

可是,过了一段时间,赵显礼再次来到水闸口,发现腐乳一瓶都没有上架,全部还在。赵显礼哭笑不得。他问营业员,老板去哪里了。营业员说,理发去了。

赵显礼按营业员指点找到正在理发的老板,见缝插针,一边陪他聊天,一边试探老板对羊泉腐乳的口气,并提前为他付了理发钱。最终,老板被他的诚意和执着打动,羊泉腐乳上架销售。那一年,光水闸口一户批发商,就销售了七万多元的羊泉腐乳。

一花引来百花开。到二〇〇七年,楚雄就有八十多户商家经销羊泉腐乳,楚雄市场的大门渐渐向羊泉腐乳敞开。

昆明的市场历来是商家眼中的一块肥肉。赵显礼千方百计找到号称"昆明腐乳大王"的普老板,到公司一看,才知道该公司早已经销八个品牌的牟定腐乳。赵显礼大吃一惊。经过反复谈判,普老板答应代销羊泉腐乳。从此,羊泉腐乳在昆明找到了代理商。

几年来,羊泉腐乳以赵显礼为领头雁的营销团队,足迹遍布云南省一百二十多个县市。他们的宗旨是:走遍千山万水,吃尽千辛万苦,想尽千方百计,销售羊泉腐乳。

二〇一六年以来,公司扩建了省外市场开发团队,在河南、四川、山东、吉林、辽宁等省市建立了经销商。到二〇二一年,羊泉腐乳遍布全国各地的经销商达三万多家,国内市场也初露头角,在北上广也有了一席之地。

如今,羊泉腐乳在国外也有销售。一块块腐乳犹如小卒过河,走出国门,香飘万里。

羊泉腐乳小有名气,有人开玩笑:"做豆腐最保险了。做硬了是豆腐干,做稀了是豆腐脑儿,做薄了是豆腐皮,做坏了是豆浆,做成了是鲜豆腐,卖不出去变成臭豆腐,还可以做腐乳。哪有会亏本的豆腐生意?"并非如此!

五

腐乳成了牟定的代名词,每当说起牟定,不少人就会说到牟定腐乳,牟定人也以此为荣。家乡的农产品、家乡的腐乳、家乡的传统工艺,家乡的人做豆腐,在家门口上班就有收入,好处何在?

来听一听天台街腐乳世家冯斌的故事。传说,天台人是明朝从南京应天府大坝柳树湾充军来的,做豆腐的工艺也随之而来。那时,天台还是一片不毛之地,做豆腐是从食臼村开始的。石臼村做豆腐的人家发现天台石羊井的泉水很清醇,就挑回来试着做豆腐,果真做出的豆腐不仅细嫩,而且可口。慢慢地,做豆腐的人家为了方便,就搬到天台做豆腐。一家、两家、三家……前来天台做豆腐和安家落户的人越来越多,天长日久天台就成了远近闻名的豆腐村。最后演变成了天台集镇、天台街,出现了天台豆腐、天台腐乳……

冯斌的爷爷奶奶、父亲母亲都靠做豆腐为生,是天台街小有名气的豆腐世家。二十世纪八十年代改革开放初期,天台街附近做豆腐的就有五六百家,做豆腐成了当时天台一带农民发家致富的生财之道。从小吃豆腐长大的冯斌也和那一代血气方刚的年轻人一起出门打过工,可是,到头来一算账对比,还是没有做豆腐强。他又回到天台街重操旧业做豆腐,一直到现在,天天在家做豆腐、卖豆腐,做成了天台豆腐老字号。如今,天台附近办红白喜事的人家,都前来找冯斌订做豆腐,就连县城的很多人也开着车,找上门来买豆腐。

除了冯斌,还有人专门跑到楚雄做豆腐、卖豆腐。楚雄的每个农贸市场,都有牟定人卖豆腐,都说是天台豆腐。其实,在楚雄谋生做买卖的人也不少,买豆腐的人都知道,在楚雄,任何豆腐都没有天台豆腐好吃,天台豆腐有口皆碑。

现在,天台周边仍然有一百多户像冯斌这样,靠做豆腐营生的人家,耪田种地、做豆腐卖豆腐两不误。

在羊泉腐乳厂,很多员工都是本地人。鲜豆腐车间主任的岗位比较辛苦,已经换了几任主任。二〇一九年,公司调周兰到这里。一次,由于温度计不合格,加之经验缺乏,3吨豆腐,一半都没做成,挨了分管领导批评的她想辞职,后在公司主要领导的劝说安慰下,吃一堑长一智,奋发工作。从建厂到现在,她已经在腐乳厂工作了十五年,家里盖了新房,在县城也买了新房,开着车上班。打豆腐块车间主任周丕琼,原来跟着婆婆做豆腐,风雨来雨里去,到处卖豆腐,自从来到羊泉腐乳厂,一干就是十多年。装瓶车间主任赵翠仙、陈华翠,包装车间主任覃翠丽,每天早出晚归在羊泉腐乳厂上班,也是来了就不想走的老员工。

我问她们,为什么在羊泉腐乳厂干这么多年。几个女人抿嘴笑笑,都说工厂就在家门口,公司从来不拖欠工资,还上五险一金,每年还组织她们到省外旅游一次。而且每天下班后,还可以回家照顾老人孩子。

她们说的都是心里话。羊泉腐乳厂的员工80%都是女工,都是天台附近本乡本土的农民。她们早出晚归,白天上班是工人,是羊泉腐乳的生产骨干;下班回家是农民,是家庭主妇。每个人身后都有拖斗,拖斗里都载着赡养老人、抚养儿女的重任。

公司对员工的管理也是实行"定额包干",不搞计时,不非要上足八小时的班。只要每天完成定额的任务,就可下班。譬如鲜豆腐车间,每天将定量的黄豆做成豆腐就可以下班。这样就可以打早工回家做些家务活儿,侍候老人孩子管理自家的自留地。一天两头,白天上班,晚上守家,离家不离乡,各得其所。

乡村振兴,产业必兴;产业要兴,龙头必兴。牟定腐乳,兴业富民;羊泉腐乳,牟定群冠。公司自成立以来,为汶川地震灾区,为牟定贫困学生、脱贫攻坚贫困户、敬老院、光彩事业促进会等捐款、捐赠腐乳价值八十多万元。

羊泉腐乳,不仅是中国腐乳的一个缩影,也是云南腐乳的一块金字招牌。它从牟定的山水地理中走来,从天台豆腐的历史长河中走来。

栽下梧桐树,引得凤凰来。二〇二四年一月一日,广东海天集团旗下的广中皇食品有限公司与云南羊泉生物科技股份有限公司,签订了年五百万元腐乳的委托加工合同。领军牟定腐乳的羊泉腐乳,乘上了海天集团这艘全国调味品行业的"航空母舰",锚定大市场里的目标,继续远行。

羊泉腐乳,一盘没有下完的豆腐棋,胜局指日可待。

辑二　母亲肖像

一碗情深

在那个肠胃生锈的年代,我和二姐如母亲饲养的两头猪崽,肚子再装多少吃食进去都感到饥饿。二姐和我常为填饱肚子而争执打闹。

那时,家里吃饭盛菜用的全是土陶碗,由于没有丰盛的菜上桌,一家人的碗也没几个,除了装菜的钵头汤碗、大碗外,几乎每人就只有一个吃饭的碗。因我年幼,手里捧着的饭碗经常一不小心滑落在地被摔烂。有时,我麻利地帮母亲拿碗、端菜、收碗,慌忙中,手里的碗哐嘟一声落地,母亲常骂我粗心大意,是个"乱脚龙"。

摔破缺了边的碗母亲用来盛干粮,当勺子舀米面、糠麸。大的月牙形碗碴儿,母亲收藏在墙角,用来打磨那些新的锄头把、镰刀把。碗摔烂一个少一个,可我天天要吃饭,不知是母亲有意惩罚我还是家里困窘,无钱买新碗,吃饭时,母亲总是让我头上的二姐定量先吃,等二姐吃完后把碗洗干净再用同一个碗舀饭给我吃。我守望在二姐的旁边,看着吧嗒吧嗒细嚼慢咽吃饭的二姐,总是催促二姐赶快吃,巴不得叫二姐把饭直接倒进肚子。常常是二姐才刚端起碗没吃几口,我就迫不及待对母亲大声喊:"二姐的饭吃完了,快点快点,轮到我吃了。"

二姐毫不示弱,反驳说:"饭都还有半碗呢,催工不催吃。"

母亲转过身来一看,的确如此,便劝我耐心等待。那时的我多么怨恨二姐啊!暗想是她抢占了我的饭碗,总嫌二姐吃得慢。

后来,省吃俭用的母亲不知从哪儿买回一个小花洋碗,继续采用二姐和我之前轮流使用的办法:早饭二姐先吃,我后吃;晚饭我先吃,二姐后吃。轮到我吃饭时,我总是故意拖延时间,迟迟不让她吃饭,让等在一旁的二姐垂涎欲滴。有时,我明知饭快吃光了,可偏要留下一小撮在碗底慢条斯理地一粒一粒数着吃。直到母亲看不过意朝我发火,催我迅速吃完饭二姐才可以接过我手里的小花洋碗,自己洗刷,再交由母亲分舀饭菜吃饭。肚饱眼不饱的我仍不愿走开,站在二姐身边既监督母亲也监督二姐,生怕母亲偏心,让二姐多吃多占。

那天,未嫁进家的二嫂的父亲来"踩家",母亲在灶房里忙前忙后,不仅杀鸡还做了好几个香喷喷的菜。由于要待客,菜比平时多了几个,碗就不够用,爱面子的母亲怕我不懂规矩,就舀了一碗饭,搛了三块鸡肉让我先吃,吃饭时不准我上桌。我稀里呼噜吃完后,就被母亲特意安排在屋外的院子里喂猪食。闷闷不乐的我总觉得母亲对自己不公平,凭什么让二姐上桌不准我上桌,便对那几头猪又打又骂,发无名火。母亲知道我的心思,只好又叫二姐来替我喂猪。像只馋猫的我跑到饭桌旁,看着"老亲爹"酒杯旁摆着我那个小花洋碗,专门盛肉下酒。我缠着母亲急切地想啃鸡脚,母亲却说小娃娃不能吃,吃了手摇写不好字;我想吃鸡肠子,母亲却说小孩子吃了鸡肠子,连横竖都画不直;我想啃鸡头,母亲又说那是敬长辈的。只见"老亲爹"和二哥他们一边喝酒,一边卜卦似的津津有味啃鸡头。我想吃鸡冠,"老亲爹"却把它给了二姐,说姑娘吃了长大后才会绣花;我想吃鸡脑髓,母亲说娃娃吃了鸡脑髓会经常流鼻涕。无奈之下,母亲只好把她碗里的一块鸡翅分给了我,说我吃了长大以后会远走高飞。拿着那块鸡翅,我一下子就飞奔出家门,满村子边跑边啃,在童年小伙伴们眼前炫耀着。

直到我九岁那年,我和二姐头上的三个哥哥,还有大姐,娶的娶、嫁的嫁,家庭成员日益壮大。枝繁叶茂的大家庭在婆媳妯娌的吵嚷声中摇撼——我和母亲与大哥一家,二姐和二哥一家,另立门户分家过日子。分家时,二姐和我都想要那个小花洋碗,两个人争得面红耳赤,最终在母亲的"裁判"下那个小花洋碗归我所有。从此,我和二姐不再共用那个小花洋碗轮流吃饭了。那个不知被我端掉在地上多少次的小花洋碗,搪瓷外皮已经东一块、西一块掉了很多,乌黑的铁皮斑斑点点露了出来,虽然没有从前漂亮却成了我吃饭的专用碗。只是小花洋碗再好,吃不饱肚子仍是家常便饭的事。而二姐却比我懂事,二哥家有什么好吃的,她总会悄悄留一点儿埋在饭下面,端着饭碗离开饭桌跑到我面前私分一点儿给我尝个味道。就这样,一奶同胞的二姐掩护着给我好吃的,陪我一天天长大。

就这样,我和二姐如母亲菜园里栽种的番茄、辣椒、南瓜、豇豆,朝夕相处,并肩长大。不知不觉二姐就到了男大当婚、女大当嫁的年龄,我十六岁正读初中时,二姐就嫁到猫街去了。第二年,二姐生下孩子,当了妈妈。母亲带着我去二姐家"送祝米",我忍痛割爱,把那个小花洋碗当礼物送给了二姐,让孩子用它吃饭。

令我没有想到的是，我结婚生孩子时，二姐来"送祝米"，又把那个多年未见的小花洋碗，送给了我"掌上明珠"的姑娘。只是那个原来锈迹斑斑的小花洋碗，用红油漆涂抹过，虽然旧但却令我终生难忘。

在长满胡须的岁月里，我不知用过多少个碗吃饭。如今，二姐和我都过上了吃不愁、穿不愁，端着"金饭碗、银饭碗"的富足生活。遗憾的是，我和二姐一年半载都难得坐在同一张桌子上吃饭，只有母亲每年过生日时，我和二姐才有机会一起陪母亲吃饭。端起饭碗，面对风烛残年的母亲，我记忆的反光镜里又折射出了那个童年二姐和我轮流使用、一往情深的小花洋碗。

开满茶花的脚

母亲的脚是我见过的最丑的脚。

母亲的脚原本不丑,可出生在那个"裹小脚"的旧时代,还是小姑娘的母亲就被迫开始裹脚。那时,正长身体的母亲疼痛难忍,不愿意裹脚。外婆总是这样吓唬母亲:"不把脚裹小,长大了就嫁不出去。"所以,女孩子人人都要过"裹脚关",都时兴用一条长长的白布一层一层包裹脚。好在母亲的脚裹了不久,全国就解放了,母亲的脚也随之获得了解放。可是母亲的脚已经无法恢复正常,脚丫已经像掰不开的姜饼,脚趾头紧紧地黏在一起,好端端的一双脚差点儿变成了豆角船。十九岁那年,在男婚女嫁的唢呐声中,母亲穿着一双绣花鞋,迈着她那双"解放脚",嫁给父亲,生养了我们兄弟姊妹六人。

在村里人看来,母亲虽然个子矮小,是个"小脚婆",却像一粒胡椒、草果,辣味十足,是个嘴有一张、手有一双的"辣燥婆娘"。在我的记忆里,母亲每天起早贪黑,含辛茹苦地劳作。上山砍柴,下田干活儿,种菜养猪,浑身有使不完的力气,一切背、挑、扛、抬的农活儿都难不倒她。是母亲用她那双"变形金刚"似的脚,顶天立地,支撑起了全家人生活的大厦。

在我的眼里,母亲的脚"短小精干",脚力出奇地惊人。那时,家里每年吃的盐巴都要到黑井买,二十多公里山路,背一捆牛腰粗的柴去卖掉,才能买到盐巴。来回两天,翻山越岭,出门进门,两头摸黑,脚力差的人根本吃不消。每年秋收过后,生产队都要组织送公粮,这本来是男人干的活儿,为了挣高工分养活我们,母亲也不甘示弱。满满一麻袋六十多公斤重的稻谷,几乎有母亲那么高,她用头和脊背背到十多公里远的猫街粮管所,踩着黎明前的月光当天"打回转",令那些好手好脚的"虾汉子"刮目相看。有一年,国家搞建设,急需粮食,要求把公粮交到楚雄,母亲也报名加入了送粮大军。上百公里路,来回十天,母亲脚磨破,草鞋穿烂两双,绣花鞋穿烂一双。回到家,很多人如大病一场,生产队还要开工分,安排休息好几天,可憔悴的母亲却像一头不知疲倦的驴,又马不停蹄在田间地头忙碌奔走着。

在特殊年代,县里出了个女能人,每天薅稻秧几百亩,事迹上了广播报纸,去北京参加了全国劳模表彰会,奖给县里一辆解放牌汽车,轰动全县,大家纷纷号召向她学习。不甘示弱的母亲生下我的第三天,就下田插秧,被人民公社视为典型,事迹被逐级上报后。那一年,母亲被评为全县的劳动模范,穿着一双绣花鞋,打扮得花枝招展,身背行李步行五十多公里远的山路,到县城参加了全县"群英大会",奖品是一个印着毛主席头像的搪瓷口缸。那是母亲一生最高的殊荣,备感荣耀的我们从此在村里挺得直腰杆,抬得起头,不再寄人篱下。

幼年的我很淘气,吵吵嚷嚷要跟着母亲去赶街、走亲戚,可是走不了多远,就死皮赖脸爬在母亲的背脊上。母亲汗流浃背地背着我,我却只知道路边的风景很美,有小鸟,有松鼠,有火红的山茶花,有可食的野果……母亲总会采几朵山茶花,或是摘些野果,哄我走路。每当临近集镇或是亲戚家时,母亲总要歇脚休息,用树枝不停地把裤脚和绣花鞋上的灰土拍打干净后才上街,才跨进亲戚家的门。逐渐长大以后,我才知道出门就爬坡的艰辛,可母亲上坡下坎就像脚下安着弹簧,走在平坦的路上就像脚下安着风火轮,步履匆匆。那年冬天放寒假,我和母亲上山砍柴,母亲采了一束山茶花插在柴捆上。回家的路上,我走在母亲的身后,由于脚力差,不知不觉母亲的身影就飘得很远很远,只有那束红彤彤的山茶花在我的视线里变成了方向标。见我半天跟不上,母亲又放下柴捆,踅回来帮我背柴,让我打空手跟在她背后,就这样来回往返两三趟,"狗撵羊"似的协助我背运柴捆。回到家,我早已精疲力竭,母亲却把那束顺手采到的山茶花花骨朵儿,插在盛有水的玻璃瓶里。花朵绽放了好几天,让穷困潦倒的我家"锦上添花"。

母亲的脚很丑,脚下的绣花鞋鞋帮上、鞋头上却绣满了家乡漫山遍野的山茶花,鞋子里的鞋垫也绣着山茶花、蝴蝶、喜鹊等各种栩栩如生的图案。打裱布、剪鞋样、纳鞋底、缝鞋帮,一切都出自她灵巧的双手。新做的绣花鞋留着做客、走亲戚、赶街、婚庆节日、打歌跳舞时穿,旧的绣花鞋在干农活儿时替换着穿。不论是新的旧的,一年四季,母亲的脚下总是穿着一双绣花鞋,我每次跟在母亲的后面,仿佛看到她脚下的路总是开满山茶花。国家动员人民捐款捐物,别出心裁的母亲连续熬了几天几夜,赶做了十多双绣花鞋垫,作为物品捐赠,赢得了山前山后方圆几十里的好口碑。

母亲的脚下开满山茶花，我脚下的路也阳光灿烂。灰头土脸的我脱下母亲做的千层底布鞋，走进城市参加工作以后，皮鞋里经常垫着一双母亲缝制的花鞋垫。母亲进城来帮我带孩子，也经常穿着绣花鞋上街买菜，常引来路人好奇的目光。我给母亲买了一双皮鞋，母亲总是嫌鞋子夹脚、磨脚，当着我的面穿上，背地里又换上了绣花鞋。后来，母亲为了给我面子，不知去哪儿定做了一双皮鞋，出门时穿上皮鞋回到家立马就换上绣花鞋。母亲总是说"砍的没有旋的圆"，认为皮鞋不透气、不养脚，容易患"烂脚丫"。

　　岁月枯荣，时光的脚步随着母亲脚下的一双双绣花鞋奔跑着、消失着。十年前，八十岁高龄的母亲患了脑梗，住院一个多月，出院时已是中风的母亲执意要穿那双绣花鞋，才勉强可以搀扶着行走。我每次回老家，看到年迈的母亲穿着绣花鞋，有时拄着拐杖，有时扶着墙壁，慢腾腾地挪移，心里总有一种说不出的感觉。我每次帮母亲剪手指甲、脚趾甲，洗脚，抹揉着她那双皱巴巴的与众不同的脚，看到她那双陈旧变形的绣花鞋时，便劝母亲换穿拖鞋，习以为常的母亲总是说绣花鞋吸汗、轻巧，行走方便。

　　花开花落。母亲即将离世的那天，我急匆匆赶回老家，见她已卧床不起，我和二姐坐在母亲的床前，和她说着些有用无用的话。似褪褓里的母亲声音模糊，总是说脚冷，总是念念不忘要穿她那双送终的绣花鞋。说话间，母亲在一阵剧烈疼痛的抽搐呻吟中再也没有醒来。趁着母亲身体尚有余温，我们一边忙着给母亲从头到脚擦洗，一边给母亲穿上早已准备好的寿衣、寿裤，然后按照母亲生前的意愿，给她穿上了那双崭新的绣花鞋。此刻，我看见母亲的脚丫已经全部张开,像正常人的脚。可惜,安然睡去的母亲,已无法看到她那双彻底获得解放的脚了。

第二天出殡,送母亲去坟茔的崎岖山路两旁,寒冬腊月的山野,一朵朵山茶花开得正艳,悲痛交加的我仿佛看见母亲走向天堂的脚下春暖花开,鸟语花香。

故乡的眼睛

　　每次回到故乡，一阵狗吠声过后，老家的院门"吱呀"一声被打开。开门的人不是大哥，就是大嫂。有时，大哥、大嫂下田上山干活儿去了，门没上锁，我随手推开，便可见到中风多年、手脚不灵便、拄着拐杖摇摇晃晃前来迎接我的母亲。

　　老家的那扇院门分为两扇，是双合门，用厚实的方木板做成。只要人在家，门就像苏醒的母亲，睁着眼睛；家里无人，门合上，就像闭目养神的母亲。就这样，日复一日，年复一年，门如老去的母亲，夜以继日看守着那院老屋、那个老家。

　　在父老乡亲眼里，母亲是村里第一个领取国家高龄补贴的老人，我是那个小村庄"爬"得最高的人。按乡亲们的话说，我是村里的一朵鸡(蘑菇)，母亲是山村的一棵常青古树。村里人都说我家坐场好、地脉旺，那扇门的向口(方向)最好。

　　老家的人自古以来，不论谁家起房盖屋、上梁竖柱、安门立户，都要请风水先生瞧地盘，择个黄道吉日，张灯结彩，燃放鞭炮，摆开宴席，请客热闹一番。家运不顺的人家，也会请来风水先生，调整门向，重新安门，祈求平安。

　　我童年的快乐与忧伤，也与老家那扇门有关。家里来了客人，灶房里就会飘出香味来，无比高兴的我会勤快地帮母亲拿筷、摆碗、端菜，慌乱中，常被门槛绊得跌跌撞撞，差点儿鸡飞蛋打。有时，人多，母亲不让我上桌，舀一碗饭菜多加块肉打发我到旁边吃。不想走远的我坐在门槛上，一边吃饭，一边听大人喝酒说话，一会儿又跑到饭桌前，肚饱眼不饱，以添饭加菜为由向母亲多要块肉吃。农忙时节，大人总是很晚才回家。我个子矮，够不着藏在高高门楣上的钥匙，打不开门，只好坐在门槛上，等啊等！等到家人回来时，饥饿的我已经口水挂满嘴角昏昏打瞌睡了。

儿时的我喜欢打陀螺，经常不熟练地挥着柴刀在门槛上砍陀螺。一个陀螺砍成，门槛已被我砍得伤痕累累。因此，心疼门槛的母亲最反对我打陀螺，认为我打陀螺不仅常拿她的鞋线、布条，还砍坏了门槛，误了拾粪的时间，是不务正业的事。可年幼无知的我，总会背着母亲悄悄跑出家门和小伙伴们一起比赛打陀螺。有时，我们一群娃娃玩躲猫猫，经常有人躲在门后面。尽管鞋露在外面近在眼前，找的人粗心大意，也要好一阵才能找到。

开财门是我最喜欢的事。每年大年初一黎明前，公鸡刚叫过头遍，全家人还沉浸在除夕的睡梦中，我就迫不及待起床，边打开堂屋门，边背书一样大声朗诵："财门大打开，金银财宝滚进来，滚进不滚出，滚给我家满堂屋。"刹那间，几枚镍币就会从天而降，滚落在门槛下，将它们一一捡进衣袋便成了我多得的压岁钱。后来，姐姐才告诉我，那些镍币是母亲趁除夕之夜全家人熟睡时悄悄放在门头上的。

门槛不仅是我常坐的板凳，也是小猪、小鸡、小狗回家的彼岸。刮风了，下雨了，小猪、小鸡、小狗就会簇拥着跃过门槛，往院里窜。若门关着，它们就会各自找个位置横七竖八拥堵在门槛旁。尤其是蹲在门槛上的鸡群,就像玩"讨小狗"游戏的我们,吵吵嚷嚷。见母亲回来,它们又像群幼儿园的孩子见到老师一样,蜂拥跟着母亲追,直到母亲进门,分别给它们喂食才各自离开。

天长日久,门槛被踩踏成了"凹腰猪"。按母亲的话说,凹了的门槛漏财必须更换。可换门槛和安新门一样重要。老家人把树木分为阴木和阳木两种,阴木用于死人做棺材,阳木用于活人做家具。而门槛必须用柿子树、苹果树、梨树之类的果木树来做。为了换门槛,那年秋后,母亲忍痛割爱砍倒了菜园埂上那棵柿子树,将其晾晒到腊月,才择了日子请来木匠,砍、锛、锯、刨,杀鸡烧香,燃放鞭炮,把"凹腰猪"门槛换了,并由童男子的我反复从门槛上面跨过三次之后,才让全家人进出。那一刻,新安的门槛、新贴的对联、新挂的红布,整扇门仿佛过年穿上新衣服的我,焕然一新,喜气盈门。

离开家,跨过大山的门槛,进城二十多年我走南闯北,去过澳门、厦门、天门、荆门、玉门,还登上过北京的天安门。可最令我牵肠挂肚的还是老家的那扇院门,因为,那扇门是故乡的眼睛、家的眼睛、母亲的眼睛,永远望着我回家的那个方向。

身体里的烟火

　　不知从什么时候开始,周末节假日朋友老乡相聚,不论谁邀约,都喜欢大老远跑去楚雄城郊乡村的农家乐。有时,也经常往城市的边塞地角钻,专门去那些从乡村复制而来,带着一点点烟火味的"老灶味道""乡村大锅台""彝家土八碗""乡村柴火鸡"之类的鸡毛小店,吃农家鸡、山猪火腿肉、羊汤锅、山茅野菜,痛饮几杯。

　　不知不觉,几口小酒下肚,我身体里的血液被点燃,乡愁在燃烧。

一

　　那时,我正值"娃娃屁股里有三把火"的童年,户户人家都有灶房。灶房不大,只是两三头牛能打转身的地方,根据房屋坐向和风向,靠墙角矗立着一座双眼土灶。灶台上两口黑漆漆的大铁锅,一口用来煮全家人吃的饭菜,一口用来盛米汤泔水,煮糠麸菜叶喂猪。

　　在我家,那两眼"双胞"灶,就是母亲料理生活的舞台,全家七八口人每天吃的两顿饭,以及那几头值金值宝的猪每天吃的猪食,几乎都是由母亲一手操持。

我每天放学回家,远远地看到自家灶房顶上升起的袅袅炊烟,就知道是母亲在烧火做饭了。饥饿的我飞奔跑进家门,总是先到灶房里侦察一番,看看是否有东西可以让我先进嘴,垫垫肚旮旯儿。高兴时,我会坐在灶门前,挥舞着柴刀在木墩上宰柴,用火筒"扑哧扑哧"吹火,不停地帮母亲往灶膛里添柴凑火,巴望早点儿吃饭。不顺心时,我瞄一眼就假装要去拾粪,提着粪箕溜出家门玩耍。

直到母亲放开喇叭嗓门儿,站在大门口喊我回家吃饭,我才如那些母亲呼唤喂食的猪鸡,拔腿往家跑。我狼吞虎咽稀里呼噜填饱肚子,"哐啷"一声放下碗,转身又溜出家门消失在上学的路上。

慢慢地,母亲看出了我的鬼把戏,并根据我大约放学回家的时间,早早地为我捏一个大饭团,或是准备一包苞谷、一个洋芋,让我坐在灶门前,一边帮她凑火、洗菜、剥豆米,一边在灶膛里烤饭团、烧苞谷、烧洋芋吃。此刻,火在欢笑,我也欢快。听见火笑,母亲就会冒出一句:"咦,是哪个亲戚要来我家了吧?"母亲的话仿佛是在向我发出预报,家有来客,可以吃肉了。

不知不觉,一天天长大的我也从母亲身边学会了很多烧火的诀窍。比如要用一根短的柴做"火枕头",并且以两三根大的柴为主,附加一些细小的柴,小的柴放在下面大的柴放在上面,掺着烧。母亲常说:"如果柴烧倒了,小头朝里,大头朝外,生孩子时就不能顺产,就会倒着生。"所以,柴,必须一根一根搭茬儿均匀添加。看锅里炒煮的菜,火苗旺了,火力猛了,煎炒的菜煳了,就要立即减柴退火;火苗弱了,火力不足,锅里的菜也会煎炒成半生不熟的"病菜"，就必须赶快加柴凑火；如果柴火接不上趟，就会煮成夹生饭。

围着锅边转的母亲常说："火要空心，人要实心。"火烧到一定的程度，就会产生很多火炭，就要把火炭掏空，再不断地添柴凑火，灶火才会源源不断熊熊燃烧。有时，烧到腐朽的柴，灶膛里火烟弥漫，火力提不起来，母亲就会自言自语叨念："真是烂柴烟多，烂人心多。"

作为小帮手的我，对母亲说的话似懂非懂，等母亲把饭煮熟、摆碗筷、舀菜上桌之前，常常被母亲安排打辣椒蘸水。先要把红红的干辣椒一个一个放在灶火灰里烧，再扒出来，鼓着腮帮子把灰吹干净交给母亲。只见母亲把烧好的辣椒捧在手里，双手合力揉碎放在碗里，加盐，加葱，加菜汤，一碗火烧煳辣椒蘸水就做成了。端上桌，全家人你一筷子我一筷子，蘸菜吃，个个都吃得吸嘴舔舌，胃口大开。

当我有灶台高时，星期天或是放假回家，母亲就把煮饭的事交给我。可烧火很考手脚，烧火前，必须先劈少量引火柴。我挥着柴刀，把柴一根根砍断，又找几根比较直的松树柴，一丝一丝劈开，以便燃火。但是，由于家里穷，一盒火柴两分钱舍不得买，几乎都是把头天晚上的炭火捂在灰烬里，第二天再扒出来，引火煮饭。可是，缺乏经验的我把灶灰窝里闪着红红亮光的火炭扒出来时，由于没有准备足够的松毛枝叶，反复几次都难以把灶火点燃。尤其是阴雨绵绵的五黄六月，由于柴火回潮，反复几个回合都难以把灶火烧发，火种熄灭了就只得到邻居家讨火。

那时，我家居住的是一个四合大院，东南西北住着六户人家,虽然每家烧火做饭的时间不一样,但总是有邻居家先烧火做饭,今天我向你家讨火,明天你向我家讨火,人人都讨过火,家家都被讨过火,薪火相传,你来我往都不计较,反而以给别的人家火种、别人向自己家讨火为一种荣耀。但是,讨火也有规矩,人家刚刚生起火时,火还燃烧不旺,没有变成火炭,是不能向别的人家讨火的,更不能把人家燃烧着火苗的火柴头随意拿走。这个行为言下之意是撤了人家的火,坏了人家红红火火的日子,这是不可犯的大忌。所以讨火就是讨一丁点儿红红的火炭做种,拿回家自己发火。

　　每次母亲安排我当"火夫头",我经常满院子东家出、西家进,甜嘴甜舌去向别人家讨火。有时,用一把火钳夹着一个红通通的火炭奔跑回家,有时用自己家的柴到别人家的灶膛里燃烧引火回家。看着灶膛里的火被我点燃,"扑哧扑哧"燃烧,我的心也开始在燃烧。烧水、淘米、煮菜、炒菜,我开始自学厨艺,自食其力。

　　可是,煮饭令我最头疼的是端甑子。每次淘米下锅,再把刚煮开米芯半成熟的饭从大锅里舀起来,用筲箕过滤米汤时,仅有灶头高的我,由于人小手短够不着,只好搬一个草墩垫在脚下,爬上灶台,把空甑子先放进锅里,再把筲箕里的饭倒进甑子,添两三瓢甑脚水加火蒸饭。当饭蒸熟时,如何把满满一大木甑子冒着热气的饭从滚烫的大锅里拔上灶台,却常常令我犯愁。我又只好向隔壁在家的邻居叔叔婶婶求援,请人家帮我端甑子。这样,才勉勉强强可以煮一顿饭给全家人吃。

　　后来,政府大力推广节柴改灶,统一组织师傅挨家挨户把"鸡窝灶""老虎灶"改成了炉条烟囱灶,不仅省柴而且灶也好烧,煮饭的速度也加快了很多。渐渐地,市场上有人卖石棉风炉、铁风炉,几块钱买一个回来配合灶煮饭或是烧开水,烧烧煮煮就越来越方便了。

邻居四叔是赤脚医生,每年都参加应征当兵第一关初检,我常听他讲,农村孩子人多数因烧火做饭会被炊烟熏成沙眼,体检不合格,验不上兵。半大娃娃的我们,经常缠着他给我们做"预检"。赤脚医生叫我们头仰天,迎着光亮,一个一个翻开我们的眼皮,都说:"还没有发现沙眼,长大可以去扛枪打仗呢!"

过一段时间,我们又缠着赤脚医生看沙眼,结果还是那句话:"有扛枪的希望呢!"赤脚医生的话不仅给我们吃了定心丸,还给我们打了镇静剂。

可到了十七八岁当兵的年龄,我们不是因有沙眼就是因脸上、手脚上有火烧伤的疤痕,刀砍伤的伤痕像一粒粒过筛的种粮被淘汰了。从此,我穿黄军装、戴黄军帽的梦想如秋天的落叶被狂风吹进火堆,化为灰烬。

二

除了煮饭的土灶外,家家都有一个火塘。火塘一般都在堂屋的东边,靠墙,就地挖一个盆大的坑,四周用石头镶边或是像石臼一样,雕琢一个石火盆入地。只是不同的人家修造的火塘档次不同,但火塘的作用都是相同的,都是用来供全家人烤火取暖的。

我家的火塘经常是这样,每天晚饭后把灶膛里的遗火铲出来,转移到火塘里,再加树疙瘩,烧火、烤火。有了火塘,有时因时间紧，或是家有来客，等菜上桌就在火塘里支个铁三角架，用那把黑漆漆的烧水壶烧开水、烫鸡毛；或是在三角架上支口罗锅，辅助土灶煮一两个菜，就可以体体面面招待客人。

阴雨天，泥泞路滑，菜园里的菜拿不回来，火塘中黑漆漆的三脚架上铁吊锅里经常煮着干红豆、干板菜、干蘑菇之类的风干菜，和腊肉骨头一起"噗吐噗吐"炜。灶和火塘温暖着全家人一年到头的生活。寒冬腊月的土黄天特别冷，就用一块长方形的木板摆在火塘边当饭桌摆饭菜，一家人在火塘边，坐的坐蹲的蹲，一边烤火一边吃"地席"饭，既暖身又暖心。

那时没有电，火塘是一家人晚上的主心骨，晚饭后全家人围坐在火塘边，借着火光有的吸水烟筒，有的纳鞋底，我看小人书。火塘陪着人，人陪着火塘。一支水烟筒吞云吐雾轮流吸，一罐热气腾腾的茶，你一口我一口轮流喝，吹牛聊天，天下事、国事、家事、身边事，侃侃而谈，无话不讲，家庭成员之间平时心里的疙瘩不知不觉就此解开，没有了"隔心墙"。一家人围着火塘烤火，仿佛是抱团取暖，其乐融融。睡觉前，母亲有时会在火塘里埋进两三个红薯，或是洋芋，第二天黎明扒出来，吹尽灰，用菜叶包好，塞进我的书包，催促我赶快出门上学。奔跑在上学的路上，吃着香喷喷的洋芋、又甜又面的红薯，我心底总是有一种对火塘如对母亲一样的敬意。

后来，我放学回家，也经常模仿母亲，用火塘里的"辣火灰"烧蚕豆、苞谷粒、黄豆吃，一不小小心就偷吃了来年的种子，惹得母亲一顿斥责："饿死老娘，莫吃种粮。"可是，饥饿的我常常是好了伤疤忘了疼，一次又一次明知故犯，最后落得个"米老鼠"

的外号。

我有时放学回家途中被雨淋了，跨进门不是跑到灶门前就是坐在火塘边，一边烤火一边烘烤湿淋淋的衣服、裤子、鞋子。下雨了，下雪了，家里的鸡狗猫也会跑到火塘边，各自占领一块阵地，挤在人缝里，钻进人的胯下，烤火取暖，仿佛一个大家庭里的成员谁也不嫌弃谁。我时不时伸手摸摸狗，摸摸猫，摸摸鸡，与它们和睦相处。

火塘上方的墙壁上，钉着几根木桩，有时挂着几块腊肉，或几只鸟干巴、貂鼠干巴，或几条小鱼，储存着招待客人，或过年过节才舍得吃。木桩上拴着一块方形的篾篱笆，上面是吃不完的红豆、茄子片，或是野生菌，待烤干后贮藏起来，像风干菜一样慢慢吃。

土灶、火塘最神圣的那一刻，是每年除夕。吃年夜饭前，母亲有三件事必做。第一是祭祖，准备好茶、酒、肉、菜，先到楼上的家堂烧香磕头，请逝去的先辈回来一起吃年夜饭。第二是祭灶，感谢灶王爷一年到头天天保佑全家人炉火不熄，蒸蒸煮煮、煎煎炒炒，顿顿有饭菜吃。第三是祭火塘，感谢火塘为全家人带来了温暖，热乎乎把全家人团聚在一起。接着是放鞭炮，吃年夜饭，人人都恪守大年三十晚上不串门子的规矩，围着火塘守岁。

那时，没有电视机，全家人在火塘边总是你一言我一语，有许多说不完的心里话，娃娃会在这时得到盼望已久的几枚镍币压岁钱。母亲早已准备好的南瓜籽、葵花籽或是饵块糍粑蘸蜂蜜，就会在漫长的守岁时光里亮相。一家人吃着聊着，暖融融的，直到深夜，才恋恋不舍离开火塘，捂火，上床睡觉。

年复一年，乡村的人离不开火塘。祖祖辈辈围着火塘乐，围着火塘吃，围着火塘繁衍生息，我闻着火塘的烟火味一天天长大。

三

那时的乡村，不论哪家有红白喜事，都少不了要做豆腐。

母亲做豆腐的第一道工序是从分拣黄豆开始的。母亲把收上来的黄豆端出来，坐在院子里，又是筛子，又是簸箕，又是盆，先把黄豆过筛一遍，然后再一撮、一撮舀在簸箕里，用膝盖顶着簸箕，双脚配合，一高一低，双手摇晃着簸箕，黄豆就会听从母亲的指令，骨碌骨碌往簸箕最低的一边滚。转眼间，那些虫吃的黄豆、霉坏的黄豆就会有规律地站到一边，饱满的黄豆就会按照母亲的意图被分拣开来，攒动的黄豆就被母亲赶羊进圈一样叮叮咚咚赶进了另一个铁盆里。

分拣好的黄豆要先用石磨简单磨成碎豆瓣，这个过程叫"辣豆子"。然后，再把豆瓣放进水桶里浸泡四五个小时，就可以磨豆腐了。磨豆腐的那天晚上，鸡叫头回，我被母亲从梦中摇醒一骨碌摸黑起床，点着煤油灯，又是烧火烧水，又是马不停蹄开始磨豆腐。簸箕大的石磨，母亲朝前我在后，母亲手握一根磨扁担，我握一根磨扁担，一步一个脚印跟着母亲推磨。我像一匹刚上架学拉车的小马驹，开始觉得很好玩，豆腐还磨了一半就想偷懒，刚偷懒，拴在磨上的索子一放松，推磨的扁担头就打盹儿似的滑落到磨槽里吃豆沫。母亲回头望我一眼，问我豆腐好吃吗？我知道母亲话中有话,只好闷闷不乐跟着母亲继续推磨。天麻麻亮时,白花花的几大桶生豆沫就磨出来了。

磨好的豆沫还需要过滤豆腐渣,这个过程叫"滚豆腐"。在一个大铁盆上面放着个"井"字形的豆腐架,架子上面是筲箕,筲箕里垫一块纱布,母亲把豆沫舀进筲箕,然后慢慢收紧纱布,加适当温水,和面似的用力压,巴不得连身子都扑上去。反反复复挤压后,白花花的原浆就哗啦哗啦往下流,豆腐渣也就自然而然分离开了。

然后再把过滤出来的原浆倒入大锅,开始熬豆浆。熬豆浆,火候是关键,如果火候掌握不好,豆浆就会涨潮般溢出灶台,一大锅豆浆转眼间所剩无几,村里人都把这种现象叫"鬼拿豆腐"。所以,必须寸步不离守候在灶膛边,一边凑火一边慢慢熬。熬啊,熬!熬到豆浆笑出涟漪,一层又一层起皮,满灶屋豆浆飘香,豆浆就熬熟了。

点豆腐很考手脚,石膏多了,豆腐不嫩;石膏少了,豆腐不冻。母亲用火钳把灶膛里红红的石膏夹出来,先在盐臼里舂细、兑水、沉淀,然后胸有成竹地与豆浆搅拌均匀,盖好。冷却后就变成了嫩生生的豆花。如果豆腐点坏了,就不是好兆头。

除了吃新鲜豆花外,母亲把豆花舀入垫有纱布的筲箕,收紧,手握圆圆的木甑盖,由轻到重、由慢到快反复压,豆腐就做成了,就可做豆腐圆子、油煎豆腐、麻婆豆腐等。或是用刀一砖砖打开,也就可以一块块做成霉豆腐、腌豆腐、油腐乳了。还可以把一砖砖豆腐当作礼物,当门立户,送给有红白喜事的亲戚邻居。

每次做豆腐,母亲都要用腌菜点制腌菜豆腐,又酸又嫩,既爽口开胃,又下饭。有时,母亲也会用类似做豆腐的方法做米粉,不同的是点米浆时用的是石灰水,做魔芋豆腐点浆时,用的则是一种叫玉米芒(不是苞谷)秸秆燃烧后的灰烬沉淀过的水。那时,虽然穷,一年半载吃不上肉,但母亲总是用她做豆腐、做米粉的手艺把全家人的日子烹制得有滋有味。

豆腐好吃,母亲常让我猜这样一个谚语:"尿急豆腐涨,娃娃滚下床,前门遭贼抢,后门被水淌,田里还有牛踏秧,到底顾哪样?"

能背诵几十首古诗的我,两眼墨黑,摸不着头脑,到底顾哪样?什么都重要啊!母亲便说我怕是豆腐吃多了,变成了豆腐渣脑筋了。

后来我长大读书学哲学才明白,别看小小一块豆腐还蕴藏着母亲的很多智慧和哲理呢。

四

童年的我们衣服单薄又褴褛。每年冬天,黎明上学读书,人人手里都提着一个烂洋碗或是烂洋盆做的小火盆。出门时,火盆里的火炭刚刚点燃,火不旺,我们一边走一边甩,火盆甩过头顶,倒立过来,一圈又一圈加速甩,如果用力不均匀,节奏不合拍,火盆里的火炭就会散落一地,部分火炭还会落在身上。其实,那是我们童年一次次玩火的杂技表演。放学后,多数人火盆里的火已经熄灭,少数人的火盆里还有遗火,我们一边走,一边拾些碎柴烧火,三五成群蹲在路边烧蚕豆、苞谷粒吃。此时,就有人提议猜谜语:"我家有个老妈妈,天天坐在灶门前,腿张腿张,伸进锅洞里,大口吃火炭,从来不怕烘。"猜来猜去,谜底原来是我们熟悉的火钳。猜着吃着玩着,一不留神,嘴上无毛的我们成了胡须黝黑的小老倌。

那时的我们最喜欢玩火,经常悄悄把家里的火柴、打火机装在身上。没有保护野生动物意识的我们,有时去撵貂鼠,看见貂鼠进洞,我们就拾些松毛、枝叶塞在洞口,一边烧、一边把浓烟往洞里吹,把火苗往洞里压,貂鼠焖不住,昏头昏脑逃出洞口,就困在了我们布下的天罗地网之中。

有时,去捕石蚌,牛腰深的一潭水被我们一桶一桶打干,却搜寻不到石蚌。我们用捉貂鼠的办法,往石头缝里烧火熏,一会儿工夫,石蚌惊慌失措窜出来,神不知鬼不觉被我们轻松擒获。

更有趣的是烧马蜂。每年秋天的山野,马蜂把巢筑在枝繁叶茂的大树上,或者密密匝匝的树丛中,我们都叫它"葫芦包"。由于马蜂毒性大,如果人被蜇了,会全身红肿甚至丧命,不知天高地厚的我们早早地准备好足够的松明火把,趁着天黑,全副武装吆喝着进山。到达目的地,分工合作,有的爬树,有的点火,六七米长的火把熊熊燃烧,直插"葫芦包"。此刻,马蜂为了捍卫自己的家园,倾巢出动,却如飞蛾扑火,全军覆灭。我们迅速摘下"葫芦包",放进口袋,匆匆扑灭遗火后,如打了一场胜仗返回家,把蜂巢饼里那些蜂蛹抠出来,用热水一烫,要么平分秋色要么有福同享打牙祭,让好久没有吃到肉的我们解解馋。

每年秋天放暑假,我们读书娃娃回家的主要任务是放牛羊。一群孩子互相邀约,把牛羊赶到山上,一边放牧,一边挖中草药,一边找菌子(蘑菇)。捡到青头菌、谷熟菌、牛眼睛菌,我们就会拿出偷偷从家里带来的火柴生火,然后往菌子骨朵儿里撒一点盐,用火烧菌子吃,又鲜又香。可是,由于菌子不像粮食一样抵饱,吃得越多,饿得越快,仿佛自己是一个饿死鬼,巴不得像那些牛羊一样见草就吃。有时,因没有经验,烧烤菌子时盐放多了,吃后口干舌燥,加之身上没有带水,山泉水吃多了就会遭到肠胃反抗,肚子叽里咕噜哼鸣,仿佛是传说中的孙悟空在大闹天宫,害得我们为口伤身,拉稀摆带,好几天都不敢吃菌子。

每年大年初二,忙碌了一年的大人们常常安排我们"出牛行"。言下之意,人在过节,不能亏待牲畜,放牛的事就落到了孩子们身上。我们一群娃娃同样会互相邀约,斗米、斗肉,背着锅、碗、瓢、盆炊具和油、盐、肉、米、菜,把牛赶进山,分工合作,有的放牛,有的捡石搭灶,有的拾柴烧火,在山泉水叮咚的山箐边,七脚八手打平伙煮饭吃。

一会儿端锅,一会儿凑火,不知不觉,嘴上无毛做事不牢的我们大多成了"画眉脸",你看我笑笑,我看你笑笑,乐趣无穷。

那种自己动手在山野做的"隔锅香"柴火饭,一直烙印在我的身体里,香到现在。

五

缺医少药的时候,每年夏天,气候炎热,学校里都要临时砌一眼大锅灶,以劳动课的名义发动我们上山挑柴,用来烧火煎熬"大锅药",一碗一碗分给老师学生喝。而且人人都要喝,一个都不能漏掉。据说,那种"大锅药"可以预防脑膜炎。总之,有病治病无病预防,因为每个人的碗里还加了一小调羹白糖,苦甜苦甜的。

我们咕咚咕咚喝了个底朝天,不少同学还像围着主人要食的小鸡,缠着老师讨药喝。可是,老师总是说:"是药都有三分毒,不行,不行,又不是喝糖开水。"他一边摇头一边挥手,催我们赶快回教室准备上课。其实,童年的我并不想喝药,看中的是那一丁点儿极其难得的白糖。

童年的我体弱多病,火塘里的药罐几乎不断。有时,不知饱足的我,东西吃杂了、吃多了,肚子胀、肚子疼、拉肚子,母亲就会用大麦芽、地棠香、芦苇根、蛤蟆叶、隔山消等几种中草药配方,让我守在火塘边煨吃。有时,家里杀鸡吃,那片黄黄的鸡内金,母亲总是放在灶门口让我烧吃,说是消食。有时,我感冒发烧头疼,母亲就会用龙胆草、黄芩、黄连、臭灵丹等让我一道汤、一道汤煨了喝。那是我童年吃过的最苦、最难吃、最害怕吃的一道汤药。

为了让我吃药,母亲曾用过很多招数:先是吓唬我,说村里的某个孩子就是怕吃药,后来被病魔背走了;或说某个孩子不吃药,长大以后,脚瘸、眼瞎、耳朵聋,娶不到媳妇。第一次,我磨磨蹭蹭喝了药汤。第二次,我见到那碗黑黄黑黄的药汤就莫名其妙地害怕,母亲拿着一根牛筋条吆鸡棍,不停地往地上甩打,向我亮出了黄牌。我喝一口,看看母亲手里的棍子,再喝一口又看看母亲手里的棍子,无奈地紧闭眼睛一口见底。第三次,母亲拿来一块红糖,督促我喝药,我二话不说端起药碗一饮而尽。当我伸手去抢夺母亲手里的红糖时,母亲迅速缩了回去,只让我大大地咬了一口,我后悔,又中了母亲的圈套。第四次,母亲还是拿着我上次咬过一口的那块红糖,作为我喝药的筹码,让我喝一口药,舔一下红糖,我故意小口喝药慢舌舔糖,母亲一眼就看出了我的花招儿,按捺不住闷笑起来。最后,药喝了好几煨罐,小碗大的一块红糖被我吃光,病也慢慢治好了。

夏秋时节,有时烈日当顶,忽然间就哗啦啦下起了太阳雨,上学路上的我经常被雨淋,晚上,不知不觉就会脑门儿发烫。母亲找来几个包麦骨头(玉米棒),丢进火塘烧成红红的炭,夹出来,放在大碗里,上面反罩一个小碗,迅速倒上开水,"哧"一声腾起一团雾,再把碗里黑油油的水倒出来,让我趁热喝下,钻进被窝蒙头大睡。满身冒汗的我一觉睡醒,全身轻松,第二天又活蹦乱跳去上学了。

一年四季,奔波忙碌的母亲遇到天气变冷就会手脚麻木,关节疼痛。每年冬至杀年猪,母亲都会煮一两次草乌吃。传说草乌是一种大毒药,村里曾有人心里的疙瘩解不开,故意吃草乌自己把自己毒死。也曾有人为了治风湿病煮草乌吃,因时间短,火候不到,结果命送黄泉。可是,为了治病,母亲煮草乌与众不同,先把上山挖回来的草乌晒干,要煮之前,先用水泡,然后再放进熊熊燃烧的火塘里,用热火灰捂着噼里啪啦炮制之后,再用水清洗,最后才下锅与几寸猪蹄一起慢慢熬煮,一天一夜炉火不熄。开吃之前,母亲总是自己先尝试吃一点,三四个小时后,没有不良反应,才让其他人吃。年年吃草乌,年年都平安无事。

母亲常说:"煮草乌吃,就是以毒攻毒,柴火不能熄,汤少了,一定要加开水,不能加冷水,吃的就是火候。"当然,吃草乌并非就能让母亲药到病除,风湿病严重时还是少不了要去请"草太医"打银针、拔火罐,综合治疗。遗憾的是,积劳成疾的母亲到了晚年满身痨病,身体里那些烟火味的土药方已无回天之力,最终还是成了病魔的俘虏。

六

每年腊月都有人来爆米花。爆米花的老师傅就像那些走村串户的货郎当,一头挑着"小钢炮"米花机,一头挑着爆米花的工具,歇在村口,找块平坦的地方摆开阵势。来料加工,两角钱一炮,谁家爆米花就由谁家提供苞谷粒和柴。

很快,村里的人就像接到通知似的跑来凑热闹,依次排队爆米花。只见老师傅胸中有数地盛一小碗苞谷,随手撒上几滴早已准备好的糖精水,哗啦啦倒进"小钢炮",压盖扣紧,然后架在熊熊烈火上面骨碌骨碌摇转。

"小钢炮"在骨碌转,我们的眼睛在骨碌转,心也在骨碌转。转着转着,老师傅看看手表,火候已到,把"小钢炮"从"炮架"上拎出火堆,脚手配合,迅速打开扣盖,把"炮口"对准一只篾编的尖底竹篮口,"嘭"一声巨响,刚才放进去的一粒粒黄灿灿的苞谷,魔术似的摇身一变像从天而降的雪花,成了一朵朵香喷喷的米花。一炮接着一炮轮番炸,你家爆完我家跟上,先爆的先尝,都是嘴头上的零食,见者有份,人人都可以抓几粒米花尝尝。

我们一群娃娃,个个都是忠实的小看客,围着"小钢炮",看不够吃不饱,直到父母一次又一次地呼喊催促,甚至发火才一个个屁颠屁颠去做拾粪、找猪草之类大人安排的事。

爆米花的那几天,贪吃米花的我们就像一群小老鼠,个个衣袋里总是装着米花,互相炫耀,直到吃得满口上火,鼻孔流血,咽喉肿痛,咳嗽不止。

尽管如此,米花却也始终是乡村父母当作糖果奖赏给孩子的最好零食。

七

乡村人身体里的烟火,不仅来自食物,而且来自吸烟。

我们那山里,男的几乎都会吸烟,少数女的也会吸烟,村里四十几户人家家家都有水烟筒,户户都备有自产自销的黄毛烟。可是,谁家的烟筒都没有我家那只大,靠在火塘边的墙角,像个三四岁的娃娃站在那里。儿时,我一个脑袋伸进烟筒,唯有黑黝黝的头发露在外面。就连父亲也要歪着脸斜插进烟筒,才能把水烟筒吸得咕嘟咕嘟响。

不知为什么,从我记事起,村里的人从来不叫父亲的名字,只叫父亲"烟龙"。为此,我们全家便成了"烟龙氏族"。人家叫阿妈,便叫"烟龙的婆娘";叫姐姐,便叫"烟龙的姑娘";叫我和哥哥,便叫"烟龙的儿子"。

有一天去上学的路上,我和伙伴们呕了气,伙伴们就这样骂我:"死烟龙,烂烟筒,黄烟要吃一大捧,羞!羞……"当我哭着回到家里,把这话告诉父亲时,父亲没有发火,只是嘿嘿地笑了两声,一边帮我揩眼泪一边说:"别哭啦,要是没有爹这条烟龙,村里那些黄灿灿的烤烟恐怕还种不出来呢!好好读书,以后莫学我只会吸水烟筒,去拿工资,抽那黄屁股烟,让骂你的人眼气眼气。"

后来我才明白,过去村里的人不会种烤烟,是身为队长的父亲把供销社请来的一位玉溪烤烟师傅迎进村里,起早贪黑地指导才结束了村里种不出烤烟的历史。就这样,父亲被乡亲们视为一条给山里人带来吉祥幸福的龙。龙与烟的外号一直伴随着我们长大。

记得我参加工作那年,回家过春节时,我给父亲买了两条过滤嘴"春城"烟。父亲每吸一支,总要把过滤嘴掐掉,插进烟筒哨子咕嘟咕嘟地吸。父亲一边吸一边对我说:"这黄屁股烟以后莫买了,多给爹买几条'淌水(金沙江)牌'的。"在父亲的眼里,似乎唯有金沙江烟才合他的味觉。

后来,在山里煎熬了一辈子的父亲,被我第一次领进城里,无意中我拿了几包"桂花""蝴蝶泉"给他抽。过后,没跨进过学校门槛的父亲便打破砂锅问到底:"'桂花'是不是外国卷的?"

我说:"是楚雄。"没去过楚雄的阿爹目不转睛盯着我说:"楚雄,噢!想不到我们楚雄也能卷出这么香的烟,胜'淌水牌'呢。"

我说:"这烟还出国呢。"父亲笑得合不拢嘴,急忙抽出几支烟,小心翼翼地捏了又捏闻了又闻,凝神了半天。

临走时,父亲絮絮叨叨地对我说:"下次回来,别忘了给爹买几包这种烟,楚雄卷的才要。"

其实,村里的每一个男孩子都是伴随着水烟筒长大的。亲戚朋友登门,泡茶、提水烟筒,敬茶敬烟是待客的头等大事。不论是下田干活儿还是集中开会,人到哪里水烟筒就带到哪里。只要有男人的地方就有水烟筒,你咕嘟咕嘟吸几口递给我,我咕嘟咕嘟吸几口,接二连三再往下传,就像是轮流接力的吸烟比赛。

于是,就有人编出这样的顺口溜:"男人不抽烟,白来世上混。""人闲烟受苦,酒醉话遭殃。""饭后一支烟,赛过活神仙。"

我们小孩子也不例外,大人不在家就偷偷吸水烟筒,还互相比赛,看谁的鼻孔里能冒出两股白烟。吸水烟筒不知不觉就会上瘾,在吞云吐雾中长大成人的我们即便戒了烟身体里的烟火早已变成肉和骨头了。

八

火很有脾气性格,比我们小孩子还顽皮捣蛋。

有一次,我和二姐在火塘边烧苞谷吃,两包苞谷本来都是平分秋色各吃一包。我老鼠似的咔嚓咔嚓啃完,却说母亲偏心把大的苞谷给了二姐让我少吃了苞谷。我不甘心,要求二姐再分一点儿给我,二姐不肯我就去抢,二姐一闪我的脚被草墩绊倒,左手栽进了火塘里。母亲听到我的哭喊声,飞速跑来,一边责怪二姐一边牵着我满村子乞讨坐月子婆娘的奶汁搽抹伤口。后来用我自己的童子尿反反复复洗伤口,好长一段时间耷拉着的左手"蛇蜕皮"后才可以渐渐端碗吃饭。

村子里除了我,常有人吃火的亏。有一年麦收时节,骄阳似火,村里有个妇女收割麦穗时图省事放火烧麦秸,因风大物燥,火势控制不住,眼看辛辛苦苦种的麦穗就要被凶猛的火势吞没,她孤军奋战扑救,不料一阵狂风眨眼间就把她卷入了火浪中。尽管她呼天抢地跑出火海，但裤子已经着火，她跑得越快，身上的火越烧得越大，她仿佛成了一个"火人"，无奈之下只好跳进河里保命。

但是，我们村里有个玩火技艺高超的毕摩，据说玩火秘方是祖传的，火在他的驯化下就像个乖巧听话的小孩子，任由他使唤舞弄。他经常当着我们的面，光着脚板踩着红通通的炭火、热辣辣的灰烬飞速走过，脚从来没有被烫伤过，真可谓是一个敢"下火海"的人，令我们佩服得五体投地。

有时，毕摩还可以当众表演"踩犁头"。那犁头从火炉上取下来红通通放在地上，他光着脚板在犁头上反复踏试，脚下清烟直冒一股焦煳的烧猪脚味道瞬间弥漫开来，围观的人都以为他的脚被烧伤了。可是，他却一副若无其事的样子，开始表演"舔犁头"。犁头同样是他刚才踩过的那个，只是又重新复火，重新加温。红通通的犁头尖朝上，他喝一口老白干包在嘴里，然后喷吐向犁头瞬间一条火龙腾起。转眼间火龙消失后，他竟然敢伸出舌头反复舔透红的犁头尖，令在场的人瞠目结舌。

更精彩的是"捞油锅"。面对一大锅滚滚沸腾的油，毕摩撸起衣袖，把手伸向油锅，一次又一次抄起白花花的油沫当众挥洒，油星飞溅请在场的人看看是不是油。在我们小孩子的眼里，毕摩简直不是人而是神。

岁月流逝，把火玩得神乎其神的毕摩也变成了老毕摩，他有关"火"的祖传秘方更加弥足珍贵，每年举办火把节、左脚舞文化节、查姆文化节之类的民族节日，都少不了要请他去耍火戏。只要老毕摩出场，民族节日又多了一盘压轴菜，他表演得出神入化人们看得津津有味。

直到如今我仍然没有想明白，老毕摩的身体里究竟有多强大的烟火，究竟有什么样的魔法能把火玩到极致，把自己玩成了国家级非物质文化遗产传承人。

火是山里人的灵魂。我从铜墙铁壁的群山里走来，蜗居在灯火阑珊的楚雄城里，早已被城市翻板复制。而令我欣慰的是，离开火塘这么多年，每天晚上在彝人古镇还能看到从故乡火塘转身进入城市的毕摩祭火仪式闪亮登场，点燃歌舞，点燃激情，点燃狂欢。

衣服里的歌

一

"人要衣穿,马要鞍装。"在二十世纪六七十年代,农村人要穿新衣服,必须靠挣工分分红,要买生活用品必须凭票。钱和票就像一对孪生婴儿,缺一不可。由于限量加之缺钱,哪个人添了一件新衣服,不仅全家人知道而且全村四十多户人家每户人家每个人有几件什么样的衣服,谁也瞒不过谁的眼睛。

在我们村,家家都有一窝孩子,小孩子赤脚爬地,一双脚十个"小洋芋"露在外边,不穿鞋子甚至不穿裤子也是见怪不怪的事。

母亲常讲这样一个故事:村里有个我喊爷爷辈的人,小时候因家里穷,十二岁了还穿不起裤子,经常用稻草编织成裤头遮羞。有一年夏天他和村里人一起割麦子,大家都肚子饿,都想烧麦穗吃,却又不敢明目张胆,就叫那位小爷爷躲在田头下的山箐边烧麦穗。谁知,火辣辣的骄阳下,风最调皮捣蛋,呼噜噜把周围的麦秸引燃了,小爷爷急忙去扑打火腰间稻草雀笼被"哧"一声点燃。小爷爷屁股带火,又跑又叫纵身跳进水塘才幸免大难,保住了"香火把"。但火烧斑鸠的故事就成了人们茶余饭后摆白的调味剂,成了教育后人爱惜衣服的乡土教材版本。

在那个缺吃少穿的年代,每年大人只发六尺布票,娃娃则只发大人的一半。大人做一套衣服需要一丈二尺布,娃娃也少不了六尺,一家人每人顶多一年只能选择添衣裤一样。所以,每个人的衣服裤子都是反复缝补过好几次的,补丁压补丁,大补丁哼,小补丁叫。

好在老家饲养山羊,家家都要缝制好几件羊皮褂,几乎每人一件。干活儿时,穿着它背、挑、扛、抬,尽量减少对衣裳的污损;不干活儿时也当外衣穿着,既遮丑,又保暖御寒。还有人编了一首"工人爱件大棉衣,农民爱件大羊皮"的左脚调,歌唱羊皮褂,赞美羊皮褂,用羊皮褂的大小比示生活水平高低,炫耀穿着打扮。

我家兄弟姊妹六人,家里的衣服几乎是大的穿了,再缝补给小的穿。为了平衡照顾每个家庭成员的"穿",今年该给谁添新衣服新裤子,一切都由母亲计划掌管。由于我是"小尾巴",母亲每年至少都会暗自克扣哥哥姐姐们的份额,给我添置一件新衣裳或一条新裤子。真是"老人爱喝热乎汤,孩子爱穿新衣裳",每当新衣服一穿在身上,我就舍不得脱下,直到母亲多次发火,才像剥皮一样脱下新衣裳,穿上层层叠叠牛皮厚的旧衣裳。

二

那时,借衣服穿也是见怪不怪的事。我九岁那年,三哥结婚,入赘上门给人家做倒插门女婿,按照风俗,我们兄弟姊妹几人必须送亲。所谓送亲,就是邀约一些亲戚朋友,跟着前来迎亲的队伍,把三哥喜气洋洋送到新的婆家。

送亲,对于我一个小孩子来说,有我不多无我不少,去不去并不影响三哥的婚事。但我心里明白,一起去送亲的目的是可以多吃两顿肉食喷香的喜饭,滋润滋润自己早已生锈的肠胃。

可是,为了有脸有面筹办三哥的婚宴,家里的一点一滴开支都是经过母亲一分一厘精打细算的。因此,那年的我只新添了一条黑蓝布裤子,其他都是打着补丁的旧衣裳。如果就这样跟着三哥去,我没面子三哥也没面子。

于是我瞄上了和我同龄的两个小伙伴, 一个叫金宝一个叫银财。金宝家条件好,他爹是老工人,是我们同龄人中第一个穿黄胶鞋的人。有一天上学的路上,我曾经试穿过他的黄胶鞋,既合脚又舒服,过了一回干瘾。银财家条件也不错,他爹是购销店的营业员,天天都细水长流数钱,年年都添一套新衣裳,而且今年是一件令我眼馋的黑色灯芯绒衣裳。我心里暗想,要是能穿上金宝的黄胶鞋和银财的灯芯绒衣裳,送三哥去婆家多么体面。

我经常千方百计地讨好金宝、银财,有时悄悄塞给他们两颗水果糖,有时让他们抄我的作业,有时我替他们做作业,有时测验,我给他们悄悄扔纸团。可是,虽然他们背地里已经答应借我黄胶鞋、灯芯绒衣裳穿,但衣裳、鞋子是父母买的,还得山神老爷点头。三哥举行婚礼的头天,我逼着母亲去找金宝、银财家父母,说了几箩筐话,才借到了鞋子、衣裳。

第二天,当我高高兴兴地穿梭在三哥的婚礼场上,有人不知是看错了我的背影,还是故意取笑我,有的喊我金宝有的喊我银财。

我一听心生暗火:岔眼狗啊,我是新郎官的兄弟。

直到三哥的婚事办理完毕,我才依依不舍脱下黄胶鞋、灯芯绒衣裳,将它们洗干净晾干,整整齐齐收拾好,分别还给金宝和银财顺便给了他们几坨酥肉香香嘴,给他们几颗喜糖甜甜舌头。

三

在那个"吃菜要吃白菜心,嫁人要嫁解放军"的年代,解放军是很多人崇拜的偶像。我家虽然穷,但由于哥哥是解放军,每年腊月春节临近,就有干部来到我家,放一串爆竹送来糖果,还有一封"光荣之家"的春节慰问信。听见爆竹响,小伙伴们就会一窝蜂来看热闹,拣那些断了引线炸不响的瞎爆竹,然后找一块光滑平整的石板,把爆竹折成两段,吐一泡唾沫栽上半截爆竹,点上火。待一条火龙昂着头咻咻咻往上蹿,再狠狠一脚跺下去,脚下的爆竹嘣一声炸响,我们一群娃娃嘻嘻哈哈,玩的是胆量玩得无比痛快。

尤其是我,多么希望长大以后也像哥哥一样,穿上一身黄军装。

有一次,村里来了一个照相的,我向母亲要了一块钱,去照了一张黄军装照片。在照相师傅的安排下,我从头到脚一身黄,腰间系了一条八一皮带,皮带上挎了一支假手枪。第二天,我拿着那张黄军装照片,见到人就狂颠颠显摆。但由于人小衣服大、裤子大、帽子大,我就像穿裙穿袍,毫无军人威武的风骨。于是,人家一看照片就讥笑我，讽刺我挖苦我，说我哪儿像解放军，就像还乡团那班黄豺狗。我人小脾气大，一怒之下当场把照片撕碎撒成雪花，气嘟嘟跑回了家。

村庄里的人亦如此，个个都巴不得有一顶黄军帽。哥哥回来探亲，我家每天就有很多人登门，来的人目的都是想从哥哥那里得到一顶黄军帽。可是，哥哥是解放军，不是帽子加工厂的，哪儿来那么多。部队一年只发两顶帽子，人多花少，满足不了，哥哥只好说明年给。这个"明年"，却让亲戚朋友盼星星盼月亮，眼睛麻花盼了好多年。

那时，黄军装、黄军帽是人人渴望、人人推崇的名牌。家乡人从古至今，喜欢跳一种自娱自乐的土著民族左脚舞，不知是哪位无师自通的民歌手编了这样一首左脚调："我家老表去参军，穿上黄军装，全像不说半像不说，照上一张带回来，带回来，带回我望望，小妹在家里，一直等着你，等到你回来，我们做一家……"就是这样一首彝族民间小调，唱出了国民的精神，唱出了时代的色彩。

四

回想起我磕磕绊绊离开村庄在家乡供销社工作的那些年，凭票买布已经取消，市场上开始出现"的确良"涤纶、涤卡料子布，既耐穿，又好看。

刚领到第一个月的工资，共三十六元，我就迫不及待到县城东街一家浙江人开的缝纫店，量身定做了一件料子布西装、一条喇叭裤,配一双亮锃锃的火箭皮鞋,再加上一头乌黑的长发。那些日子,我感觉自己已经不是一个乡村售货员,而是一个时髦的城里人,无论走到哪里都八面威风迷倒一群姑娘。于是,就有不少热心人帮我提亲,帮我做媒。

不知不觉,市场上、商店里,好的布料、花色品种,各式各样的衣服越来越多,人人都可以买到漂亮的衣服。十三元三角三分钱一件的确良的白衬衣、两块八角钱一双的白网鞋是很多青年男女订婚必不可少的定情物。

不知是哪位民歌手与时俱进,就编了一首彝族左脚调:"十三块三角三,卖件的确良,买来整什么,买来讨婆娘……"

二十世纪九十年代初,我有机会去天津,不仅吃了狗不理包子,还买了一件六块钱的确良地摊衬衣,方格子、浅绿、淡白色,想不到我和妻子谈恋爱时,她不仅喜欢我,更喜欢那件"天津衬衣"。后来,妻子身怀有孕,也经常把那件的确良衬衣当作孕妇装,天天穿在身上,直到女儿呱呱坠地。

我结婚时,不仅买了一套当时比较流行的双排扣西装,还买了一件白色的的确良衬衣、一条板栗色的领带,风光了一回。同时,我还买了一组四门衣柜。可是夫妻俩为数不多的几套衣服稀稀疏疏挂在里边,屈指可数,一目了然。

五

日子在一天天改善,进入二十一世纪以后,衣服的花样层出不穷,全家人的衣服不知不觉就堆得到处是。很多衣服才洗过几水,半新旧就扔到一边。有的把旧衣服送给自己挂包的贫困户,有的下放给乡下老家的兄弟姊妹穿。

没过几年,农村人也不穿补丁衣服了,自己家的旧衣服也送不出去了,只能转移回老家给嫂子们打裱布,做鞋帮。

想不到现在的乡村,鞋子都是买来穿,农家妇女也很少打裱布、缝鞋帮、纳鞋底、做鞋子了。很多旧衣服稻草人都穿不完,反而成了废物当垃圾焚烧了。

母亲去世时,新新旧旧留下了很多衣服,有些是我们兄弟姊妹几人买的,有些是亲戚朋友来看望母亲送的。我以为在农村的嫂嫂、姐姐会挑一些带走,最后谁都不要,只好全部拿到母亲坟前,像烧香纸一样,一把火点燃将一件一件烧成灰烬,委托山风快递给九泉之下的母亲。

好多年过去,我和身边所有的人一样,再也没穿过补丁衣服。倒是唱着"小燕子,穿花衣,年年春天来这里"儿歌长大的女儿,经常穿着"青春派"通洞的牛仔服,穿着磨砂翻毛皮鞋,一副忆苦思甜的打扮,完全颠覆了我对服装的时尚观念。

是啊!如今的我拥有十几套各式各样的衣服,衣柜里长的短的、厚的薄的、春夏秋冬穿的内衣外衣、T恤衫、衬衫、夹克、西装,满满当当全是衣服。全家人一个衣帽间,五组大衣柜,每一个衣柜就像一个卖衣服的小商店,五彩缤纷。

有时,喜欢打扮的妻子和女儿,一天都要换几次衣服,每天都穿得光鲜亮丽。可是,有些衣服据我仔细观察,一年好像只是穿一两次;有的衣服,甚至一年都不穿一次。她们究竟有多少套衣服,她们也说不清我也数不清。倒是我那件的确良"天津衬衣"

和那套结婚时穿的双排扣西装,搬了好几次家都舍不得丢掉,至今还珍藏在衣柜里。可惜,身宽体胖的我已无法再穿上。

六

人类从新石器时代就穿上了用植物纤维编织而成的衣服,至今已有几千年的历史。随着社会不断发展进步,衣服已经演绎成一种文化,时装节、服装节,国内国外已屡见不鲜。

云南楚雄彝族聚居的永仁直苴,赛装节也有上千年的历史。每年正月十五,四山八岭的彝族姑娘们就会把自己精心缝制的花衣服带来参加比赛。此刻,直苴的山坡上,人多花多满山满坡都是花朵,闻见花香来采花的小伙子比蜜蜂还多。

一花引来万花开。男男女女、老老少少来了,山里山外的人来了。人来得多,那些嗅觉灵敏做买卖的小商贩也来了,临时搭建的露天摊点一串串,羊汤锅、老烧酒,吃的喝的,样样都有。

有人说,直苴的赛装节是最古老的时装表演,是最原始的 T 台秀。直苴的赛装节,赛的是彝家姑娘的智慧,赛的是彝家姑娘心灵里的花朵,赛的是彝家姑娘的美好憧憬。赛着演着,以彝族刺绣为创意的直苴赛装节,赛到了昆明,赛到了深圳、上海、北京,赛到了国外,遍地开花,名声鹊起。

有一首彝族左脚调是这样唱的:"彝家山寨美,彝家姑娘美,穿上花衣裳,姑娘美如水,唱起酒歌我心醉,彝家有好酒,好酒请你喝,三碗四碗不会醉。"

每逢喜庆节日,姑娘小伙儿打歌跳舞,不论男的女的,都会穿上花衣服,手牵手围成圈,随着琴弦流淌的音乐旋律,时而像孔雀开屏时而像大海涨潮,每一曲舞蹈都把快乐拥抱。

如今,这种彝家的左脚舞已经成为遍布楚雄城乡的广场舞,穿花衣服也成了楚雄千里彝山随处可见的风景。

我也不例外,家里有两三套花衣服,茶余饭后就穿着花衣服去太阳历公园跳左脚舞。如果女的不穿花衣服,阿表哥就不会主动邀请你跳舞;如果男的不穿花衣服,阿表妹也不会理睬你。

穿花衣服跳左脚舞的人多,牟定彝和园、楚雄彝人古镇等很多地方,都有加工销售花衣服的门店,以及左脚舞音像、左脚舞琴弦乐器制作销售的商家。一首首彝族左脚歌舞小调、一件件花衣服,作为非物质文化遗产,登上了吉尼斯世界纪录。

回娘家的磁力线

一年三百六十五天，每周三次血透，岳母几乎有一半时间被囚禁在医院的病床上，满身插满管子，管子的一头连着岳母的躯体，一头连着透析机，红彤彤的血液经过透析机"加工、过滤、清洗"后，又循环往复流回到岳母的身体里。

岳母能活下来，透析机成了唯一的希望。血液在岳母的躯体里流出流进，全家人的日子被炖在火上，一天天煎熬着。可是，到了周末或是节假日，病恹恹的岳母总会打来电话，叫我们回家吃饭。

虽然我和妻子在楚雄工作，离岳父岳母所在的县城不过三十多公里路程，但三十多公里路，说长也不长，说短也不短，可就是这三十多公里来回往返的路，却成了岳母牵肠挂肚的磁力线。

每次沿着这条磁力线，穿越隧道，穿越田野，穿越村庄，穿越河流，急匆匆回到以岳母为磁场中心的家，见到身体虚弱的岳母，我的心头就会翻江倒海涌出很多波澜壮阔的往事来。

二十多年前，我如一只栖居在城市枝头盼望筑巢安家的鸟，和妻子恋爱了。没有不透风的墙，我和妻子的"秘密行动"还是被人传到了岳父岳母的耳朵里。岳母生怕自家的女儿像一粒撒出手的菜籽,落不进肥沃的土壤开不出美丽的花,结不出甜蜜的果实。

"丑媳妇迟早要见公婆,憨姑爷迟早要见丈母娘。"当我第一次试探着跟妻子去岳母家时,刚进门,岳母嘭的一声带上门,无影无踪。仿佛一瓢冷水,从头到脚向我泼来,让我心凉半截。

痴情不改的我每次厚着脸皮和妻子去岳母家,我左脚跨进门岳母右脚就迈出门,不是借口去喂鸡就是借口去买菜,似乎只要我把妻子娶走就是让她剜心割肉。后来,我托岳母曾经的领导,按照风俗正儿八经去提亲。岳母看在领导的面子,做了一桌丰盛的饭菜,可吃饭时不论领导怎样说明来意,岳母仍对我和妻子的婚事一言不发,只是不停地站起来又坐下,忙活不停,添菜添饭、给我们的碗里捡肉,劝我们多吃点多喝点。那顿提亲的饭,那些喷香的肉菜对我而言放进嘴里就像嚼木渣,咽下肚里就像些沉甸甸的石头,令我格外地压抑。更令我难堪的是,没过几天,岳母就托人把提亲的礼物全部送了回来,给我当头一棒。我心里暗想,东方不亮西方亮,重盖大门挑方向,多少次想打退堂鼓。如胶似漆和我相处的妻子,最终还是不顾岳母的反对,与我有情人终成眷属。

举行婚礼的那天,岳父、岳母送了电视机、冰箱、收录机等很多彩礼,在喜气盈门的鞭炮声中,有脸有面地把妻子嫁给了我。直到婚后,岳母和我之间仿佛仍隔着一堵无形的墙,她从未登过我家的门。我随妻子回去,由婚前喊她"阿姨"改口喊她"妈",总是那么别扭,那么拗口;她叫我也总是那么不自然,从不喊我的名字,而是喊"你姐夫"。

妻子身怀有孕,岳母总叮嘱妻子,这不能吃那不能喝,这要小心那要注意,生怕没有生育经历的妻子有个三长两短。妻子临产,住进了医院,岳母寸步不离守在产房。女儿呱呱坠地,岳母比我还高兴,忽而煮来红糖鸡蛋,忽而熬来鸡汤,不停地教妻子怎么抱孩子,怎样哺乳孩子,忙得团团转。妻子坐月子后,岳母的脚才第一次跨进我的家,每天早一次、晚一次探望,配合我那从农村来的母亲帮褴褓期的女儿洗澡、包捆。从此,咿呀学语的女儿成了我和岳母心中那层隔膜的消融剂,也成了我和妻子婚后生活碰撞的解码器。有时我和妻子吵架,妻子赌气跑回娘家,岳母一边劝说妻子,一边把闷闷不乐的妻子送回到我和女儿身边。

婚后的生活总是过得紧巴巴,对于一个像我这样的草根农民穷小子来说,在城市立足安身,与"城镇户"的妻子结婚成家,实在是门不当户不对。就连当时八千块钱购买一套房改房,对于背负千斤的我来说,都是个天文数字。我绞尽脑汁东挪西借,怎么也凑不够。看在眼里急在心上的岳母,悄悄塞给妻子一沓私房钱,让我和妻子顺利住上了一套四十八平方米、两室一厅、有厨房和卫生间的房改房,让我有了像样的窝。

女儿一天天在母亲和岳母的照看下长大,一有空岳母就用自行车带着女儿东溜西逛,去公园坐小火车,跳蹦蹦床,到处玩耍,只图听女儿脆生生地喊一声"外婆"。一次,岳母带着女儿去玩具店,让女儿坐在停稳的自行车上,不懂事的女儿乱摇乱蹬,自行车重心不稳,咣当一声倒地,女儿和车一起倒在地上。岳母把哭哭啼啼的女儿送回来时,就像欠下了我天大的债:"今天闯祸了,我老不中用,让孩子摔伤了。"其实,女儿只破了一点儿皮。岳母和母亲就像我家的两个老保姆,轮流换班,带着女儿读书成长。

时光无声,岁月有痕,风烛残年的母亲回老家后,我和妻子也离开了化佛山脚下的那座县城,调到三十多公里外的楚雄工作,女儿也远赴他乡读书去了。

逢年过节,岳母家就成了一块大磁场,儿女孙儿们一窝蜂归巢,岳母忙前忙后,满桌满碗满碟香喷喷的肉菜把我们当贵客看待。此时的岳母看着我们交杯换盏,吃香喝辣,感到无比高兴,还不停地给我们加菜搛肉,劝我们多吃点儿多喝点儿。有时,我本来说好要回岳母家吃饭,可又被朋友一个接一个电话叫了出去,变卦不回家吃饭了。头一两次变卦,岳母总是说:"去吧,去吧,你有很多事要应酬。"变卦的次数多了,岳母就会和我开玩笑:"领导啊,你是不是嫌我煮的饭菜不好吃?"她一边说,一边不停地给我的碗里搛来一块肉、两块肉……一碗堆成小山包的关怀,让我不知从何处下口。有时,约好吃饭的朋友突然有急事变卦改天再聚会,说好不回家吃饭的我和妻子回到岳母家,岳母总是喜出望外,又一次操刀下厨多加两个菜,让我们吃得舔嘴咂舌,满口弥香。

若是过年,等我们全家人交杯换盏,吃饱喝足放下筷子,岳母就会立即端出瓜子、糖果、水果,劝我们吃,吃,吃。吃得越多,岳母越高兴。收拾完杯盘狼藉的饭桌,岳母就会拿出一沓红包,千儿八百块,一人一个喊着名字,发给孙子孙女们。听到孩子们一声声"谢谢奶奶,谢谢外婆"时,岳母乐此不疲,满脸的皱纹变成了一波波浪花。

仿佛是回家做客的我们,屁股还刚刚坐热乎,又抹抹嘴,一只只鸟出窝一样扑棱棱飞走了。每次起身,岳母把早已杀好的鸡,准备好的鸡蛋、腊肉,塞给妻子。有时是一袋水果,有时是一小袋辣椒面,有时是一兜洗好的新鲜蔬菜,从不让我们空手回楚雄,生怕我们到了陌生的城市冷着饿着。

积劳成疾的岳母,好多年前就患有风湿关节炎,她一直认为是小病小痛,觉得去医院很麻烦,只是自己随便买点药吃吃。在我的眼里,岳母是个巴不得把时间掰成两半用的人,退休后还和城郊的农民租了几块菜地,种菜养鸡。一日三餐,全包在岳母身上,看似退休,却退而不休,整天还是脚不落地地奔波忙碌。天长日久,岳母一吃饭就呕吐,我们以为是岳母治疗风湿病的消炎药吃多了,伤坏了肠胃,就让她在吃风湿关节消炎药的同时,也吃点胃药。可是,吃了很多胃药,还是不管用。后来去医院做了全面检查,结论是:肌酐指标超高,导致肾衰。她不得不做手术——手上一刀,腹下一刀;手上埋进管,腹下埋出管。从此,岳母在家里开始了一天四次的腹透,差不多三小时一次,自己也成了半个医生。换袋、称重、记录成了岳母一天的日常,卧室成了病房,靠墙随时堆放着二十多箱腹透液,宛若新砌了一堵墙。药品一天天变矮,又一天天重复码高。一袋袋腹透液通过又细又白的管子从岳母的血管里钻进去,又从岳母的腹中流出来,周而复始,天天如此。

可是,腹透了两年之后,岳母的脸成了黄菜叶色,脚开始出现浮肿。再次住院检查,岳母的肾已经坏死,需要由腹透改为血透。血透,需要在岳母身上选择动脉血管最粗的部位埋漏管,于是,岳母的胯上、颈下胸部都做过手术,埋过漏管,最后在手上造了一个漏,才顺利血透。血透相当于用高科技医疗技术把人的血过滤一次,漂洗一次,两天一次,必须去医院,每次血透都少不了躺五六个小时。开始的时候,都有家人陪岳母去医院血透,慢慢地,岳母不需要任何人陪同。我们商议,决定请一个护工专门照顾岳母,岳母坚决反对,说三四百米路,自己溜溜达达去,自己摇摇晃晃回。从医院到家,从家到医院,两点一线的轨迹,岳母的人生外延在缩小,生活的半径在缩短,生命线得到了延长。

血透了一年之后,令我们没有想到的是,岳母解大便时带有血迹,再次住院做胃肠镜检查,岳母被确诊直肠癌。由于病灶离肛门较近,手术后大便不能从肛门排出,必须改道。从此,雪上加霜的岳母,肚子里又多了一根大便导管,腹部又多了一个大便袋。

岳母的骨气也许与她的人生经历有关。岳母从小是个孤儿,从农村出来参加工作,无依无靠,一直是单位响当当的先进工作者、劳动模范。但是由于历史的原因,岳母被下放回农村,后来又落实政策回城。那时的岳母,身后的拖斗里还载着妻子和两个弟弟共三个孩子,岳父又在昆明工作,夫妻两地分居,一个东来一个西。但任劳任怨的岳母面对人生的挫折,面对家庭的重负,不卑不亢,家里家外都是一把好手,还当选过县里的人大代表、政协委员。至今,那些被岳母视作传家宝的"红本本"珍藏在箱子里,她高兴时就会拿出来在儿孙们面前作教科书,展示荣光。

时间仿佛是两扇门，白天打开，让我们看到了亮光；夜晚关上，让我们产生了恐惧。血液从岳母的躯体里流出流进，一种不祥的预感经常在我们的心头缠绕，岳母的病成了全家人的痛。我们多次提议，岳父年岁已高，请一个保姆来照顾岳母的生活起居，岳母执意不肯："我好脚好手呢，自己的事自己做，不用你们管。"的确如此，岳母是个自强不息的人，她要用自己的行动证明自己没有大病。一次次去医院住院复查，又是抽血化验，又是CT、B超、心电图、胃肠镜检查，羸弱的岳母一次次与病魔展开你死我活的抗争。每次搀扶着岳母走进医院，我们仿佛是端着一盏即将熄灭的油灯，经过输血、输液、血透，一次次"检修"，一次次"保养"，岳母仿佛是重新加足了油，又一次次点燃了我们心中的希望。

岳母在，家的筋骨、家的圆心、家的磁性、家的烟火就在。"回家吃饭"已经成了岳母的口头禅。有时，若是打不通妻子的手机，岳母就会打我的电话。可粗心大意的我没有储存她的号码，听到铃声，打开手机习以为常随口"你好"一声接听，才知道电话的那头是岳母磁性般的牵挂。每次放下电话，我和妻子就会沿着岳母呼唤的磁力线往家赶，因为，生我养我的母亲已与我阴阳两隔，唯有岳母才是我可以叫的妈、喊的娘。

苦刺花的墓地

随着时间的流逝，老家和我血脉相连的亲人已经越来越少，连接故乡的脐带也渐渐枯萎，唯有清明，是我回老家的借口和托词。

母亲的墓地在村庄背后半山腰，山上的马樱花、杜鹃花、山茶花、棠梨花随处可见，而最多的要数苦刺花。每年清明，苦刺花就如村庄里那几棵古老的槐花，努着嘴，一朵朵、一柳柳、一串串，星星点灯，竞相开放。放眼望去，春天正不停地挥舞着大自然的画笔，把山野描绘，让整座山头穿上了一套花衣裳。

在我童年时光的记忆里，每年春暖花开，小伙伴们就会互相邀约，三五成群，身背小竹篮，踏着春天的脚印，叽叽喳喳，漫山遍野去采摘乌鸦花、藤子花、大白花、棠梨花、苦刺花……

苦刺花和棠梨花，是我最怕采摘的两种野花。每次采摘时，尽管我小心翼翼，但是，刺是花的捍卫者，常视我为花敌扎进我嫩嫩的小手。直到回家，母亲从针线箩里找出针，借一束亮光反反复复帮我挑刺。

可是，为了采摘野花果腹，我不知遭遇过多少次刺的报复。虽然野花是大自然赐予的天然蔬菜，是不需要耕种的庄稼，见者有份，但采摘野花也需要智慧。在我看来，山间的一草一木都藏在母亲的心里。每次我跟随母亲去采摘野花,母子俩就像两只觅食的羊,不停蹄地跑过一山又一山、一沟又一沟、一箐又一箐。走着走着,不知疲倦的母亲就会放开嗓门儿唱山歌:"好花鲜鲜好花鲜,好花开在箐沟边,好花等着哥来采,小哥你莫嫌路远。"不远处就会有人回应:"好花鲜鲜好花鲜,好花开在刺蓬间,不知小妹是哪朵,我怕伸手被刺戳。"一唱一应,此起彼落。我追随着母亲,追随着一朵朵野花,不知不觉,疲惫随着母亲悠扬的歌声,飞进树林,飞到了白花花的云朵里。

在母亲的带领下,我每次和母亲去采摘野花,总是能及时采到很多不凋谢的花骨朵儿。采摘回家的野花,不论是炒吃还是煮吃,由于缺少油荤,苦刺花是我最怕吃的下饭菜。吃不完的野花,母亲左一簸箕右一筛子,放在柴垛上,交给阳光慢慢舔嚼,风干后储藏起来,家里到了杀年猪或是办红白喜事时,都会有一两碗肉汤煮苦刺花、棠梨花上桌,用来待客,装点脸面。

每年吃花的时节,正好是收小麦、收蚕豆的时节。在我家,母亲擅长用苦刺花和蚕豆米,再加一丁点儿平时舍不得吃的腊肉骨头熬煮,本来又苦又涩的苦刺花,经过母亲的烹调就变成了香喷喷的菜,让全家人吃得咂嘴吸舌,唇齿留香。

在那个肠胃生锈的年代,野花是粮食和蔬菜的后备军,吃野花纯粹是为了填饱肚子。为了增加全家人的食欲,勤俭持家的母亲有时会匀出一丁点儿腊肉,炒棠梨花做馅,然后用麦面做棠梨花粑粑给我们吃。在那苦涩的日子里,每年要吃到一次母亲手下的棠梨花粑粑,于我而言比吃天上的月亮粑粑还难。

过了吃花的季节,田地里的庄稼、蔬菜蓬勃生长,为了防止它们被牛羊蚕食，母亲就会带领我们去砍刺来扎篱笆。在我幼小的瞳孔里，苦刺花树的自我保护能力都极强，一蓬蓬爬在地上，要把它砍倒，并不是容易的事。可母亲另有高招儿，东瞄西看，选择好最佳下手的方位，让我用一把长长的勾刀，勾住要砍的刺枝，她头顶羊皮褂，挥舞着柴刀叮叮咚咚地砍。第一棵苦刺花树被砍倒拉出群，就打开了一个缺口，第二棵、第三棵、第四棵，也就在我和母亲的手下躺平了。就这样，一棵棵张牙舞爪的苦刺花树被母亲征服，将它们用藤子、篾扎成篱笆，立在菜园边、田间地头，拦住里那些嘴馋的猪鸡牛羊。

家乡人民喜欢跳左脚舞。有一首左脚调是这样唱的："贪花路上赶热闹，阿哥阿妹相遇了，为花死来为花乐，为花死在花树脚，心甘情愿我两个，闻见花香活回来。""猪心猪肝街上卖，人心人肝各人带，大路边上的倒勾刺，不挂小妹挂哪个。""棠梨花、苦刺花，有女莫嫁姑妈家，嫁了必定成冤家，知根知底我两个，合心合意做一家。"

老家的人并没有高深的文化，却常常以花喻人。骂不守本分的女人"烂柿花"，夸脸蛋儿漂亮的姑娘"粉团花"。而我的母亲却被村里人说成是"苦刺花"。

那时的我并不知道"苦刺花"的意思，只知道苦刺花可以吃。十岁那年，我的牙齿里就像有无数条虫叮咬，疼痛难忍。母亲拿来几粒花椒，叫我哪颗牙齿疼就用哪颗咬住。后来，母亲从邻居家讨来一口醋，叫我含在嘴里。牙痛虽然断断续续有所缓解，但还是疼。一天，母亲去地里薅草回来，带回家一些苦刺花树的根和枝叶，剁碎煨汤给我喝。我尝了一口，苦兮兮的，就磨磨蹭蹭不想喝了。母亲手里的吆鸡棍在地上打得噼啪响。她反复警告我，是要喝苦药还是要吃细面条，二者随我选。无奈之下，第二口刚喝进嘴就被我吐了出来。母亲忍不住骂我："堂堂一个男子汉，这点苦都吃不了，看你长大了能顶天立地吗？恐怕连顶门杆都用不上。"她一边骂我一边翻箱倒柜找来蜂蜜，向我开出筹码。在母亲的诱逼下，我闭紧双眼，牛喝水似的把药汤喝了个底朝天。顿时，感觉一下子从嘴里苦到肠胃，苦到屁股眼儿。从那以后我才明白，苦刺花是一种清热去火、消炎止痛的苦口良药。

从我记事起，母亲就是一朵带刺的花。不知什么原因，母亲和父亲隔三岔五就会针尖对麦芒吵吵嚷嚷。有时是父亲骂母亲，有时是母亲骂父亲。撕撕扯扯，是爹错娘对还是爹胜娘负，卷入家庭战火中的我们根本没有裁判权。只是每次邻居婶婶叔叔来劝架，都在指责父亲，都在为母亲打抱不平。

每次战火平息之后，和父亲一奶同胞的二叔就用"人有三穷三富，马有九瘦九肥"这两句话叙述家史：在我爷爷辈上，家里养着几匹大骡子，煮着一灶酒，驮到狗街、猫街、马街、黑井卖，在村里是数一数二的人家。由于家境宽裕，爷爷奶奶从小就对身为长子的父亲娇生惯养，百般宠爱放纵，父亲十多岁就染上鸦片，成天不干活儿，摇骰子赌博，养成了好吃懒做的恶习，还经常偷家里东西变卖，换鸦片吸。结婚以后，娶进门的婆娘管不住父亲，还经常挨父亲打骂，不到一年，身怀有孕的婆娘就吊脖子死了。后来，出身贫寒的母亲，由于父母包办，在别人的撮合下，堂堂一朵花的大姑娘被"二婚"的父亲娶进了家。

母亲毕竟是个女人，整天起早贪黑地干活儿，脚不落地奔波,始终很难扭转家庭的困窘。父亲还经常借酒发疯,骂母亲酿的米白酒像猪尿,不好喝,骂母亲做的饭菜像猪食,不好吃。常常是父亲动手,母亲就动脚,父亲开枪,母亲就开炮,以牙还牙毫不示弱。父亲和母亲之间的战争从未停止过。看着不成葫芦不成瓢的我们兄弟姊妹八人,母亲一次次抹抹眼泪,苦苦地维系着全家人的生计。母亲身后长藤结瓜的我们,像群刨食的小鸡,风里来雨里去在母亲的呵护下一天天长大。

在我刻骨铭心的记忆里,父亲就是村里人常说的"扶不起来的猪大肠",不拿气不管事,放了一辈子的牛,从没干过背挑肩扛的重体力农活儿。而母亲则是村里人跷起大拇指夸"嘴有一张,手有一双"的婆娘,是一朵惹不起的苦刺花。

母亲命运多舛,如苦刺花一样苦,但她最爱的却是山茶花。上山砍柴,母亲都会采一束山茶花骨朵儿,夹在柴捆头上带回家,找一个废旧的玻璃瓶,洗了又洗,擦了又擦,然后把山茶花插在盛有水的玻璃瓶里,摆在堂屋中央的供桌上,让穷困潦倒的家有了生机。

母亲喜欢绣花,脚下的鞋帮上、鞋头上绣满了家乡千姿百态的山茶花,鞋子里的鞋垫也绣着山茶花、蝴蝶、喜鹊等各种栩栩如生的图案。一年四季,不论是新的旧的,母亲脚上总是穿着一双绣花鞋。我每次跟在母亲的身后,仿佛看到她脚下总是开满山茶花。

母亲的脚下开满山茶花,我脚下的路也阳光灿烂。灰头土脸的我进入城市,脚下的皮鞋里经常垫着母亲缝制的花鞋垫。结婚时,因钱紧借用单位的食堂自操自办宴席。早有准备的母亲,不仅从老家带来猪肉、鸡肉，还带来了很多风干的野花。开席时，我才发现，第一次登上大雅之堂的一碗碗棠梨花、苦刺花，仿佛为我奉献了一场花朵的婚宴，令很多宾客赞不绝口。后来，母亲从农村来帮我带孩子，有时也会从农贸市场买回苦刺花与蚕豆米和肉一起煮吃，反哺我记忆的味觉，慰藉我久违的乡愁。

花开花落，时光的脚步随着母亲脚下的一双双绣花鞋奔跑着，消逝着。年近九十岁的母亲溘然长逝。出殡那天，送母亲去坟茔的崎岖山路两旁，寒冬腊月的山野，苦刺花依旧死一般沉寂，一朵朵山茶花却开得正艳，悲痛交加的我仿佛看见母亲走向天堂的脚下春暖花开，鸟语花香。

下葬时，母亲睡在一口黑漆漆的棺材里，被放入泥土芳香的井底。按照乡俗，我们兄弟姊妹几人要用衣服兜一些泥土盖在棺材上。不知不觉，半天工夫，在父老乡亲们的帮忙下，一座石头镶砌的坟墓立地而起，那是母亲的房子，那是苦刺花的家。

母亲安家落户的地方，也是祖祖辈辈死者的长眠之地，既是全村人的坟山，也是村庄的靠山。祖祖辈辈都把它作为封山，村规民约就是那座山的发条，严禁刀斧上山，谁也不敢乱砍树木，坟山上的生态环境得到保护，森林里有很多野生动物，还有数不清的花花草草。美中不足的是坟茔离村庄不远不近，只有一条上山放牛羊的蛇路，爬坡上坎，送死者安葬很费力，清明上坟也很辛苦。

忽然有一天，村庄里驶来一辆牛高马大的越野车，车上下来三个操着外地口音的人，找到村里的"蚂蚱官"，说是看上了坟山上的那些古树，一口气开出了村里人从来没有听说过的天价。

正好村里一座建于清朝年间的祠堂已经破烂不堪，屋顶漏雨，墙壁歪歪斜斜即将崩塌，"蚂蚱官"召集村民开了好几次会议，可由于村庄里很多当家人都外出打工去了，迟迟未定。有的人家已经拖儿带女去了楚雄，去了昆明，甚至去了更远的城市，除了清明和春节，一年到头都不回家；还有的人家，连破旧的老屋也从来没有修葺过；甚至有的人家，回家上坟只是从村庄过一趟路，连家门都不进了，直接去坟山，简单祭拜完后就鸟一般飞走了。

两百多人的村庄只剩下六十多个老人孩子妇女，当家的不在家，在家的不当家，说话都算不了数。有人要买树，真是瞌睡遇着枕头。在家的几个老人和那几个操着外地口音的人，在村庄里杀猪宰羊，请全村人吃吃喝喝了整整两天，最后达成协定，古树按两万元一棵出售，卖树的钱用于修复全村人的祠堂。

没过几天，还是那几个操着外地口音的人，拉来挖掘机，轰隆轰隆地劈山开路，七八天后，一条从村庄背后通往坟地的路就开通了。随后，他们来砍树以每天每人一百五十元的工价，请了邻村近寨十多条汉子。正当他们油锯刀斧轮番砍树之际，林业部门接到报案前来制止，十多棵上百年的参天古树才免于灾难。但从此以后，村里人就可以开着微型车、骑着摩托车从村庄直达坟地。而且，送死者上山安葬，不论是用人抬还是用车拉都比以前方便多了。

自从坟山通了公路以后，曾经在电影里看过的盗墓幻境，也开始在我们村那片祖祖辈辈的坟茔上演。那年清明，我照例回老家上坟，见到周围好几座上百年的坟墓被掏出一米多深的洞，很吃惊:怎么这样穷乡僻壤的地方,也会有人盗墓呢?从村史看,我们村就没有过什么大户人家,死者几乎都是一介草民,入土也带不走更多的金银财宝。盗墓贼的嗅觉却如此灵敏,为了死人嘴里的那一点口含钱,为了死人手上的那一只银手镯,为了死人耳朵上的那一只耳环,竟然挖坟盗墓,搞得长眠阴曹地府的祖宗们不得安宁。

我一边给被盗的祖坟复土还原,一边问在村委会工作的堂哥,难道就一点线索都没有吗? 堂哥说,这几年,附近好几个村,盗墓的事时有发生,都分别向派出所报了案,至今未有回复。

我长叹一声,再过十多年,等母亲的坟成了老坟也许难逃盗墓贼的魔鬼眼。又过了一年,我依然回家上坟,看见祖宗坟头上的很多石狮子也被盗走了。

令村里人没有想到的是,宣传了好几年的殡葬改革说来就来。家家户户必须交出棺材,政府以每口棺材补偿八百元兑现,然后棺材由政府统一收购处理。

那年,我回家上坟,无意中去祠堂转了转,祠堂门口又多挂了"新时代文明实践中心""文化室"等几块牌子。几十口黑漆漆的红头棺材,整整齐齐,一列纵队摆满祠堂的院子,正在等候安排。

按规定,死者都必须火化,送到几十里外的公墓统一安葬,很多人一下子接受不了。家里有老人去世,依然按照乡间民俗老一套料理,为死去的亲人请来锣鼓队,敲敲打打,请来唢呐匠呜哩哇啦吹,披麻戴孝,把丧事当喜事操办,之后,才闷闷不乐把死者送去火化,送去陌生的公墓。

母亲入土的第二年清明节,我回老家上坟,坟地里到处都开满了苦刺花。母亲的坟墓旁也长出了很多苦刺花,就像一个大家族的子子孙孙,密密麻麻簇拥在母亲身边。同时,母亲的坟堆上也长出了一株苦刺花,矮矮的、瘦瘦的,在风中摇曳,它仿佛有着母亲的身影,反反复复被风吹倒,又反反复复站立起来。

　　冬去春来,十多年过去,母亲坟墓上的那株苦刺花,长高了,长大了,开花了,蓬蓬松松,覆盖了母亲的整座坟墓,成了母亲的保护伞。花开了,仿佛是给母亲盖上了一床花被子。

　　今年清明上坟,有人提议,要把那一片茂盛的苦刺花砍掉,我坚决反对,因为那是母亲的化身,那是母亲留给我的唯一念想。

辑三　乡村胎记

村口

　　你是否来自乡村？如果是，我们老家的村口也许就是你们老家的村口。

　　如果你来自城市，问一问你的父母，或是爷爷、奶奶，他们会告诉你，你的血缘就从老家的村口流出。

　　人类从漂泊到定居、种植庄稼、驯养家禽六畜开始，便诞生了村庄。过剩产品的交换便催生了集镇，演变为今天的城市。不管你走多远，飞多高，村口是你迈出山村的第一处，脚印是你留在村庄的胎记。

　　我生于云南的山肚子里，长在云南的山肚皮上，从小在山村怀里被喂养大，对村口尤为熟知。

　　老家的村庄，堆砌在蓝天白云下的半山腰，出门就是坡，只有一条"蛇路"从山脚蜿蜒爬向村庄。从对门坡上望去，路如山的脐带系着村庄，仿佛是上天打在大山上的一个逗号。路与村庄接吻的地方，就是村口。

　　村口是村庄的一扇门。村里的人不论谁出生，办完祝米酒，都会把坐月子婆娘吃过的鸡蛋壳，在孩子满月那天夜里，点燃香火送到村口，撒在路心让出入村庄的人踩踏，提示村里人自家拣得一个儿女，村庄又添了一个新人。

村口是孩子的聚地。上学前的娃娃,常逃离父母的视线,不约而同,像小狗一样溜到村口玩耍,直到家人喊吃饭,找到村口才灰头土脸被领回家。上学的孩子,几乎黎明都在村口等候,像群飞离村庄的麻雀叽叽喳喳下山读书。从此,有的麻雀变成了金凤凰,飞出村口,飞离了山旮旯儿。

村口是村庄的屏幕。一块不大的乡场(生产队时留下的晒场),几乎每天从早到晚,都有几个人三三两两聚在村口,轮流做村庄的门卫。晚上更为热闹,唱民歌调子的、跳左脚舞蹈的、吹牛聊天的,都会开会似的集中到村口。至今看不到的露天电影、自编自演的乡村戏剧曾经在村口上演。从此,村口成了村庄的屏幕,播放着全村人喜闻乐见、雅俗共赏的乡村文化生活。

村口是老人的乐园。村里的老人像一群孩子,坐在树下那几条石凳上,有的咂着旱烟,有的搓着麻线,有时晒太阳,有时躲荫凉,一边侃家长里短,一边朝着进村的路眺望,盼望漂泊在外的游子归来。从此,那些像古树守候在村口的老人中,有一个就是我们的父亲、母亲或是爷爷、奶奶。

村口是村庄的门槛。娶进村的媳妇,不管是古时候骑马坐轿来的,还是近代坐马车来的,或是今天坐汽车来的,都会被拦在村口,在炸耳的爆竹声、唢呐声中,由两个举着熊熊燃烧火把的金童玉女引路,走进婆家。嫁出门的姑娘也不例外,哭哭啼啼被舅老公(新娘的哥哥)背出家门,在村口进行隆重的交接仪式后,才发嫁。从此,村里又有一粒种子撒向另一片泥土,即将成为一棵嫁接的果树。

村口是村庄的伤口。外出打工的村民中,谁不小心残了手脚,患了绝症,同样会被泪水送回村口。山外的小商贩隔三岔五,常来村口摆地摊,兜售用品、食品、药品或是卖猪鸡牛羊,假冒伪劣、短斤少两时有发生,让父老乡亲吃了不少哑巴亏。也有像黄鼠狼一样趁黑夜潜入村庄的贼,偷鸡摸狗被村民们逮住,蜂拥而上打伤甚至打死在村口。望着警察用亮锃锃的手铐,把领头人带走,不知防卫过当的乡亲们泪水盈盈,顿觉心口和村口一样被撕裂。

村口是村里人生命的句号。不论是谁,一辈子坚守在村庄的,常年在外漂泊的、中途夭折的,男的女的,老的少的,死后装尸体的棺材、骨灰盒,都会停放在村口。在道师(巫师)的指挥下,前来送葬、披麻戴孝的人群绕着棺材走三转,才敲敲打打,哭唱着把死者送上村庄背后的坟茔。从此,村庄又一个灵魂从村口升上了天堂。

其实,村口是村庄的一只眼睛,村里所发生的喜怒哀乐都尽收眼底,也是村里每个人呱呱坠地的胎口、出生入死的咽喉。

梦中的老院子

　　一群孩子在一个"一颗印"的老院子里叽叽喳喳互逐嬉戏玩耍着，不知是谁喊了一声我的乳名，我"哎"一声应答，被妻子从梦中摇醒。原来是我在说梦话。

　　自从离开乡村，借土养命于城市，我就像一只不断寻窝筑巢的鸟，曾经搬过好几次家。但每次迁入新居，不论是宽的窄的、平层跃层，虽然都是漂亮的房子却没有一块属于自己的院子。于是，在梦里我常常想起乡下老家的老院子。

　　老家的老院子比耄耋老人还老，就连爷爷奶奶也说不清是哪年哪朝哪代建的，只知道个大概，都说是明朝祖上传下来的。老院子很大，正房、面房、厢房、耳房四面拥抱，构成了四合五天井，远远望去就像一枚方方正正的大印。老院子里住着六户人家，四十多人，三四代同堂，热闹非凡。院心差不多有一块篮球场大，全部用石板铺成。老院子角落分别矗立着两副石磨，一大一小，供全院人家轮流共用，你家磨面我家磨豆腐，一年到头几乎很少有闲的时候，若是过年过节，人忙得团团转，磨也忙得团团转。老院子边沿的各家屋檐下，家家都置有舂米用的石杵臼、木棒槌，喂猪的石猪槽。尽管有很多的农具家具，但各家各户都心中有谱，不在院子里乱堆乱放，共同爱护共同使用老院子。

老院子是面透明的镜子。虽然分你家我家，但关上大门都是一家人。有时，家庭发生矛盾，邻里出现摩擦，总会有人出来劝说调和。哪家遇上病痛灾难、飞来横祸，总是有人倾心帮助伸手救援。不论是哪家办红白喜事，全院子的人都"打熄火"，喜事登门祝贺，丧事不请自到，相互帮忙，常常是喜事办成好事，白事办成喜事，皆大欢喜。几乎是一家炒肉，满院飘香；一人喷嚏，全院感冒。所以，是福是祸，人人皆知，人皆有份。谁家有好吃的，不论多少，都要逐家分发尝个味道。尤其是我们娃娃年幼无知，脚一抬就随便迈进了别人家的门，都在邻居家里吃过、玩过、闹过、哭过、笑过。若家有客来床铺不够，互相借被窝铺盖，和邻居家的小孩合并同睡也是常事。桌凳、碗筷、锄头、刀斧、篮筐、箩篑、油盐、柴米，不论是吃的用的，不论是家具农具都可以互相借用。就连那些猪鸡也经常三两成群窝在一起，看见哪家喂食就蜂拥去抢吃，主人手里的棍子举得很高，却放得很轻，只是吆喝几声。那些老鼠更是从东家窜到西家偷吃粮食，猫亦是如此，常把崽生在别人家的糠堆里……一切的一切，谁家都不计较，都会像婴儿一样被善待。

　　老院子是个温暖的大家庭。尤其是我的出世似乎有点儿生不逢时，那年正值四月立夏节令，是大春栽插最忙的时节，插秧的妇女更是金贵。而十月孕育的我像要破壳而出的小鸡，拱得母亲肚皮一阵一阵疼痛，满身泥浆的母亲被邻居大婶从插秧的田里搀扶回家，坐在一个由砌墙的土墼和羊皮褂搭建的临时产床上生下了我。第三天，母亲就不顾一切下田插秧挣工分去了。后来，母亲被村里树为榜样上报，年底被评为先进，走了三十多公里的路到定远县城参加了全县的"群英大会"，接受表彰。奖品是一个用红油漆写着"劳动模范"四个字的搪瓷口缸，一直被母亲视为珍宝，荣耀一生。

当我有灶台高时还是个娃娃，星期天或是放假回家，母亲就把煮饭的事交给我。那时，由于家里穷，一盒火柴两分钱，母亲舍不得买，都是把头天晚上的炭火捂在灰烬里，第二天再扒出来，引火煮饭。可是，缺乏经验的我把灶灰窝里闪着红红亮光的火炭扒出来时，由于没有准备足够的松毛枝叶，反复几次都难以把灶火点燃起来。尤其是阴雨绵绵的六七月，由于柴火回潮，反复几个回合都难以把灶火烧发，火种熄灭了，就得到邻居家讨火。院子里住着的人家，总是有人先烧火做饭，今天我向你家讨火，明天你向我家讨火，人人都讨过火家家都被讨过火，你来我往都不计较，反而以给别的人家火种、别人向自己家讨火为一种欣慰。每次母亲安排我当"火夫头"，我经常满院子东家出西家进，甜嘴甜舌去向别人家讨火。有时，用一把火钳夹着一个红通通的火炭奔跑回家，有时用自己家的柴到别人家的灶膛里点燃引火回家。看着灶膛里的火被我点燃，扑哧扑哧燃烧，我的心也开始在燃烧。烧水、淘米、煮饭，令我最头疼的是端甑子。每次淘米下锅，再把刚煮开米芯半成熟的饭从大锅里舀起来，用筲箕过滤米汤时，仅有灶头高的我，由于人小手短够不着只好搬一个草墩垫在脚下，爬上灶台把空甑子先放进锅里，再把筲箕里的饭倒进甑子，添两三瓢甑脚水加火蒸饭。当饭蒸熟时，如何把满满一木甑子冒着热气的饭从滚烫的大锅里拔上灶台，常常令我犯愁。我又只好向隔壁在家的邻居叔叔婶婶求援，请人家帮我端甑子，才勉勉强强可以煮一顿饭给全家人吃。

老院子里有个叔叔是教书匠，平时哪家要写封信，要写个申请证明什么的都喜欢来找他。尤其是每年除夕，叔叔就分别给邻居们写对联。阵势一旦铺开，就无法收场，不仅要给老院子里每户人家都写，而且全村四十多户人家都来请他写，我们经常跑去帮叔叔打下手，一会儿帮忙裁纸，一会儿帮忙拉对联。第二天大年初一，喜气洋洋的小村庄，家家户户的堂屋门、灶房门、畜厩门都贴满了红彤彤的对联，到处都飘溢着教书匠叔叔的墨香。

老院子里还有个赤脚医生哥哥，不论院子里谁有小病小痛，都"近水楼台"找他看病。若吃药打针，手头紧缺，一时半刻没有钱，可以暂时打赊账慢慢还。院子里的人有病找他，牲畜有病也找他；妇女生孩子难产找他，就连母猪母牛下崽难产也找他。找他的人多，老院子里来来往往的人也多，天空下巴掌大的院子也随之名扬四方。

老院子是孩子们的乐园。全村的孩子仿佛是些寻树栖居的鸟，常常会不约而同飞来，叽叽喳喳吵得老院子难以安宁。有时，一群孩子像堆粪箕一样，一个搂着一个，玩"讨小狗"。选一个唱主角的人逐一问："你家的小狗给我一个养养来！"大家便异口同声回应："我家的小狗还没睁眼呢！"结果，哗一阵狂笑，总有人克制不住眼睛偷偷睁开一条缝，被问的人发现，睁眼的人就输了，必须立即起来扮演"讨"的角色，赢的补位，反复玩。或是一群孩子就地团团围坐，玩跳"花大门"。大家都把腿张开，仿佛变成一把大钳子，像栅栏一样拦着，挑战的人趁人不备跳进腿脚栅栏的圈内，再跳出来不被人踢着才算赢，否则便是输家，必须轮流坐下让别人挑战,个个儿都有机会当跳高的运动员和"花大门"的守门员。"摸瞎瞎"更有乐趣。任选其中一人,用块布或头巾把眼睛包扎蒙住让他看不到光亮,只能凭听觉判断到处乱摸,直到摸着一个同伴才算胜出,可以转换成别人来摸自己。"躲猫猫"更加考眼力,因为院子大,躲避的地方多,大门后边、石猪槽、石杵臼里、石磨下面,站着的、蹲着的、睡着的、蜷缩着的都有,总之要在旮旯儿里细心搜寻,才能把小伙伴找齐。过年的时候,提前几天,我们一群娃娃就会高兴地打扫院子,要求大人在院子里栽上一棵"年松树",然后拿着父母给的压岁钱互相换成晶亮的镍币玩"丢钱窝"。就是按一定的距离,在石板上镌刻一个窝,各自拿出枚镍币,像抽签一样确定顺序依次丢,谁把钱丢进石窝窝钱就归谁,大家都愿赌服输,心服口服。还有一种游戏叫"拍菱角"。我们捡来纸烟壳,折叠成三角形揣在衣袋里遇见小伙伴就拿出同等的"菱角"叠成弧形,往石板上一甩再用手啪的一拍,翻过身的"菱角"全归自己。还有像打陀螺、滚铁环、跳海、下牛角棋、豆腐棋之类的游戏,不知玩过多少次。

不知不觉长大的我们,常常为老院子里男婚女嫁的哥哥姐姐端茶倒水。若是哥哥结婚,我们扮演金童玉女,按照村庄民俗高举红通通的火把迎接新媳妇;若是姐姐出嫁,我们也会跟着婆亲的队伍欢天喜地送到婆婆家。讨喜糖、闹洞房、背新娘、抢枕头,打歌跳舞,我们都是配角,参与其中,乐趣无穷。

老院子一天天老去,孩子们一茬茬长大,我家哥哥是老院子里第一个穿上军装的人,也是村里第一个参加过自卫反击战的人。哥哥退伍时,给我带回来一顶绿军帽,令小伙伴们羡慕不已,一不小心，我头上的绿军帽就被小伙伴抓走，戴在他们自己的头上。教书匠叔叔家的儿子伟哥是老院子里第一个考上大学的人，也是村庄里第一个去省城昆明读书的人。记得伟哥放假回家，带回来一把吉他、一对羽毛球拍，令老院子里长大的我们耳目一新，也让村庄里的孩子大开眼界。

老院子见证着岁月的沧桑。正房里有户人家当生产队队长，下乡来的干部、送信来的邮递员、上门家访的老师、敲着铜锣的劁猪匠、收换猪鬃、头发、废铜烂铁的"货郎担"，都会跨进院子来找老队长。村里的娃娃读书要免学杂费，男婚女嫁要结婚，要在证明、申请上盖章，都要来找老队长。有时，村里开会或是放映员来放电影，戏班子来演戏唱花灯都在老院子里举行，真是人丁兴旺。尤其是吃"伙食团饭"的年月，食堂就办在老院子西边的厢房里，全村人的喉咙仿佛都由老院子掌管，因而老院子不仅是我们七家人的心腹之地，也是全村人的根据地，倍受敬重，被人们口头命名为"伙食团大院"，每天两顿都要到老院子里来吃糠麸面、蒸气饭。结果，很多人吃出了肝肿病，伙食团不得不解散，而"伙食团大院"的名号却一直被叫到二十世纪八十年代田地到户。

二十世纪八十年代以后，老院子和村庄一样"马打滚"在变，院子里的人家，都搬出了老院子盖了新房子。加之很多人像鸟一样飞离村庄去城市淘金，老院子成了空巢。没过几年，房子已被拆掉新盖，留下的仅是残垣断壁和那些被岁月剥蚀得凹凹不平的石板，还有那个镌刻着清代字样，后人费尽九牛二虎之力也搬不走的大石缸。

我脱下布鞋穿上皮鞋，脱掉粗布衣裳穿上西装，进入城市住在筒子楼里,经常梦见生我养我的老院子里的很多情景。换了好几次房,搬了好几次家都想住四合院的房子,可靠拿工资吃饭的我只能望而兴叹。

多年以后,我节衣缩食终于在市区购买了一套联排别墅,房前屋后都是自己的地盘,可以在巴掌大的空地上栽花种草,种蔬菜瓜豆,慰藉自己心中的乡愁。但不知什么原因,曾经千方百计要走出老院子的我,如今不论是住在高耸入云的电梯房里,还是住在村庄一样的别墅里,尽管精心装修,百般营造,但始终感觉自己就像一束插在瓶子里的花,已经脱离泥土沾不到地气,仍会莫名其妙想起那个被人喊着乳名长大的老院子。

带块石头进城

一

从南到北连绵不断的山脉,似被刀砍断的树丫分成两半,一半是后山,一半是前山。后山的怀抱里搂着个村庄,坐西向东,前仰一座如龙似虎的石头山。那村庄的名字怪怪的,叫"铁厂"。不了解的人一听,都以为那里机声隆隆,是个铁矿或是熔炼钢铁的地方。而本乡本土的人都知道,那里既不产钢也不产铁,只是盛产石头。所以,当地流传着这样两句民谣:"铁厂——铁厂,是块石板。"

那个村庄就是我的老家,我就出生在那块"石板"上,从小在那块巴掌大的山旮旯儿里长大。

老家由于山高石头多,山上的树木和我一样长不高,大多数都做不了顶梁柱,只是蓬蓬松松,长成一片片爬地松之类的小灌木。因为石头多,可开荒种植庄稼的土地也就少,加之坡陡土薄,气候寒凉,水稻难产,所以除小河边那几块裤带宽的水稻田外,几乎都是依山梯迭的"雷响田"山坡地,只能种植苞谷、黄豆、红薯、洋芋、荞麦之类的旱地作物,使得老家物产稀少,吃食单一,生存艰难。

我们小孩子喜欢玩一种"丢石子"的游戏。每个人衣袋里都装着十个蚕豆大的石头,三三两两找一块平整的地方坐下,确定顺序后,依次用一个石子做母本,高高丢起来迅速抓起地上的两个石子,并接住落下的母本石放在一旁。然后,再循环往复把母本石高高丢起来,迅速抓起地上的三个石子、四个石子。如果地上的石子没有全部抓起来,或抓到手的石子掉了,或是母本石落下来没有及时接住,就是输家。觉得不过瘾,就把接母本石的"接"改为"啄"。玩的方法不变,只是眨眼间必须抓起地上的石子,老鹅啄食似的"啄"住落下的母本石,很考手脚和眼力。我们男孩子玩"滚珠子",买不起钢珠、玻璃珠,就找一块坚硬的石头,自己磨一个石珠子,在地上互相滚弹。一块土场子或是一块院子就是战场,石珠子追石珠子,石珠子打石珠子,个个都想当神枪手,既刺激又过瘾。一不小心我们就玩过了头,招来父母的责骂。

　　石头与老家的人生死相依,修桥铺路、修沟打坝、建房盖屋、修坟刻碑,样样都少不了石头。一直以来,家家户户都喜欢用台阶高度来比示生活水平的高低,很多人家都要请石匠打方方正正的"条子石",把自家门前的台阶一级一级修建得光滑体面,让人既可以走路,又可以当板凳坐。不仅如此,各家在修建灶时都要精挑细选上等的石头,做灶膛石、灶台石、灶楣石、灶门石,土石相间,牢固耐用。我家的火塘也是用方方正正的石头入地镶砌的,既耐烧又保温。每天跨进堂屋门槛,就会感受到火塘里散发出的暖流,感受到家的温暖。

　　老家的人死了也离不开石头。列祖列宗的坟墓都用石头垒砌,请石匠在石碑上雕刻动物、花草、房屋等图案,中间花岗岩的碑心石上,雕刻着死者的名字以及直系亲属一代代人的名字,还雕刻着十几行诗歌一样的文字,简明扼要记录着死者的一生。整座坟镶砌成一间石头房的模样,以显孝心光宗耀祖。特别是老祖宗的坟山上,还要立一块高大醒目的山神碑。有了山神碑,山就成了神山,树就成了神树谁都不敢乱砍树木,森林自然而然就和老祖宗一样得到了保护。

二

适者生存。有的人家会石匠手艺,叮叮当当,把石头雕琢成石磨、杵臼、猪槽、盐臼、石缸等经久耐用的石器,卖给山前山后的农家使用,找到了一条养家糊口的生财之道。因而,户户人家都离不开石头做的用具,用那些石器舂米、磨面或是凿石槽喂猪养畜,凿石缸盛水装粮。家家户户门口都有一块磨刀石,专门用来磨砺刀具,用于切菜、砍柴、割稻谷等。

生性如磐石般坚硬的母亲,隔三岔五都少不了要与那些笨重的石器打交道。每天黎明,都是母亲舂米、磨面的声音把我从睡梦中唤醒,催我起床上学;黑夜也常常伴随着母亲舂米、磨面的摇篮曲催眠入梦。天长日久,倾听舂米、磨面的声音成了我期盼的生活、美好的追求。似乎只要石磨被母亲推转,杵臼被母亲的棒槌舂响,家里就会锅里有煮的,甑子里有蒸的,碗里有吃的,不会断生计。

让我记忆犹新的就是那扇簸箕大的石磨。母亲端来待磨的杂粮,舀儿瓢放在磨头上,拴上扁担抵在脐部,均匀不停地迈开脚步，一圈又一圈用力绕推。原先还是颗粒分明的粮食，经过上下两扇磨的咀嚼，就变成了流洒不断的面粉，白花花吐落磨槽。小时候，我像母亲身后的尾巴，母亲磨面时总爱去胡搅蛮缠，不让母亲推磨，母亲只好用绣花裹被把我捆在她身上，背着我推磨。有时，母亲也把我放在磨头上，说是让我"坐飞机"。只见母亲用一只手扶着我，一只手掌握着脐部的磨扁担，加速不停地奔跑，石磨由慢到快旋转，嗡嗡作响，周而复始。我一阵眼花缭乱，像是生了两只翅膀飞起来似的，真过瘾。等我长到和磨头一样高时，母亲常安排我和她一起推磨，我才知道磨面并不是游戏，而是一种艰苦费力的繁重劳动。一听说要我去帮母亲磨面，我总是找借口，宁可去拾粪，也不愿意去推磨。

杵臼也是母亲经常都要使用的舂米石器。一箩稻谷，只要母亲手里的棒槌一举一放，不停地舂捣，一会儿工夫就脱壳成米了。尤其是舂糍粑、饵块，母亲把蒸熟的米饭倒进杵臼，趁热迅速舂，眨眼间就黏成团，拿出来放在簸箕里搓揉，就成了糍粑，饵块捏成的小狗、小猪、小鱼、小鸟等各种小动物造型，既可以让我玩又可以烧吃，喂养着我，在缺荤少肉的时光里快乐成长。

也常听母亲说："你吃石头都会消化啊。"确实如此，在那个清汤寡水的年月，童年的我，舀饭时巴不得用脚踩。每顿稀里呼噜两三碗饭菜下肚，蹦蹦跳跳脚不停，手不住玩耍，不知不觉就像鬼抹肠子似的，"罗锅肚"变成了腾空粮食的口袋。又或是还没到饭点，就围着母亲叫饿了。

当我有锄头把高时，少不了要参与挖田种地的农活儿。可是，当我高举锄头狠狠挖下去时，锄头不听我使唤，一接触泥土就打瞌睡。母亲就开始叨念:"一个石头二两油,三堆狗屎瘦田头。"叨念过后,母亲就会叫我放下锄头,专门跟在她屁股后面,捡那些土块中大大小小的石头。慢慢地我才明白,捡走一块石头,就可以多种一棵油菜,多榨二两油;多拾一堆狗屎猪屎,就可以积少成多,培肥一个田头地力,种出好庄稼,多产粮食。可是田地里的石头就像洋芋红薯花生,生育能力总是那么强,上次耕种时才捡了很多垒田埂地埂,下次耕种时那些鸟蛋大、鸡蛋大的石头又不知从哪儿嘀里嘟噜冒出来很多,伴随着庄稼生生不息。

"人在路上走,刀在石上磨。"老家的人常常把磨刀具作为衡量男孩子的标尺,如果刀斧磨不锋利,男孩子长大了就不会有出息。磨刀石有多硬,男孩子长大就会有多硬。所以,挑选一块坚硬的石头磨刀斧,是每一个男孩子从小就必须练就的基本功。

三

常听母亲回忆说,我刚会咿呀学语学爬的时候,她为了做家务,经常把我放在杵臼里,让我坐在里面像个抱窝母鸡,既稳当又安全。而且是舂米的杵臼教会我慢慢站立起来,学会"打灯灯"的。

的确如此,从我记事起,我家堂屋门外的厦子上墙角边就蹲着一个舂米的石杵臼,屋檐下站着一个圆溜溜大腹挺挺的石缸。充满嫩生生遐想的我不知多少次好奇地问过爷爷奶奶,可谁也说不清石缸的来龙去脉,只知道那个皱纹满面的大石缸比爷爷的爷爷还老。

也常听母亲说，我是那个牛腰粗的大石缸领养大的。那时，顶针高的我还没有断奶，学走路经常摔跤，别出心裁的母亲就在石缸里铺上羊皮袄和棕衣，把我抱进石缸，让我在石缸里摸爬滚打，逐步扶着石缸边缘站立，一步一步挪动歪歪斜斜练习走路。年幼无知的我在石缸里玩累了，头一歪，就倒在石缸的怀里睡着了。有时待久了，无意识的我就会随意撒尿、拉屎，然后把尿屎当作橡皮泥玩。等母亲忙完手里的活计来看我时，见我满身"油画"又脏又臭。哭笑不得的母亲像抓小鸡似的一边把我拎出石缸，一边用水给我冲洗，一边给我换衣服。可是，母亲手里的活计一忙，又只好无奈地把我丢进大石缸，交给那个不卑不亢的"保姆"，一边做家务一边照管我。

一天天在石缸里长大的我，看着母亲在厨房里忙前忙后煮饭，经常多脚多手去捣乱。母亲抱我不行，背我不行，哄我也不行，实在拿我没办法，又只好打发我一点儿零食或几样玩具，把三四岁的我强行放进大石缸，让我独自一人玩耍。慢慢地我才明白，母亲把我交给石缸"保姆"，就像把那些不懂事偷吃庄稼的猪鸡关在栅栏里、笼子里一样，既孤独又不自由。直到我玩得无趣，哭爹喊娘时，母亲才把吃闲饭的我抱出石缸。从那以后，每次我做错事，母亲就不由分说把我扔进大石缸，任我发泄。于是，被石缸囚禁的我叫天天不灵叫地地不应。如井底之蛙的我，在石缸里东跳西窜，恨不能立马长高，爬出石缸。可是石缸四周犹如一道铁铸的屏障，让我望而兴叹，无计可施。直到我撕心裂肺号啕大哭，软嘴软舌向母亲承认错误，立下痛改前非的悔过诺言，母亲才走近石缸，一边教训我一边把我抱出石缸，帮我揩眼泪。可年幼无知的我，常常是好了伤疤忘了疼，一次次接受石缸的"再教育"。

走过穿开裆裤的年龄，我不知不觉就有石缸高，经常可以翻越石缸，把石缸当马骑。坐在石缸上玩耍的我，仿佛是骑在母亲的背上和母亲玩"蚂蚁驮盐"，无比快乐。那时，老院子是个由正房、面房、厢房组成的四合大院，住着六户人家，我们一群孩子无拘无束，经常东家出西家进，三五成群，叽叽喳喳一起玩躲猫猫。小伙伴们不是躲在门后，就是躲在床下，或是墙旮旯儿里，尽管隐蔽，但很容易被我找到。我躲进大石缸里，像只蝙蝠把身子紧贴在石缸边，粗心大意的小伙伴们很难发现我，都要费很多神才能找到远在天边近在眼前的我。

那个大石缸还盛装过我童年的忧伤。有一次，饥饿的我放学回家，偷嘴吃开水泡饭，慌乱中不小心把热水瓶瓶胆打坏了，闯祸的我正在清扫现场，正巧被下田干活儿回家的母亲撞见。母亲一边骂我是个"乱脚龙"，一边拿吆鸡棍准备教训我。急中生智的我还不等母亲追上来，就像一只被猎狗追撵的兔子，拔腿插翅般逃出家门，纵身一跃跳进石缸，如骄阳下的一滴露珠，瞬间就蒸发得无影无踪。躲到哥哥姐姐们回家吃饭时，我才爬出石缸，垂头丧气进屋，在全家人的劝阻下，母亲心头的火才慢慢消退，脸上也逐步"阴转晴"。顿时，我高悬的心如石头落地，是那个石缸"保姆"掩护了我，让我幸免了一次皮肉之苦。

那时的乡村没有自来水，每天吃的水都要到村庄脚下的水井里挑。遇到雨季路滑泥泞，家家户户都把水桶、盆摆在屋檐下，接哗啦哗啦流下来的瓦沟水用。我家的那个大石缸就派上了用场。每次接满一大石缸雨水，沉淀后用来洗脚、洗脸、洗菜，足够全家人用一两天，为脚不着地奔波忙碌的母亲赢得了更多做针线活儿的时间——我们兄弟姊妹几个身上的破衣旧裳，经过母亲的缝补，就会变得有脸有面。雨过天晴，母亲拔掉石缸底的木塞，把石缸刷洗干净，石缸便成了盛装篮筐农具的百宝箱，成了我们躲猫猫的窝。

有时，母亲叫我磨菜刀、柴刀、镰刀，我就打一碗水，在石缸的口上磨。磨来磨去，石缸的嘴皮磨掉了一层又一层，我也一天天长大，成了如一棵松的小伙子。

四

老家的村庄以一条三四百米长、近千级的石梯为轴，如一只巨人的手把古老的村庄举在半山腰。凸凹不平的石阶如祖先的脊梁，背负着山村厚重的历史、岁月的沧桑。

村庄躺在山坡上，说大不算大说小也不小，几百年的繁衍生息至今，也只有稀稀疏疏五十多户人家。常听老人们讲，村庄的人源自同一个宗族，后来分出三个支系，第一个支系是掌房家，第二个支系是二房家，第三个是三房家，依次派生出一代又一代后裔，依次分布在石梯左右的房屋和院落。那几个屈指可数居住着各家各户的院子，也被称为"老院子""新院子""大椿树院子""伙食团院子"。村庄里的人并无其他杂姓，除了娶进门的媳妇外，就连入赘的上门女婿也必须改名换姓，全部姓李，都是同一个祖宗的后生。几乎每个大院的门都面向石梯，全村人出入，上上下下，来来往往，石梯都是必经之路。从早到晚，春夏秋冬，石梯静静地承载着村庄的早晨与黄昏，承载着村庄的快乐与忧伤。

在我的记忆里，那架从村脚延伸向村头的大石梯，是村庄的主轴，是村里人茶余饭后的乡村文化演展舞台。每天晚饭后，村里的人不论男女老少，都会不约而同来到石梯上，找块合适的石板坐下，三五成群凑在一起，谈古论今。天南海北，家长里短，家事村事，好事坏事，真真假假，虚虚实实。谁买了一套新衣服、一双新胶鞋，谁家娶了新媳妇，谁家添人增口，都会在石梯上一一登台亮相。老幼妇孺，大人小孩，抬头不见低头见，聚在一起，就是一个大家族。人歇手不歇的村里人，有缝针线纳鞋帮的；有吸水烟筒抽烟、哑烟锅吃草烟的；有人就汤下面，端来一盆水，坐在石梯的边沿磨刀子，妇女们就顺便请他戗剪子；有吹竹箫、弹三弦、唱调子对山歌的。不论是谁，不分才艺高低，那些无师自通的民歌手，都会在石梯上竞相表演，比拼才艺。父亲是个二胡手，经常在石梯上边拉二胡边唱放羊调、爬山调、过门调……悠扬的二胡声响彻石梯，萦绕在山村的上空。就这样，有说有笑有苦有乐的乡村人，不怕蚊虫叮咬，再累也常把石梯当作板凳，坐在乡村的大客厅里，久久不愿离去。

石梯是孩子们的乐园。童年的我们，有时玩"讨小狗"，有时玩"弹蚕豆"，有时玩"拍菱角"，有时玩"小猫钓鱼"……一切自娱自乐的玩耍乐趣无穷。最吸引人们目光的是那几块光滑的石板上雕刻出的棋盘，有争先恐后下豆腐棋、牛角棋的，有打扑克、玩游戏的……从早到晚，石梯上或多或少都坐着几个贪玩的孩子、歇气的老人。那架石梯就在我家大门外，吃饭时，我常舀一碗饭，盛上菜,坐在石梯上,一边吃,一边欣赏石梯上那些特有的乡村风景。

石梯是验证乡村人品德的试金石。谁家丢了鸡、几个鸡蛋,或是瓜菜水果被人偷摘了,就会有人在石梯上拉开嗓门儿,高音喇叭似的指桑骂槐,骂那些手脚不干净的人。这一招儿还真管用,骂过之后,知情的人就会悄悄提供线索;做了亏心事的人,也会逐渐醒悟,转个弯悄悄物归原主,手脚慢慢变得干净起来,和和睦睦相处。也有些人家,有时会端着腌菜、葵花瓜子等零食,一一散发给来石梯上玩耍凑热闹的人吃。

石梯是村庄的主动脉。从早到晚都有人从它的脊梁上走过,听到脚步声、咳嗽声、说话声,远远的石梯也就能猜出是谁来了。出工收工、上山砍柴、下田干活儿,牛羊出圈、放牧归村,谁早谁迟,谁勤劳,谁懒惰,一切的一切,夜以继日守护着村庄的石梯,都历历在目,铭记在心。

石梯从不嫌贫爱富。在石梯的眼里,没有贫富之分,不管你是穿皮鞋、布鞋、胶鞋、凉鞋,还是赤脚从石梯上走过,石梯总是那样默默无语。来的都是客,不管是谁,你看上石梯的哪一块石头,屁股一坐,就是最好的板凳。

岁月沉浮,一代又一代,村庄的人去的去来的来,石梯始终躺在那里,毫无怨言地在风雨中、在朝朝暮暮中静静的等着你。

五

如今的老家早已通了电,有了碾米机、粉碎机、磨面机。舂米磨面等手工活儿早已被现代化的机械代替，那些回荡在山村的春米磨面声，变成了悦耳的蜜蜂酿蜜声，谱写着乡村新生活的乐章。那些曾经像母亲的嘴一样，咀嚼着粮食喂养我们长大的石器，成了没用的东西，被搁在了不起眼的地方。

那些漫山遍野、祖祖辈辈取之不尽用之不竭的石头，如今变成了稀奇的建筑材料，被源源不断镶砌进了乡村公路通达硬化、新农村基础设施建设、城市广场地面铺筑等现代文明工程。那些牛高马大的石头，被设计师们布入图纸，以一个几万、十万、几十万不等的昂贵价格，变成了稀奇的商品，被搬进了城市，矗立在广场或公园，镌刻上了名人的题字，成了一道"石来运转"的美丽风景。

在城市安身立足之后，磨菜刀成了我唯一的家务事。母亲从乡村来帮我带孩子，年近古稀，全口牙掉光了，咀嚼不便，我只好从老家带来一个小石盐臼，让她春食物吃。我给母亲买了果汁机，母亲不习惯，一直用石盐臼冲捣食物，直至垂暮之年。母亲去世后，我请老家的石匠给母亲打了一座墓碑，全部用石头垒砌而成，了却了母亲生前的心愿，也垒起了母亲在我心中坚硬如石的形象。

清明节我回老家上坟，从母亲安息的坟山下来，沿着村庄到处转转，人也越来越少，那架石梯两旁似心肝肺腑的老院子很多已经拆迁，只剩残垣断壁。剩下为数不多的几间老房子，房屋门上挂着生锈的铁锁，房顶瓦砾上丛生的杂草已经枯萎。唯有那个坚如磐石、长满青苔、搬不走的大石缸，依然站立在废墟中，如一个背负大地、脸仰苍天的乡村老"保姆"，脉脉含情地收藏着乡村的雨露阳光,珍藏着我闪闪发光的童年。

从老院子出来,我顺着村庄脊梁的大石梯往上走,已经看不到当年村里人谈笑风生的情景,一屁股坐在当年那块下棋的石板上,牛角棋、豆腐棋盘的线纹还清晰可见。我等了很久,想等一个村里人下棋,一直没有人来,只有一只狗伸长脖子向我汪汪狂吠。

起身回城的时候,我从老家带走一块石头,放在门外,专门磨刀具,切割回不去的时光。

哪个舍得米

一

我正在对着体检报告上的"糖尿病"三个字发呆，手机响了。掏出来一看，是从小和我一起长大的胖哥打来的。

胖哥说，今年的第一波松茸出山了，下午约几个好友一起聚聚。

我再三推辞，胖哥不客气了："多大个糖尿病？不给面子啊？"

抹不开弟兄情谊，我只好答应。

胖哥多年来一直做野生菌买卖，是我们在这座城市的老乡中有头有脸的"松茸大王"，他邀约吃饭的地方，就在他经营餐饮住宿的"松茸大酒店"，这里也是我们老乡隔三岔五聚会，吃吃喝喝的根据地。

如约，以胖哥为圆心的人陆续到达，好多都是老朋友也是我想见的人。一桌香喷喷的饭菜，松茸唱主角，酒也是胖哥泡制的松茸酒。

酒过三巡，服务员端上来一盘"大丰收"，我顺手抓起一个苞谷棒子啃吃。吃着吃着，母亲做苞谷饭的细枝末节随之而来……

母亲把黄灿灿的苞谷粒用石磨碾成瓣，差不多有米粒大，煮饭时,掺一部分在大米里,混合淘洗下锅煮,用筲箕过滤米汤后,倒入甑子,蒸熟后就成了苞谷饭。米饭白,苞谷黄,由于苞谷粒比米饭硬,吃进嘴,就像米饭里有沙子。但谁敢挑嘴,就要挨饿。

另一种苞谷饭是苞谷面。母亲用石磨把苞谷磨成面,筛去麸皮,然后放在米饭上面蒸,看似黄金白银,吃进嘴却满嘴黏,嚼来磨去,就像喉咙比原来细了似的,难以下咽。但不论好吃难吃,每个人必须先舀一碗苞谷饭吃完,才可以舀一碗米饭吃。每逢吃苞谷饭,我要么用菜汤泡,要么用米汤泡,稀里呼噜泥石流似的就完成了任务。

二

服务员添饭,又让我想起了乡村添饭的场景。在老家,不论哪家操办男婚女嫁的喜事,婚宴都由"总管火"唱主角,父老乡亲们按照"总管火"的分工,逐一落实。最忙碌的要数母亲她们那班操刀掌勺的火夫头,无论炒的煮的,菜色品种、麻辣香甜,每一道菜都关乎到主人家的脸面。

上菜时,在主厨的统一指挥下,帮厨的一碗一碗出菜。在唢呐声引领下,手舞红色毛巾的引菜人出场,抬菜的人手握托盘,从厨房里出来,两人一对,一对紧跟一对,时而用头顶时而用肩头抬,时而一只手把托盘举过头顶,一边唱一边跳舞。抬菜的人在表演,"八大碗"肉菜随着高超的技艺在跳舞,在旋转。随后,依照辈份,先左后右,肉菜才一碗一碗摆上桌。这种上菜方式叫"跳菜",集民间音乐、舞蹈、饮食为一体,既为主人家增添了喜气,又给客人们带来了快乐。我身临其境,仿佛是看了一场很过瘾的乡村杂技表演。客人就是看客,既饱眼福,又饱口福。长大以后,我见过一些世面才渐渐明白,乡村的"跳菜"由来已久,是唐朝南诏国彝族人敬奉帝王时,在宫中表演的一种舞蹈。后来,村村寨寨效仿,流传至今,成了彝家人招待客人的最高礼仪。

添饭也是乡村喜事中有趣的风俗。主人家一年到头再困难,操办喜事时,勒紧裤带也要摆开饭甑子,让客人放开肚皮吃饭。而且,还要由帮助主人家操办喜事的"总管火"安排,添菜、添饭,各司其责,全力以赴把客人招待好。于是,添饭的人往往盯住来做客的同辈年轻异性,在人家吃饭时,趁人不注意多添一些。吃不完就是"作残饭",不给主人和添饭人面子;全吃光了,一旁的人反过来倒打一把:"饭胀老憨包。"所以,做客入席,有经验的一般都选择靠墙的座位,防止"押饭"的人冷不防从身后介入。或先吃半饱,迎合人家来添饭,合情又合理。

我在乡村供销社购销店工作的那些年, 参加过不少彝家婚宴,但不管自己怎样防范,总是被添饭的姑娘盯梢。花枝招展的姑娘从主人家厨房里提着一锅肉汤,在席间转悠。突然间,早已藏在锅里的饭就随着汤勺伸进碗里, 伴随着一句亲切的语话:"老表,我给你添一勺热乎汤。"还不等自己反应过来,饭就押入了碗中,两个添饭的姑娘默契配合,一勺汤紧跟泡上,另一个姑娘又添来辣椒蘸水。面对一碗满当当的饭,吃饱即将离席的我很尴尬,只好顺水推舟:"表妹,添满些,用脚踩踩吧。"两个姑娘笑声如铃:"老表,多吃点,等下才有力气跳脚(左脚舞)呢。"紧接着,添饭姑娘的山歌就随口而出:"妹家门前一丘秧,太阳照田亮汪汪。无心栽秧无米吃，有心恋妹恋成双。一粒谷子一粒米，不想别人只想你。只要表哥和妹好，酸汤更比肉汤香。"刹那间，一个个添饭挑逗的人随之跟上，青棚下、宴席间，到处洋溢着喜气盈盈的说笑声。

三

自从查出高血压、高血脂、高血糖，我不知暗暗下过多少次决心，要减少应酬，远离饭局，坚决断酒。

每次胖哥邀约吃饭，都得到他好酒好肉款待，麻辣香甜，口味俱全，很多来自家乡的糯食，如粑粑、饵块常常勾起我无数乡愁。

在那个食不裹腹的年代，糯米是农家当门立户的慰问品。不论是邻居乔迁还是亲戚朋友家生孩子，都要"送祝米"贺喜。祝贺的礼物，除了鸡和蛋，还有糯米面和糯米白酒。尤其是丈母娘家，还要早早邀约三亲六戚，组成一队人马，挑着鸡笼，牵一只大骟羊，到姑爷家吃两天。母亲也不例外，不论是为嫂子们生孩子办"祝米酒"，还是去亲戚朋友家送"祝米酒"，糯米面必不可少。

每年春天，蚕豆结荚，母亲安排我和姐姐把摘回家的青蚕豆角剥开，抠出一粒粒嫩生生的蚕豆，再剥皮，挤出蚕豆米。然后，母亲把和好的糯米面与蚕豆米"拉郎配"在一起。蚕豆米和糯米面好像心不甘情不愿，在母亲的手里总是粘不到一起。于是，母亲拿来菜刀，拎来砧板，把面团摊在砧板上，挥舞着菜刀，嚓嚓嚓切剁。刀起刀落，面团变成面片，前呼后拥齐步走。接连几个回合,母亲一边剁,一边揉,蚕豆米就星星点点地乖乖钻进了糯米面的怀里。

母亲用刀拍打拍打砧板上躺着的面团,切一块,往爆热的油锅里放,粑粑哧一声滑进油锅,一块接一块,再翻过身煎炸。转眼间,豆米粑粑就由白变黄,像一块块又宽又肥的鸡翅,被母亲从油锅里捞上来。迫不及待的我抓一块咬一口,又香又脆。

吃糍粑是"过冬"的象征。母亲早早就会准备糯米,"过冬"那天,蒸一甑糯米饭,趁热把糯米饭舀在杵臼里舂。舂糍粑必须两个人配合,大哥一抬一举棒槌舂,母亲双手剥下黏在棒槌上的糯米饭。反复舂,反复剥,母亲就像我后来见过的北方人拉面,把黏糊糊的糍粑从棒槌嘴上一边剥,一边拉下来,摊在早已撒了一层面粉的簸箕里,团成一个厚厚的大粑粑,或一个个小粑粑,接二连三,一杵臼、一杵臼舂糍粑。冷却后的糍粑硬邦邦的,切一块,或拿一个小糍粑,放在炭火上烤,或在锅里烙,又变得软乎乎的。随手抓一块,蘸一点儿蜂蜜吃,又甜又黏又爽口。

"过冬"的糍粑刚刚吃完,母亲又忙着做过年吃的米酒。首先要做酒药。母亲做酒药,是用一种生长于水沟边的蓼草,拿回家,晒干,把蓼草舂细,然后用石灰水和糯米面做成一个个小粑粑,用一根线串连,一溜儿溜儿挂在楼上的屋檐下风干。做米酒时,取下几个舂成面,待糯米饭蒸熟后,趁热把酒药和糯米饭搅拌均匀,再装入泥瓦盆,埋在糠堆里,里三层外三层,像侍候襁褓里的婴儿一样,用蓑衣、棕衣、羊皮褂严严实实覆盖好。渐渐地,糯米开始发酵,满屋子散发出糯米酒香味,七八天后,又甜又香的米酒就做成了。我悄悄偷吃一碗,假装若无其事,只是满脸红霞飞。

十天半月过后,就慢慢变成了又辣又甜的米酒。再去偷吃,一碗米酒稀里呼噜下肚,不知不觉,腿就像被抽掉筋骨,两脚一软白天当晚上,倒头昏睡。

十里八乡,不仅我家,家家户户都会酿米酒,有的办红白喜事用,有的杀年猪请客吃饭用,有的过年过节喝,或多或少都备有自家酿的米酒。酿了喝,喝了再酿。有时自娱自乐,唱歌跳舞,也要把米酒当寡酒,猜几拳,喝几碗。

彝家有传统,喝酒要唱歌。酒歌星星串,酒杯满当当,说唱就唱:"彝家那个糯米酒,又甜又爽口,客人呀你请喝,不喝你莫走。要喝你就喝个够,点滴也莫留,彝家礼不周,还请再来走。"从小听着酒歌长大的我也不例外,每次接待远方来的朋友,都要鹦鹉学舌,哼哼呀呀献上几首彝家敬酒歌助兴。

四

我所在的滇中楚雄,既是高原水稻"楚粳系列"种子的繁育基地,也是"楚粳系列"水稻的种植区。米好饭好吃,一年到头家里吃的都是楚雄粳米。

众所周知的云南过桥米线来自于粳米前身,一钵头滚烫的肉汤,十几个小碟,肉是肉,作料是作料,全部倒入钵头中,就成了一碗可口的过桥米线了。云南的米线,真可谓是遍地开花,无论你走到哪里,米线无处不在。

米线是我每天吃早点的最爱,名目繁多的小吃店,一家主打一个品牌,猪肉米线、牛肉米线、羊肉米线、鸡肉米线、臭豆腐米线、鳝鱼米线……随便走进哪一家,煮米线、凉米线、炒米线,我都吃过。

周末节假日,我们几家熟人朋友邀约去爬山,平时大鱼大肉吃腻了,妻子早早到农贸市场买上几斤米线,准备很多作料,带到荒郊野外吃凉米线,既简便又开心,也别有一番山野风味。

步入中年的我,身体渐渐滑坡,血压、血糖、血脂紧跟着年龄的脚步,不断攀高,围困着我的日常生活。每次去医院检查,医生一再忠告,"三高"虽然是慢性病,如果不及早治疗,也是不亚于癌症的杀手。

求医问路,中医、西医大夫的话言简意赅:管住嘴、迈开腿。言下之意,就是吃药、锻炼,再加饮食调理,"三管齐下"是最好的治疗方案。于是,把药当作零食,每天早晨起床必吃,散步锻炼成了我每天茶余饭后的必修课。

生活在这个富足的时代,美食的诱惑常常战胜我的胃口,饮食调理却让我常常失落,这也不能吃,那也不能吃,断烟、戒酒、限肉、降糖、多吃素食仿佛一道道紧箍咒,无形地锁住了我的胃口。病从口入的道理我懂,可让我最头疼的是血糖居高不下,一日三餐,面食、米饭都不能多吃,潜伏在身体里的糖尿病,让我陷入了深深的担忧。

民以食为天,稻谷是大白米饭的娘。我母亲历来对稻谷十分敬仰,每年开镰割谷子时,少不了要在田头点燃香火,祭拜稻谷。金灿灿的阳光下,沉甸甸的稻谷在风中向勤劳的母亲微笑点头,卑躬屈膝的母亲在向黄澄澄的稻谷下跪磕头。行完祭谷仪式,母亲便挥舞着镰刀嚓嚓嚓割稻谷。一簇簇稻谷在母亲的手下躺平,蚂蚱从梦中惊醒,飞起飞落,不知不觉就飞进了我早已支起的天罗地网,拿回家用油煎炸,就是我童年迫切渴望的肉食。

吃第一顿新米饭或吃年夜饭时,必须先喂看家护院的狗。传说古时候人们还不会种植庄稼,靠狩猎吃野果,是彝家人养的一只狗,翻过九十九座山,游过九十九片海,从天神那里用尾巴裹带回来三粒稻谷种子。从此,彝家人学会了栽种稻谷,代代有大白米饭吃。

最近,我在元谋人博物馆看到这样一份资料:云南省考古队曾先后三次在元谋县大墩子新石器时代文化遗址进行考古发掘,共出土文物805件。其中除了大量的生产生活用具遗迹以及猪鸡牛羊等动物骨骼外,还发现了稻谷碳化物和麦类作物粉末,经中国科学院农艺研究所测定,其年代约距今四千年。也就是说,元谋的稻麦作物种植和畜牧养殖四千年前就有了。我是楚雄人,元谋和我的故乡牟定毗邻,稻谷养育了我的祖先,也养育了我们这些后裔。我要向那一粒"碳谷"致敬,向源源不断喂养我的每一粒大米鞠躬。

如今,我是一粒脱去稻谷壳的米,生活在吃米不见糠的城市。哺育我一生的大白米饭,哪个舍得你?

猪的身影

一

"穷人养猪,富人读书。"猪是我身后挥之不去的影子。我十五岁那年,背着柴米到狗街小镇上住校读初中,由于村里的猪得了瘟疫,我家的猪已全部死光。可猪是我读书的摇钱树,买猪崽的事火烧眉毛就在眼前。

急中生智的母亲眼看邻居大婶家那窝"满双月"的猪崽快卖完了,只剩下最小的那头像我一样排行末位数的"骸肋巴"猪崽。母亲暗想,那头猪崽虽然便宜,但自己手头无钱,就厚着脸皮试探着登门找大婶商量,央求先从大婶家赊回那头猪崽饲养。大婶看着我家揭不开锅,便把那头猪崽赊给了母亲。

那头"骸肋巴"猪崽来到我家的第一天,像个刚断奶离娘的孩子,面对陌生的我一副痛苦不堪的样子,不论我怎么哄它,它既不理睬又不肯吃食。母亲便舀来一碗苞谷面,搅拌在猪食里隔槽喂养,两三天后它才慢慢回过神来,不再担惊受怕。

天长日久,它和我成了朋友,每当我去喂食时,就会哼叫着不停地把栅栏门拱得哐啷哐啷响,目光有神地望着我。当我把猪食倒进槽时,只见它扎猛子似的把头插进猪槽,猪食汤淹没到眼睛,扇着耳朵,甩着尾巴吭哧吭哧吃食。喂完食,我经常用手挠几下它的屁股,它就会乖乖睡在地上,伸开四脚和我玩耍。当我提着猪食桶准备离开猪圈时,它就像个贪玩的孩子,死皮赖脸围着我转来转去,哼唧哼唧吻我的脚。

转眼半年过去,那头被母亲作为替补队员的"接班猪",不知什么原因,总是吃得多、长得慢。猪养不发,母亲常责怪我玩心大,不好好找猪草喂它,待它不好,让它长成了"核桃猪"。母亲在骂我的同时,也骂那头猪不争气,导致赊猪的本钱迟迟给不了大婶家,让平时说话算数、掷地有声的母亲抬不起头。

那是一个星期天的早晨,我被母亲早早地催起床,帮母亲剁猪草、煮猪食。简单吃过早饭,母亲端来半盆麦面,我以为要烙粑粑给我带到学校吃。后来才明白,母亲决定当天把那头"核桃猪"卖掉,重新买好的猪崽饲养,那半盆麦面是母亲为它准备的最后一顿离别美餐。当那头蒙在鼓里的"核桃猪"把全部糠麸麦面糊吃完,肚子圆溜溜的像筒鼓,正在呷嘴吸食舔槽时,我配合母亲冲上去抓住它,强行用绳索捆住猪脚,吊起来用秤迅速一称,还不到三十公斤。转眼间,母亲像拎兔子一样把声嘶力竭号叫乱蹬的猪放进垫着稻草的大花竹篮里。

迎着明媚的阳光,母亲背着那头哼哼唧唧的"核桃猪",我背着柴米,跟在母亲后面,踏上了通往狗街集镇的崎岖山路。我和母亲早到,便在街口那棵大榕树下,占据了一个显眼卖猪的位置。

我飞快回到学校打个转身,又跑到街上和母亲一起卖猪,心里盘算着要用母亲卖猪的钱买一支水笔、几本小人书。此时,赶集的人已经络绎不绝,买猪的人看着一身彝族刺绣衣服、花枝招展的母亲，不停凑过来，不知是看母亲，还是看猪。可当母亲把猪从竹篮里哄出来时，买者却摇头而去。买猪的人走了一个，又来一个，都嫌那头"核桃猪"架子不好，给的价比原先母亲赊的价高不了多少，这不等于白养了半年吗？母亲不想亏本卖。

太阳火辣辣的烫人，猪一次次哼叫着被拖出竹篮，又一次次被放回去，躲在竹篮里喘着粗气，流着白沫口水，还拉了些尿屎，臭气熏人。守在猪旁的母亲仍在目不转睛搜寻着合适的买主，时间在讨价还价的交易声中如水流过，等我回到学校吃过晚饭，再次跑去看母亲时，猪仍没有被卖掉。此时，街子已经回头，集市上的人稀稀拉拉，母亲仍在"守株待兔"。眼看太阳已经落山，可那头"核桃猪"最终无人出上价，母亲只好背起它，踏着朦胧的月光返回家。

那头"核桃猪"随母亲到狗街集镇"旅游"一趟之后，依旧每天在母亲的手下哼唧哼唧觅食，若无其事地吃了睡，睡了吃。

我每个星期回家背柴米，都要拼命找猪草回家喂它。一见到我，它仍然哼叫着不停地拱栅栏门，仿佛和我是两个久违的小伙伴。它看着我，我看着它，备感亲切。当看到它嘴尖毛长，肯吃不肯长的样子，我恨不能用火筒插进它的屁股里把它吹成个大气球。

等米下锅的母亲更急，不知从哪儿讨来一个偏方，用草乌煮猪食喂猪，目的是把猪的筋骨撑开让猪快长快大。结果，草乌过量，猪被撑得两天都汤水不进。焦急万分的母亲请村里的兽医给它打了两次解毒针，猪才幸免一死，活了下来。从此，母亲不再嫌弃它，再也没打它的主意，专心喂养着那头"核桃猪"。

转眼到了第二年秋天，我初中毕业考取中专。临走的前两天，喜出望外的母亲按照当时"吃半卖半"的派购政策，把那头长得滚圆滚圆的猪卖给了国家，赚来的三十多块钱贴补我做路费和生活费。同时，母亲还从狗街食品组赎回猪的另一半肉，有脸有面招待了五六桌客人。可吃着那猪肉，我却像嚼木渣似的难受。

就是这样一头猪，让我走出乡村，走出了厚厚的大山，过上了舒适的日子。

二

时代在变，猪也在变。转眼进入二十世纪八十年代，国家取消了派购任务，农家养猪可自由买卖、自由杀吃，家家都能杀年猪。有的人家每年都要杀两三头，吃不完的腌腊肉、火腿，一年四季几乎都有肉吃。

猪的品种由原来单一的"油葫芦"黑毛猪，变成了"嵋山""约克""长撒""杜罗克"等新品种白毛猪、黄毛猪。市场上还相继有了混合饲料，养猪催肥的手段也越来越科学，膘肥体壮的猪越来越多，吃肉已不成问题。

寒冬腊月的乡村，几乎天天都有人在请杀猪客、吃杀猪饭。很多人家爱面子，把杀猪饭当作红白喜事的宴席来操办，不仅杀猪，而且杀鸡又杀羊，蒸蒸煮煮，煎煎炒炒，小炒肉、回锅肉、酥肉，还有羊肉、鸡肉，都要摆出"八大碗"，体体面面招待三亲六戚、村邻乡党。整个乡村一片喷香。

而猪的怪病似乎也多了起来，口蹄疫、蓝耳病，会与人交叉感染，闹得城里人不敢买猪肉吃。就连我自己，每年吃的猪肉都是从老家腌制成火腿，制成油炸肉带来，储存着慢慢吃。

有一阵猪价下跌,养猪受挫,母猪被劁。几年过后,猪价上涨,国家又倾力扶持,把能繁母猪纳入保险。养猪也被纳入了新农村建设、温饱示范、整村推进、脱贫攻坚、乡村振兴、专业合作社建设等项目规划,出台政策扶持发展。一些像模像样的养猪场应运而生,猪肉加工的龙头企业也齐头并进,使得原本只能在农家圈里养的猪、只能用来过年的猪成为产业,冷链加工,走出山门,销往外地。

政策好了,外甥也沾了猪的光。土地承包到户后的那些年,外甥靠种烤烟积蓄起来的钱,七拼八凑,请来当地一位从供销社酒厂退休回来的师傅,建起了烤酒房。酒糟用来养猪,收入不薄,"驴打滚"一年一个样在变,成了山前山后响当当的"万元户"。每次来我家,他都要给我带点自己烤的酒,说这是荞麦烤的,那是高粱、稻谷、苞谷烤的纯粮酒,让我品尝。没过几年,外甥靠烤酒养猪发家致富,盖起了亮堂堂的砖混结构小洋房。十多年前,外甥不满足,又带着那些烤酒器具、粮食,到楚雄城郊的一个村庄,租了一个老院子,继续他的烤酒事业,烤酒养猪、养猪烤酒,生意不错。后来,全家老小跟着外甥离乡离土来到楚雄,融入了城市生活。隔三岔五,外甥还一副老板派头的样子,请我喝酒吃饭,侃他的烤酒养猪的生意经。如今,外甥在楚雄买了房子、车子,过上了跟我一样衣食无忧的小康生活。

猪贵也好,猪贱也好,外甥仍在继续着他烤酒养猪、养猪烤酒的人生。外甥一家,也是这座城市里离我最近、见面最多的亲人。在我的眼里,不是外甥把猪养进城而是猪把外甥一家带进了城,是猪改变了他的一生。

最后一头牛

从小在牛屁股后面长大的大哥，一辈子生活在厚厚的大山里，不仅是个擅长饲养水牛的饲养员，而且是个响当当的"犁把手"。

家乡常见的牛有两种：一种是黄牛，一种是水牛。水牛承担的耕田任务重，更难饲养一些，大哥饲养的便是水牛。但村里瘦骨嶙峋的牛，只要交给大哥饲养，每头都会变得肥头大耳，令村里人跷起大拇指。因为大哥牛养得好，每年生产队分红，家里总是能分到几十块钱，我也就有了添新衣服、买新书包、穿新胶鞋的机会。

有了这些诱惑，我也成了大哥手下的一名小饲养员。冬春季节，水冷草枯，是牛最缺青草的时候，放学回家，我的任务就是到豆麦田里去找一篮青草回来喂牛。有时，我和大哥把牛赶出厩门，准备一盆热烘烘的炭灰，用一把弯弯的铁箄子给牛箄虱子，虱子一个个掉进火灰噼噼啪啪响。一年到头，我帮家里做的大多是与饲养牛有关的活计。

大哥饲养牛也确有一套。每天睡觉前，他要做的最后一件事就是去给牛上夜草；天亮起床，他要做的第一件事便是先去牛厩，看牛昨夜吃下去的草反刍得好不好。如果牛嘴里的草反刍不正常，鼻门上露水较少，就可能是生病了。大哥就是用这种方法来观察判断牛的健康状况的。大哥每天放牛回来，不是肩上扛一捆柴，就是背上背一篮牛草。

令我最难忘的是他随身背着避雨的那件蓑衣。每当夕阳落山，牛羊回头，我就守候在村口，等待大哥放牛归来。一见到大哥，我就急忙去打开他那折叠的蓑衣，里面常常有野草莓、杨梅、桃、梨之类好吃的东西。有时也有菌子或是其他野菜，每次都不会让我失望和扑空。所以，放学回家，做完大人安排的活计我就按捺不住性子，总是要跑到村外很远的地方去帮大哥赶牛，去翻搜大哥那件藏满诱惑的避雨的蓑衣……

大哥放牛对我好处极多，慢慢地，我也就撵着和大哥去放牛。在路上，大哥常选一头比较温顺的牛让我骑。他把牛赶到有道坎的地方，用手轻轻地挠着牛屁股，牛就乖乖地站住了，让我爬上牛背，晃晃悠悠驮着我一步一步往前走。我心里感到百般的惬意和自豪。因为骑牛好玩，每年放寒暑假我总是嚷着要替大哥去放牛，他总是不答应。

终于有一年寒假，大哥看着我长高了，懂事了，也就让我如愿以偿，第一次高高兴兴地赶着牛和村里的伙伴们把牛放上山。一窝娃娃天天把牛赶上山，只顾好玩，一个月后，大哥饲养的那几头牛都掉膘了。大哥很是心疼，再也不让我去放牛了。我有点儿内疚，就盯着大哥问为什么不让我去放牛。大哥说："你们这些娃娃把全村的牛都放在一处，哪儿有这么多的好草来吃，牛不瘦才怪呢！"

大哥养牛，还真有些诀窍。叫我去喂牛料(蚕豆)时，他总是叮嘱我，牛，只有下牙，没有上牙，要把那些泡不开的"铁豆"拣掉，以免伤了牛的牙床。每次让我去喂牛草时，他总要叮嘱我，要仔细看一看牛槽里有没有柴棍或铁丝、钉子之类的东西，以免让牛吃到肚里。每次让我赶牛，大哥总叮嘱我，有沟、有坎、路窄的地方要小心些，石头多的地方要慢些，生怕碎石头夹在牛的蹄壳里……那头母牛怀孕了，要小心照顾；家里的那头公牛很犟，要防止斗架……

在我的眼里，大哥开口闭口，都是关于牛的满腹经纶。

二

村里实行田地承包到户那年，我家从生产队分得两头牛。一头叫"大牯子"，一头叫"小牯子"。

据母亲说，大牯子是大哥的名分，小牯子是我的名分。但不管是谁的，要耕田，因小牯子和我一样未成年，还必须借邻居家的牛搭架。好奇的我不论是星期天回家还是放假，常跑到田间地头去帮大哥吆牛，看大哥使牛犁田。只见大哥一手拿着牛鞭，一手握住犁把，不停地对牛说话："坡！踩！坡坡坡！踩踩踩！"

牛虽然不会说话，但听得懂大哥的话。两头牛在大哥的指挥下一趟又一趟来回耕耘着，半天工夫，一坵田就被犁铧翻书似的翻了个底朝天。等大哥坐在田埂上吸烟时，我问大哥，"坡"和"踩"是什么意思。大哥告诉我，"坡"唤的是左边的牛，"踩"喊的是右边的牛。不停对牛说话，目的就是提示牛按照自己的线路走，不能走偏方向。那时的我，心中萌生嫩嫩的梦想，长大要像大哥一样，当个响当当的"犁把手"。

驯教那头小牯子牛，是我有大哥肩头高那年的一个傍晚。我和大哥赶着大牯子、小牯子，扛着牛的担子、脖网兜，拿着牵牛的绳子、拉犁的铁耕索，走进了村脚下我家那垅刚收完的蚕豆田。先是让牛啃吃那些绿茵茵的草，直到太阳偏西，大哥才叫我配合他把大牯子赶到田头，然后又用菜叶引诱小牯子慢慢向大牯子靠拢，让我不停地用手挠着小牯子的屁股。神不知鬼不觉，经验丰富的大哥就把宛如父子的两头牛架上担、套上脖，吆喝着牛转身，手拉铁耕索，在牛屁股后面跟着跑。就这样，来来回回，我牵着小牯子，不知跑了多少趟，直到小牯子和我一样气喘吁吁，浑身冒汗，筋疲力尽时大哥才解担、松套，放牛回家。那一夜，我和小牯子都经历了一生中成长的初痛。

第二天傍晚，我和大哥仍然按照头天的步骤，趁热打铁教牛。小牯子大概是尝够了头天的苦头，反抗逃窜，挨了不少鞭子，才被迫上架。早有准备的大哥从家里扛来一个草墩大的石磨扇，拴犁把一样扣紧，让牛拉着跑。跑着跑着，几趟来回之后，大哥弯着腰，先试着半步、一步一步往石磨上蹬，慢慢地就跨蹲在石磨上。好奇心极强的我很快就像只小狗跳上去拽着大哥，兄弟俩如两只练翅飞翔的鸟，催赶着牛，巴不得飞起来。

反复这样驯牛十多次后，便可试犁。大哥和我还是老办法，把牛赶到收割完的麦田里，架起牛，先让牛拉着犁空跑几趟，才试着把犁铧插进泥土。见小牯子走不了几步，就扭头横拉斜走，大哥甩着牛鞭不停吆喝，手里的犁把轻轻一歪，犁铧就浮出土面，继续扶着犁，让牛拖着空跑。直到牛乖顺了，才慢慢把犁铧再插进泥土。小牯子毕竟经禁不起折腾，四脚下跪卧在地上"赖毛"，挨了不少鞭子才站起来蹒跚拉犁，走不了几趟，又求饶般下跪。大哥和我只好解担、松套放牛。回家的路上，我摸了摸小牯子的颈肩处，红红的，凸起一个洋芋大的包，一股莫名其妙的忧伤蹿上心头。直到梦里，和小牯子一样累的我，心仍在隐隐作痛。

转眼就到了放水泡田栽插水稻的时节，我和大哥依然如故，驾驭着大牯子和小牯子拉犁拖耙。为了使插秧的田不漏水，必须犁耙两次。先是把那些像蛤蟆头一样，浮出水面的土垡头犁翻过来，再用耙拖压破碎，浸泡一两天后，再反复犁，反复耙，搅成泥浆，平坦坦、亮汪汪的田就可以插秧了。大哥常说，犁水田是驯牛的好机会，因为夏天气候炎热，水牛喜欢水，是驯牛的最好时机。大哥犁了几趟，就把犁交给我，让我掌犁驶牛。我模仿着大哥的样子，喊着口令，吆喝着牛，奋力端犁、插犁。由于不熟练，加之牛不听使唤，犁铧忽深忽浅，出现了不少"卯埂"，大哥只好跟在我后面，一锄一锄试探着水挖。尤其是耙田，我拽着大哥的衣服，站在钉有铁齿的耙板上面，用鞭子催赶着牛飞奔，水浆飞溅，水浪漫埂，小小一坵田却变成了大海，我和大哥仿佛两只逐水的燕子，在田园大舞台上潇洒自如地表演着高超的犁田艺术。

一季春耕过后，小牯子的颈肩处已经被磨掉了毛，破了好几层皮，成了苍蝇蚊虫寄生的窝。大哥不仅安排我拔些嫩草回家喂小牯子，还吩咐我喂牛料时要给小牯子多加一点儿蚕豆，并且每天还要用锅底灰和花椒面、香油拌成糊，搽抹在小牯子受伤的颈肩处,既防感染又可促进牛的皮肤早日修复。

　　小牦子颈肩处的伤疤刚刚养好,转眼又到了秋收,种小麦、种油菜,还是少不了大牦子和小牦子拉犁拖耙。可一上架,一拉犁,小牦子又成了"夹生牛"。第一天几乎是复习,小牦子挨了我手下不少皮鞭,我和大哥也像牛一样"回生",坐下去就不想站起来。撒完麦子,站耙碎垡掩种时,我失足跌入耙膛。尽管大哥和我声嘶力竭吆喝,牛仍旧不停地走,直到田头才停止。我卡在耙齿缝里的腿,虽然没被耙齿剐断,却让我留下了终身无法抚平的疤痕。

　　第二年秋天,即将犁秋田的时候,初中毕业的我离开家,离开小牦子,外出求学。

　　又一年秋天,刚参加工作的我领到第一笔工资,回家过中秋节时,正值秋收、秋种,我和大哥依然赶着牛去犁田。我接过大哥手里的牛鞭,犁了几趟,小牦子不再是"夹生牛"。两头牛按照各自"坡""踩"的位置,一左一右,有规律地一头走沟,一头走墒,默默地合拍拉着犁、拖着耙,仿佛我和大哥两个同甘共苦的亲兄弟。

　　我在城里举行婚礼那天,大哥从乡下老家来,悄悄塞给我一沓钱。婚后我才明白,大哥把家里那头当年还是小牦子,角越来越长,角纹越来越多,变成了老牦子的牛卖给了屠宰商。心如刀剜的我,新婚蜜月却怎么也高兴不起来。

　　直到如今,那头小牦子牛仍在大哥的呼唤下,不停地拉着犁,拖着耙,耕耘在我板结的记忆里。

三

大哥常说:"庄稼无牛白起早,生意无本白操心。"尽管家里的牛一茬茬在他的手下更替,但他总会有计划地饲养两头"大牯子"牛,用来犁田耙地种庄稼。村庄里能饲养一架"大犁牛"的人家不多,基本上都是你家一头、我家一头"拉郎配"搭成一架,共同使用两头牛犁田。也有人家不养牛,要靠借牛犁田,经常有人找上门来请大哥帮他们家犁田。田地刚承包到户的那些年,都是换工"抓脊背"互相帮忙,你帮我做一天活儿,我还你一天工,只管酒足饭饱,都不给工钱。但大哥帮人家犁田,又贴锣又贴鼓,请犁田的人家不仅要好酒好肉招待大哥,还要给牛喂草喂料。因此,到了农忙收种时节,大哥和牛一样辛苦,今天帮这家犁田,明天帮那家犁田,村庄里四十多户人家,几乎大多数人家都请他犁过田。旱田、水田,春耕秋种,经常看见大哥扛着犁耙赶着牛,用犁铧翻醒一块块沉睡的田地,催生出一片片绿油油的庄稼。

春去秋来,犁来耙去,大哥熟悉土地,土地也熟悉大哥,大哥仿佛是一个农民诗人,用犁铧书写着一首首散发着泥土芳香的田园诗歌,为那些"缺牛户"提供了必不可少的精神支助,因而备受村里人敬重。我也曾沾过大哥不少的光,跟他吃过不少人家的"犁田饭",尝过不少人家喷香的饭菜酒肉。

没过几年,村庄里一茬茬长成的年轻人,不满足于吃饱穿暖的乡村生活,三五成群候鸟一般离开村庄,潜入城市,飞向远方。农忙时节候鸟们也很少回家了,而是带点化肥农药钱回家,由家里人出钱请工帮忙栽种,五十元一个工,一头牛也算一个工,当天干活儿当天给钱。有人开头，就有人模仿，慢慢地就约定成俗，花钱请工也就习以为常。大哥帮人家犁田，同样以一头牛一个工计算，因此，大哥帮人家犁田一天就可得收入一百五十元。言下之意，一身牛力气的大哥不出村庄，靠两头耕牛、一门犁艺，就可以在家乡巴掌大的土地打工赚钱了。

年复一年，离开村庄的人越来越多，养牛的人家越来越少，大哥靠犁田耙地的活路也越来越多，不仅帮本村的人家犁田，而且在方圆几里的青龙河一带走村串户帮人家犁田。随着物价上涨，工钱也在涨，大哥帮人家犁一天田就可收入两百多元，一年到头，只要好好饲养两头耕牛，帮人家犁田就可挣一万多元，再加上种烤烟、养猪等收入，生活日新月异。

四

时代在变，村庄里的农耕方式也不断推陈出新，一种被父老乡亲们称为"蚂蚱头"式的旋耕机开始进入村庄，不仅可以开到田间地头拉粪草、拉粮食，还可以卸下车斗，安装上犁铧，犁田耙地，一举两得，既实用又方便。一台小型旋耕机，只相当于一头"大牯子"牛的价钱，而且，政府对购买旋耕机还给补贴。几乎两三年时间，旋耕机就在村庄里全面普及，广泛运用。

年过花甲的大哥很难接受农业机械化的现实，还是喜欢饲养水牛，用牛慢吞吞犁田。可是，自从很多人家有了旋耕机就很少有人请大哥用牛犁田了。原因很简单，一台旋耕机一天可以犁几亩田地，比"二牛抬杠"犁的田地多，并且旋耕机犁的土地深浅均匀,田土规整。

最终大哥拗不过儿子、侄儿,也买了一台旋耕机,不再用牛犁田。从此,牛获得了解放,犁田耙地技术高超的大哥面临被淘汰,原来那些犁田用的犁耙工具也成了无用之物,被大哥搁置在牛厩楼上。

一生以牛为伴的大哥心中有着自己的小算盘,征得儿子的同意后,忍痛割爱把原来的两头"大牯子"牛卖掉,又买来四头母牛,滚动饲养,滚动发展。有时候他也走村串户"翻驴子倒马"做牛生意,低价买来,添草加料精心饲养催肥,适时出手,一年到头,倒也还能赚两三万元。

可是,天有不测风云,大哥饲养的七八头牛得了一种叫"口蹄疫"的怪病,乡政府的、村委会的干部踏破门槛来做工作,要求就地扑杀深埋,大哥死活都不同意,更不相信"口蹄疫"会交叉感染祸害人。直到给我打了电话,听从了我的劝说才同意将牛扑杀。村庄里的牛一头不剩,全部被扑杀。大哥像痛失亲人一样悲伤,喝了好长时间的闷酒。

半年后,疫情平息,火烧芭蕉心不死的大哥又七拼八凑买了一头小母牛,还是想用鸡生蛋、蛋生鸡的套路发牛财,巴不得把牛当作孩子服侍,经常给牛喂猪食、喂蚕豆,过年过节还用菜叶包裹着一两片肉喂牛。一年后,小母牛就膘肥体壮成年发情了。可是,大哥走遍了邻村近寨,都没有找到给小母牛配种的公牛。有人建议大哥,现在科技发达了,兽医站在推广人工授精技术。大哥不相信兽医站里买来的冻精能在牛的体内成活,让母牛怀孕,可他更担心的是小母牛第一次发情得不到交配,就有可能终身不孕,变成"蒙母牛"。思来想去,大哥还是请来兽医,给小母牛进行了人工授精。不知不觉,小母牛的肚子两三个月后就一天天膨胀起来,大哥就像等待抱孙子一样高兴,对身怀有孕的小母牛更是关爱有加,不出远门,不走亲戚,天天尾随小母牛转。

令大哥没有想到的是,母牛生小牛犊时遇到了难产,两天都没有生下来。大哥急得团团转,请来兽医想了不少办法,才把小牛犊从母牛身体里掏了出来。母牛产后发高烧,医治无效死了。小牛犊像个初生的婴儿,没有奶吃,心急如焚的大哥就天天给它喂婴儿吃的奶粉,结果适得其反,小牛犊也夭折了。

牛死光光,七十多岁的大哥痛哭了一场。那是大哥为牛而唱的挽歌。

客居城市怀想羊

漂泊在这个举目无亲的城市，唯有几个散落在城市缝隙中的老乡，如客居海市蜃楼森林里为数不多的几只羊，隔三岔五互相邀约，聚在一起叙旧聊天，畅饮几杯。

老乡们经常约会相聚的地方，叫"乡巴佬羊汤锅"。那是一个餐馆的名字，是一位老乡进城打拼多年后开的，天天经营来自家乡的黑山羊肉和山茅野菜。每次去"乡巴佬羊汤锅"，浓浓的乡音、浓浓的乡情，全都浓缩在故乡浓浓的羊膻味里。

一

故乡的山如千层肚，一望无际连向天边。白云缭绕的山间，草木郁郁葱葱，每一座山头都是天然的牧场。祖祖辈辈饲养的家畜，要数黑山羊最多，多的人家几十只甚至上百只，少的人家十几只。

在故乡，任何一个孩子呱呱坠地总有人问，是生了个"满山跑"还是"锅边转"。"满山跑"是男孩，长大是个放羊掌门立户的；"锅边转"则是女孩，长大以后是嫁出门给人做饭的。

在我家，母亲却是把羊当猪牛饲养的。每天黄昏，放牧归家的羊常被母亲叫我配合她,隔在门外,一只一只扒着头,数着进圈。有时,羊群乱了,数不清,又要把羊赶出来反复数,总担心哪一只羊丢失在山上。

不论哪只羊生病受了伤,母亲总会想方设法给它们喂草药、包扎。尤其是哺乳的母羊,母亲还要牵出圈,拿来菜叶、苞谷、黄豆隔槽喂养,生怕母羊奶水不足。直到小羊羔一天天长大断奶,才平等对待。

过上十天半个月,母亲总要把羊圈楼上那匹好几米长用树凿成的羊槽拿下来,撒上盐,让羊扑哧扑哧舔吃。羊群嘶叫着,顺着羊槽排成两列纵队,争吃打闹,一派欢天喜地。

母亲给羊喂盐,有时是在野外放牧溪水潺潺的山箐边,拿出一块随身带的盐块,在那几块大石头上摩来擦去,一边摩擦,一边呼唤羊,羊就会听到指令似的争先恐后跑来舔吃石头上的盐。此刻,母亲手里的盐块成了遥控器,羊跟着母亲从这块石头跳到那块石头,仿佛一群幼儿园的孩子,把母亲围成了圆心。后来我才明白,这是放牧归家的时辰已到,是母亲召唤羊群回头,准备赶羊回家,清点羊群的特有方法。

羊多绕眼,人疏忽大意,羊就会丢失,直到回家进圈清点时才发现,就要重新去找羊。可找羊并不是容易的事,我曾经跟着母亲去找过两次羊。

有一年夏天,我们一群娃娃去放羊,我家一只怀孕临产的母羊不知在哪座山掉队了,直到放牧归家进圈清点羊时才被母亲发现。稀里呼噜吃过晚饭,母亲一边责怪我,一边领着我沿着赶牛羊的路准备连夜上山去找羊。

迎着锅底黑的夜色，母亲在前我在后，还有我家那条看家护院的大黄狗。母亲一边走一边呼唤羊，我也用左手像吹笛子一样忽松忽紧弹奏着喉管，张大嘴巴"咩——咩——咩"似像非像学羊叫，上山不久，远远地就听到了羊的叫声。这时我才发现，羊通人性，我们在找羊羊也在找我们。我和母亲顺着羊叫的声音，继续往前找，很快就找到了那只刚生下小羊羔不久的母羊。喜出望外的我抱着热乎乎的小羊羔，就像抱着自己的小弟弟跟着母亲蹦蹦跳跳回到家。全家人高兴至极，就连邻居也像看孩子出生似的跑来看热闹。

还有一次，我们一群娃娃把羊赶上山，贪玩的我们只顾跑到大老远的公路上追汽车和拖拉机，既没有人"扎羊头"，也没有人"收羊尾"，羊群就成了无将指挥的部队，散兵游勇满山遍野乱跑。直到黄昏赶着羊群回家进圈清点时才被母亲发现，羊丢失了三只。

家里的每一只羊，母亲都分别给它们取了名，羊的档案就装在母亲心中。火眼金睛的母亲一眼就看出丢失的是大羯羊、馋母羊和它的孩子。

故乡的每一座山都装在母亲的心中，每一条山路都连着母亲的"百度"。母亲反复盘问我放羊的地点和线路后，就带着家人和我，还有那条看家护院的大黄狗，打着手电筒，连夜翻山越岭去找羊。可是，不管我们怎样呼唤，羊没有半点儿回应，夜来的山野只有碧波荡漾的松涛在号啕大哭，还有一些怪声怪气的夜鸟在山谷里撕心裂肺地鸣叫。母亲于是扯开嗓子唱起了放羊调：

正月放羊正月正,离开爹娘动了身,
羊儿赶在前面走,儿子抓棍后头跟。

二月放羊是新春,山上嫩草往上升,
羊儿不吃东山草,赶在河边吃树条。

三月放羊三月三,女儿放羊绣牡丹,
牡丹绣在荷包上,看花容易绣花难。

四月放羊四月八,儿女放羊带剥麻,
不知不觉天黑了,儿女剥麻一大把。

五月放羊是端阳,糯米粽子蘸白糖,
人家端阳多热闹,儿女放羊在山上。

六月放羊三伏天,热得儿女汗布干,
羊儿热得不吃草,儿女热得心发慌。

七月放羊七月七,牛郎织女配夫妻,
女家丈夫出远门,男人在家多纳闷。

八月放羊是中秋,高山放水低山流,
高山放水归大海,儿女放羊不回头。

九月放羊菊花黄，菊花做酒满堂香，
人家做酒有人喝，我家做酒无人尝。

十月放羊小阳春，百样小草齐枯根，
羊儿不吃枯叶草，儿女拿棍赶不了。

冬月放羊冬月冬，遇到寒天刮大风，
冻得羊儿不吃草，儿女小脸冻红了。

腊月放羊腊月八，家家户户把羊杀。
杀了羊儿好过年，儿女匆匆赶回家。

其实，我心里明白，母亲是在为我们撑腰打气壮胆，让我们不要怕那些豺狼虎豹，我们手里不仅有刀斧棍棒，还有猎枪。

那一夜，虽然全家出动，结果是竹篮打水一场空。闯祸的我躺在床上睡了个鸡眨眼，却梦见我家的三只羊是被贼偷的，已经赶进了汤锅房，变成了狗街集镇上香喷喷的羊汤锅、香喷喷的粉蒸羊肉、香喷喷的下酒菜。

还没等天亮，东方发白小星稀时，母亲就把我从梦中摇醒，催促我起床，一起去山背后的村庄找羊。

花枝招展、打扮一新的母亲，就像传说中的咪依噜，仿佛不是要去找羊，而是要去做客。母亲领着我，出了这个村又进那个村，挨村挨户，见人就甜嘴甜舌打听羊的下落。果然不出母亲的意料，误把庄稼当作草吃了一夜而被俘虏的羊终于在白石崖村被找到了。可是，虽然都是抬头不见低头见的父老乡亲，但按照乡村的生存法则，牛羊残害了庄稼，都必须按质论价赔偿。愧疚的我就像不会说话的羊，只好默默低头"认罪"，把头插进裤裆里，听母亲反复向田地的主人道歉，双方磋商达成赔偿粮食的斤头，对方才把丢失的羊还给我家。

回家的路上，我像家里那只看家护院的大黄狗，屁颠屁颠跟在母亲后面，既高兴又气馁。高兴的是三只羊失而复得，气馁的是要赔偿人家三十斤粮食，这已是我一个月住校读书的口粮。母亲好像看出了我的心思，就叫我猜谜语："三十六只羊，赶进汤锅房，杀单不杀双，七天要杀完，一天杀几只？"可是，木头木脑的我横算竖算，怎么也答不上来。母亲却不告诉我答案，只是丢下一句话：这么简单的算术都不会，再不好好读书，就回家来放羊算了。

母亲的话仿佛是在用羊鞭狠狠地抽打了我一顿。吃了败战的我耷拉着脑袋，跟在母亲和羊的后面，也成了羊的俘虏。

二

故乡山高坡陡，村庄依坡就势躺在山上，田如裤带系在山腰，地如膏药，东一块西一块贴在山梁。抬脚出门，不爬坡，就下坎，很多农活儿都是背的多，挑的少，因而家家都把宰杀后的羊皮晾干，请皮匠缝制成羊皮褂。多的人家大大小小几乎每人一件，少的人家也有三四件，用来干农活儿时穿，既可以减轻背、挑、扛、抬时货物与身体的摩擦，又可以缓解疼痛，保护衣物。

故乡的每一个孩子都是小饲养员。到了寒冬季节，草木枯零,每天放学回家,我常被母亲安排去蚕豆田里、麦地埂边,找那些嫩生生的小草回家喂吃奶的乳羊。

但是,有极少数"肋巴"的乳羊,由于亲生母羊是头胎生育,奶水少,不够吃,别出心裁的母亲就会叫我配合她,以苞谷、黄豆为诱饵,连喝带哄牵出另一只奶水充足的母羊,准备给"肋巴"乳羊讨奶吃。正在低头吃苞谷、黄豆的母羊扭过头吻吻正在拼命吃奶的"肋巴"乳羊,明白这不是自己的孩子,又跳又叫,表示不满,可最终拗不过母亲和我,一次又一次屈服。有奶便是娘的"肋巴"乳羊通过讨奶吃,一只只得以顺利成长。

在我的眼里,最残忍的要数骟公羊那一幕。当幼小的公羊断奶不久,母亲就会选个阳光灿烂的日子,请来村里的劁猪匠,把一只只年幼无知的小公羊拖出圈,按倒在地,让劁猪匠握弄着亮汪汪的刀割去睾丸。每次目睹那无法反抗,嘶声裂肺,痛苦呻吟的被骟小公羊和劁猪匠拎着那些还流着鲜血,像洋芋蛋的"胜利果实"扬长而去时,我的心也仿佛挨了一刀,总担心那些被骟小公羊的命运。可是,在母亲十天半个月的精心照顾下,一只只小骟羊还是有惊无险又肥又壮渐渐长大了。

慢慢地我才明白,羊群要发展壮大,除选留一两只健壮的种公羊外,其他的公羊都将经历这场苦难,被割去睾丸成为羯羊。原因很简单,只有大羯羊才能卖得好价钱,家里才会"发羊财",让我有足够的钱交学杂费,买书纸笔墨,读书识字。

那时,常听母亲说:"工人爱件大棉衣,农民爱件大羊皮。"的确,在那个物质匮乏的年代,一件羊皮褂至少要两三张羊皮才能做成,跟一件棉衣的价值差不了多少。可要缝制一件羊皮褂,并不比添制一套新衣服简单。一只小羊从生下地，要饲养两三年，历经一场又一场疫病，才能长成大羊，确实不易。所以母亲常把那些病死的小羊的羊皮剥下，钉在木墩头上，让我当作今天的沙发坐。而且，哪怕是家里再穷，母亲卖羊也不卖皮，宁可少卖点钱，也要折成价，把羊皮从买主手中赎回来。晾干后，有计划地请皮匠缝制成七大八小的羊皮褂，让全家人个个都有羊皮褂穿。

新缝制的羊皮褂白生生的，毛朝里皮朝外，穿在身上，里面保暖外面防脏。可一遇水淋，就会返硝脆烂。为了延长羊皮褂的使用寿命，母亲总会把榨油剩下的油枯、炼油后的油垢，抹在羊皮褂上，用手反复揉抹，放在高高的柴垛上让阳光暴晒。尤其是每年杀年猪时，盼望着把猪尿泡当球玩的我，常被母亲使唤，安排我把猪尿泡上那些丁丁点点撕不干净的"花油"，连同猪尿泡一起反反复复在羊皮褂上搓揉，直到猪尿被泡揉得半干，油被羊皮吸净，母亲才让我往猪尿泡里吹足气，扎紧线，自由自在当球玩。有时一不小心，猪尿泡被狗叼走，追不回来，这不仅让我没有球玩还会遭到母亲的责骂，让羊皮褂错过了一次搓油的机会，令我既无奈又失望。

经常把羊皮褂当作衣服穿的母亲，旧的穿着干农活儿，新的当衣服外套穿。就连做客，她也经常穿着那件心爱的大羊皮褂，并在人家面前炫耀"是大羯羊皮做的"，让村里很多人眼气。隔壁邻居虽然有借农具、家具的习惯，可母亲却舍不得把她那件崭新的羊皮褂借给别人穿，总是说："我是个害冷痨，穿在身上就脱不下来呢！如果不嫌弃，这件拿去穿，这件拿去穿……"说着就拎出一件旧羊皮褂打发邻居。有时去猫街、狗街卖菜、卖猪鸡，母亲也穿着她那件心爱的大羊皮褂。路上走累了,脱下来坐着歇气,到集市上脱下羊皮褂垫在屁股下就地坐着,就摆开了货摊。买卖完毕,站起身,抖抖灰,羊皮褂又穿回了母亲身上。

　　有一年秋天,放暑假回家的我跟着母亲去放羊,出门时还天晴地绿的,没带雨具,谁知,羊赶上山放了不久,排山倒海般的黑云就密集涌来,哗啦啦下起了太阳雨。急中生智的母亲,把我拉到就近一棵密匝匝的罗汉松树下,把羊皮褂翻过来,毛朝外,让我像只小鸡躲在母亲的身后,仿佛装扮成要耍龙舞狮的样子,顶着羊皮褂避雨。一场大雨过后,我和母亲的衣服几乎都没有被雨淋湿,干生生的。让我又可以在雨后的山间,尽兴地吆喝着羊,采摘着野果,拾着蘑菇。就在日头偏西时,我和母亲收拢羊群,准备赶着羊下山时,在一块"二荒地"里见到了一片白花花的"火把鸡",母亲只好把身上的羊皮褂脱下,才把全部鸡兜回了家。

　　伴随着母亲饲养的羊换了一群又一群,羊皮褂也换了一件又一件。荣升奶奶的母亲,经常把羊皮褂铺在地上,让大哥、二哥的孩子在上面学坐、学挪、学爬,摇摇晃晃站立起来"打登登"学走路。有时,母亲不仅要领几个吃奶娃娃,而且要忙煮饭、做家务,别出心裁的母亲,就在舂米的石杵臼里或是石缸里垫上羊皮褂,让孩子们坐的坐,站的站,在里面玩耍,既稳当又安全。直到手头的活计忙完,母亲才把孩子们从石杵臼或石缸里抱出来。据母亲说,我们兄弟姊妹几人都是用这种方法领大的。

　　如今的家乡,仍有人饲养着黑山羊,而羊皮褂几乎全由那些麻蛇皮口袋改制而成,穿起来既轻便又漂亮,还可以像衣服一样随便洗。羊皮褂已经成了稀奇旧物,进了农耕博物馆,只有那段羞涩岁月打摞在故乡人身上的补丁,令我至今难忘。

三

在故乡,很多人家杀羊时,不仅煮羊汤锅,还剁羊肝生,做粉蒸羊肉。羊汤锅如杂锅菜,容易做,而羊肝生就有技巧,要把羊的心、肝、肺、肠、肚煮熟后剁成肉末,再把杀羊时留下的血用花椒面、辣椒面浸泡,与青笋丝混合拌匀后就可上桌,吃起来又凉又香又脆,是一道可口的下酒凉菜。粉蒸羊肉也是故乡人的发明创造,剔除头脚、内脏下水煮汤肉,其他羊肉宰成小块,连骨头带肉爆炒后撒上早已准备好的粉蒸面(米、花椒、茴香籽、八角、草果,同锅炒后混合磨成面)拌匀,趁热装进底部垫有一层厚厚鲜嫩茴香的木甑,加火猛蒸。出甑的羊肉如猪肉粉蒸排骨,香喷喷地诱人。

羊汤锅总是与故乡节日相伴。尤其是猫街集镇每年农历正月十五二月初九三月十二,天台街的正月十六,牟定县城的"三月会",永仁的赛装节之类的民族传统节日,羊汤锅就会星罗棋布,遍地开花,到处都弥漫着浓浓的羊膻味。故乡的羊汤锅不仅集市上的乡街子卖,山头上的山街子也卖。如化佛山立秋节令之日"赶秋街"、柜子山"六月六",都有不少人搭起临时棚子,支起大锅就地取柴,蒸一甑米饭,煮一锅羊汤锅,就地撒上青幽幽的松毛,再加一壶自家酿制的小灶酒就开张经营,招揽山客了。

从小放过羊,穿过羊皮褂,拾过羊粪,吃过不少羊肉的我,进城三十年,骨子里浓浓的羊膻味总是无法让岁月漂洗干净。有时思念故乡,想吃羊肉自己去菜市场买上两三斤回家,模仿记忆中故乡人煮羊汤锅,做粉蒸羊肉,却始终没有故乡的那个味。

客居滇中楚雄鹿城,每年的农历六月二十四彝族火把节,除了那些别出心裁的商贸活动外,还有颇具特色的羊汤锅一条街。一个个招人惹眼的羊汤锅招牌,一间间新搭的货棚下,吃羊汤锅的人络绎不绝。我和朋友总会互相邀约,去凑个热闹,甩(吃)上几碗,喝上几盅,解解馋,过上一把羊汤锅瘾。

在楚雄,大多数人吃羊肉,都喜欢跑去彝人古镇。那里卖羊肉的摊点很多,白天以卖羊汤锅为主,晚上卖烤羊肉。楚雄人卖羊肉就图个货真价实,一只刚宰杀好的羊,掏空肚杂,赤裸裸挂在烧烤摊旁,挂在羊肉餐馆门口,实实在在告诉你绝对不是挂羊头卖狗肉,要吃哪块割下哪块就加工,一边烧烤一边吃,卖的就是眼见为实的新鲜。

而我们常去的"乡巴佬羊汤锅"就像羊肉串一样,把漂泊在外的老乡们的血脉穿连在一起。"故乡"这个词,在我们的心里已是羊汤锅里熬煮不化的骨头,总是那么余味绵长。

向虫祭奠

在云南山箐旮旯儿里长大的我，童年不知捕捉过多少虫子。不论是天上飞的、地上跑的、水里游的，都曾经是我童年的玩物，猎取的肉食。正是那些亲密无间的虫子，伴我在乡村田野上那片灿烂的天空下，给予我快乐，喂养我成长，让我度过了天真无邪的童年。

我至今也没有弄明白，童年的我为什么那么饿。不论吃多少食物进去，肚子像只装不满的大口袋，几乎每天都处于饥饿状态，经常为"吃"的事奔波发愁。

那时的乡村，孩子的玩具几乎都是自己的发明创造。那些常见的小动物，就是我们乡村孩子最好的玩物。我是从幼年开始认识那些虫子的。母亲下田干活儿回家，把曲卷折叠的衣袖、裤脚打开，有时会拿出活跳跳的一些小虫。然后用一根线拴住让我牵着玩耍。那些小虫忽而在地上爬，忽而在空中飞舞，飞不了多远，又被我扯了回来。一只只被我折磨得死去活来的小虫，有时不小心被鸡叼走，我就会哇一声号啕大哭，追着鸡群驱赶老远。

每年夏天插秧季节放水泡田时，通过牛犁耙过的水田里，有一种像蟋蟀的"小土狗"，家园被淹没，走投无路，就会浮在水面，惊慌失措爬上田埂，最后还是难逃一劫落入我的手里。不久，秧苗逐渐返青，水稻田里蛙声如潮，有一种黑黝黝名叫"水母鸡"的小虫，也随之诞生。它们忽而在稻田里扎猛子，忽而爬上稻苗玩耍。穿梭在田埂间的我一旦发现目标，迅速脱下鞋子，挽起裤管下田，那种长着翅膀水陆两栖的"水母鸡"，就一只只被我抓住。拿回家，我把"水母鸡"放在地上，扮演着教练的角色，用吆鸡棍指挥着它们，不停地展开接力赛跑，乐趣无穷。最后，"水母鸡"变成了我微不足道的肉食。

逐渐长大以后，我尾随着"娃娃头子"，身影经常在田野上出现，一边找猪草，一边捕捉那些既可以玩又可以当肉吃的小虫，不断锻炼捕食成长的本领。每年春暖花开，田野上的庄稼和杂草摇头晃脑疯长，那些寄生在绿油油的草丛中的蚂蚱，也开会似的粘在嫩生生的草尖上，窃窃私语。我们迎着初升的太阳，手拿枝条，一边弹打露珠一边驱赶蚂蚱，受惊的蚂蚱又飞又跳四处逃窜。我手疾眼快地瞄准目标，悄悄潜伏着扑过去，那些名叫"老跳神""大绿头""小铁头""油葫芦"的蚂蚱，就一只只被我捉到手，放进蚂蚱笼子，拿回家用热水一烫，摘去翅膀，下油锅煎炸，成了我日思夜想的肉食。

秋收，我常跟着母亲去看村里的妇女们开镰割谷，那些蚂蚱并不知道它们的家园就要随着稻谷的割除而消失。在嚓嚓嚓的割谷声中，受惊的蚂蚱扑哧扑哧不断向前忽而飞起，忽而落下，仿佛是在进行跳远比赛，不断追逐着逐渐倒下的稻谷秆向前"搬家"，一直被驱赶到田头。稻谷即将全部割完，蚂蚱很快无家可归，早已在田那头撒下天罗地网的我，将那些各种各样的蚂蚱一网打尽，又是一次大丰收。拿回家，至少能添一碗菜，让全家人尝到肉味。

捕虫是乡村孩子与生俱来的本能。每年夏天,有一种叫"松毛虫"的蝗虫,蚕豆般大,黄色的,白天无影无踪,夜幕降临时就会在菜园边的柿子树和塔枝树上嗡嗡出动,果子似的爬满枝头。我们悄悄拿上家里的手电筒,像群猴子一个个往上爬。看见亮光,"松毛虫"就停止活动,静静地趴在枝叶上,随便一伸手,一次就能抓到两三只,塞进葫芦里拿回家用开水烫死,摘去翅膀腿脚,清洗之后下油锅煎炸,同样是满口香的肉食。

在我的眼里,蝉是最精明的虫之一。它们站在树的枝头,像那些歌喉清脆的彝家民歌手,此起彼落的蝉鸣声似在举行一场山歌大赛。蝉的歌谣赛很长,似乎是在打擂台,很难分出胜负,几乎每年一直都要从夏天咏唱到秋天。技高一筹的我们顺着蝉的鸣唱声悄悄靠近,才发现那些蝉就像一对对热恋中的情人,如胶似漆,缠缠绵绵,神不知鬼不觉就成了我们手中的俘虏。

每年雨季,盛产蘑菇的时候,几天阴雨连绵,村庄周围的大路边、田地埂上,那些鸡枞窝里由蛹变成蛾的飞蚂蚁就会破土而出,雪花一样满天飞舞。此刻,那些鸟也从天而降,如蝙蝠扑食蚊虫此起彼落,纷纷捕食飞蚂蚁。那些到处刨食的鸡也不甘示弱,蜂拥而上,不停追啄飞蚂蚁。我们光着脚板,朝着飞蚂蚁冉冉飞起的方向跑去,与鸟和鸡展开了一场觅食大战。每人占领一个洞口,飞蚂蚁刚爬出洞穴,扇着翅膀欲腾空高飞,就落入了我们守株待兔的掌心,随后被放进瓶子。把插翅难飞的飞蚂蚁拿回家,用油煎炸,又是香喷喷的干巴味。

秋天的山野还有很多马蜂,那种马蜂特别大,经常把巢筑在枝叶茂盛的大树上,我们叫它"葫芦包"。找"葫芦包"需要技巧,一般都在早晨太阳刚出时和黄昏太阳即将落山时,马蜂会沿着同一个方向有秩序地排成队,来来往往飞行,很容易暴露目标。眼尖的我们顺着马蜂飞落的线路不断搜寻,通过反复几次侦察,历尽艰辛才能找到马蜂的窝。谁找到"葫芦包",都是个秘密,从不在别人面前露半点儿蛛丝马迹,一直暗地里盯梢着,让它养在树上,直到"七月葫芦八月烧",蜂蛹成熟的时候才下手。由于马蜂会蜇人,毒性很大,人被叮咬过度,会全身红肿而丧命,很多人即使看见"葫芦包"也望而生畏,生怕为口伤身。不知天高地厚的我们好几次去烧"葫芦包"时,不知道马蜂巢有几个进出口,随时都有精兵强将的马蜂在站岗放哨。警惕性较高的马蜂听见我们说话,看见火光就会朝我们几个入侵者发起攻击,穷追不舍蜇人,我们只好败下阵来,逃之夭夭,重新密谋,组织第二次进攻。吃一堑长一智的我们,提前几天准备好足够的松明火把,趁着天黑,几个小伙伴全副武装,吆喝着进山,卷土重来。到达后,分工合作,有的爬树有的点火,熊熊燃烧的火把直插"葫芦包"。片刻,倾巢出动的马蜂如飞蛾扑火全军覆灭,我们迅速摘下"葫芦包",放进口袋,匆匆扑灭遗火后,如打了一场胜仗返回家。我们把蜂巢饼里那些婴儿般熟睡的蜂蛹一个个抠出来,用热水一烫,晾晒半干,要么平分秋色要么有福同享打牙祭,总是能滋补我们的肠胃,让好久没有肉吃的我们解解馋。

山里长大的孩子,从小就要上山砍柴、敲"树疙瘩"。我们经常三五成群,扛着斧头,背着篮筐,像群麻雀叽叽喳喳上山,穿梭在山林中,寻找那些上半身早已被砍伐好久,剩下孤零零逐渐腐朽的"树骨桩"。我们手握斧头,甩开膀子轮换着斧头不断敲砍,木渣在四处飞舞,斧头敲击"疙瘩"的声音响彻山谷。使尽九牛二虎之力,"树骨桩"被全部砍倒破开,土蚕大的柴虫就滚落在地。捡起来,装进衣袋拿回家烧吃,滋味也不亚于马蜂,满嘴都冒油。

步入中年的我,茶余饭后喜欢和妻子去龙川江畔散步,经常看见那些城市里的孩子,手拿工具在草地上如饥似渴地追捕蜻蜓,却又经常摔跤,经常扑空。与这些孩子相比,我的童年是多么幸福。返回家的路上,我看见一只只"水母鸡"不停地飞向太阳一样的街灯,被撞得晕头转向摔落在地,不停地垂死挣扎,我弯下腰随手给它们翻个身,"水母鸡"又腾空飞走了。可第二天早晨去上班的路上,我又见到几只误把城市昼夜当作永恒白天的"水母鸡",撞死在街灯下,被行人踩踏成贴在地上的标本,一种痛失亲人的悲伤感油然而生。

居住在四季如春的云南,在这个草长莺飞的季节,两鬓染霜的我写下这些记忆里有关捕虫食虫的文字,既是对那些虫子的鸣谢和感恩,也是对那些虫子的道歉与祭奠。

鸟客

　　文化活动中心驻扎着七八家单位,花草树木随处可见,仿佛是一个开放的公园。一年四季,除了我们上班的人还有一些开着车大老远跑来的晨练族。习歌练舞,打羽毛球,打陀螺……各占踞一块地盘,自娱自乐。

　　每天清晨,人影浮动。鸟是不请自到的客人,纷纷飞来,听人唱歌,学人说话。我散步,见得最多的鸟要数斑鸠、猪屎雀和"黑头公公"。

　　文联办公楼被花草树木簇拥其中,三层,井字形,院子是一个没有顶棚的大天井。方圆一千多平方米的天井里,栽种着香樟、紫薇、红枫、金竹、油桃、李子、三角梅……

　　曲指数数,院子里不过三十多棵树木,大大小小,树花相依,已是一片园林。有几棵享受阳光雨露最多的树,我站在办公室二楼的走道上,手一伸,就可摸到树的头发了。

　　办公室的楼道二米多宽,紧贴通透的不锈钢护栏边上,摆放着一些花盆,玫瑰、海棠、鸭脚木、富贵树,高高矮矮,花花绿绿,好像是给天井镶嵌了一道花边,戴了一串项链。

　　这样的环境,我很喜欢。春暖花开的时候,经常有两只"黑头公公"鸟,一副小鸟依人的样子,在天井的树丛中,不知是谈情说爱还是偷情玩耍。

在我们乡村老家，公公调戏儿媳妇，就会以鸟喻人，说老不正经的公公是"黑头公公"鸟。当然，眼前的这两只鸟，究竟是什么关系，我根本搞不清楚。

由于这里寂静偏僻，加之文联冷清，除了我们这些早出晚归上班的"鸟人"外，很少有人关顾。下班以后，各自归巢，人走楼空，就只剩门卫光杆司令一人。

门卫是附近城中村的农民，比我大不了几岁。十多年前，文化活动中心开建，征地拆迁，门卫家的土地全部被占用，房屋全部拆迁，搬进了安置小区。靠土地吃饭的农民需要继续生存谋生，少数农民就近就便安排在文化活动中心，从事物业管理。我们文联的门卫就是其中之一。

门卫已经年近花甲，孩子们都鸟一般远走高飞外出打工去了，夫妻二老，驻守"根据地"，顺便照顾孙男孙女。虽然他们家的安置房就在附近，但是很少回家。门卫只设一个岗位，每月三千元工资。夫妻俩把文联当家，夫唱妻和，开门关门，收快递、报纸，打扫卫生。门里门外，一草一木，门卫是主人，比我们更熟知。

我住在城市的北边，文化活动中心在城市的南边，为了错峰，避免交通拥堵塞车，我和鸟一样，起得很早，每天几乎是第一个先到单位的人。

夏天的某个星期一，早到的我正好遇见门卫，一老一少，爷爷和孙子蹲在办公楼门口的台阶上，嘀嘀咕咕，好像在全神贯注看什么。我走近一看，是两只灰色的大鸟。便问："老哥，养鸽子啊？"

门卫抬头看看我说："是斑鸠。"

我仔细一看,是两只刚出窝的小斑鸠:"哪儿来的?"

门卫指着门外那几棵长得密密实实的小叶榕和桂花树:"那儿捉的。"

随后,门卫带着我,在那几棵树下转悠,东瞄西看,果真有斑鸠窝。

回头,我劝他:"老哥,把斑鸠放掉算了。"

门卫犹豫了一下:"养着给小孩子玩哩。"

此时,门卫的妻子从门口出来,急促催孙子上学,喊叫声打断了我和门卫的对话。只见她一把拉着对斑鸠恋恋不舍的小孙子,骑着电动车鸟一般飞走了。

我继续对门卫说:"你把它养在树上多好啊,也是你的,何必养在笼子里呢?"

门卫听懂了我的意思,打开鸟笼,两只小斑鸠"噗吐吐"飞走了。不远处,两只飞来营救的斑鸠,叫声急促,朝我们怒吼着,好像用我们听不懂的鸟语在质问、在叫骂。

"咕嘟嘟——咕嘟嘟。"每天上班,我从停车场走向办公楼,都能听到小斑鸠在叫。有时,也能看见小斑鸠的父母带领它们在草皮上觅食玩耍。当我走近它们时,斑鸠一家携儿带女"噗吐吐"飞到树上去了。

有一天早晨,我刚到办公楼门外,门卫迎上来,悄悄告诉我:"你办公室门口花盆里的树上有一窝雀。"

我喜出望外:"真的吗?"

门卫说:"昨天你们下班后,我去修剪那些枯枝时发现的。"

我急匆匆跑上楼,偷偷窥看。还不等我靠近,花盆的树上就

"噗吐吐"飞出一只鸟,惊慌失措鸣叫着落在天井的树梢上,跳上跳下,不停的扭过头看我,"嘎——嘎——嘎"叫声急促。

我扒开密匝匝的树叶,仔细一看,果真有一个鸟窝,窝里还有三个麻花色的鸟蛋。

坐在办公室里,我上网查阅了很多鸟与人类的资料:全球现存鸟类约有 156 个科、9000 余种;中国有 81 个科、1186 种;云南共有鸟类 837 种,其中 112 种鸟类属云南独有;楚雄州境内也有390 多钟鸟类,而且有绿孔雀 300 只左右,接近全国绿孔雀总数的 50%,是中国目前最大的原生绿孔雀种群。探源人类文明历史,自古以来,鸟既是人类的邻居,也是维护生态平衡的"自然砝码"。

但我始终没有弄明白,办公楼的天井里除了那一片为数不多的树木花草,没有任何鸟类食物,鸟为什么偏偏选择在这里安家落户呢?

后来,我暗示门卫,不要告诉任何人。

可是,哪有不透风的墙,我办公室门外的鸟窝,没几天,在单位里就成了公开的秘密。很多人上卫生间路过,都要盯着我办公室门口的那盆富贵树上瞄一眼。也有人以为我不知道,还悄悄跑来讨好我,说我门外的花盆树上有一窝鸟。鸟来做窝是好事,喜鹊登门,有喜事啦。

从小在农村长大的我熟悉很多鸟。平时在天井里飞来飞去的那两只鸟,我并不陌生,的确有点像喜鹊,头黑,背上的羽毛灰黑,腹部的羽毛全是白色,飞起来,燕尾张开,有点像小燕子。但脸部没有小燕子一样的红腮帮,头上比小燕子多了一簇黑毛,叫声沙哑,没有小燕子的铃声嗓子清脆。

在乡村,鸟是农家的邻居,小燕子是不请自到的客人,每年春天,就会如约飞来农家的门楣上做窝。与鸟为亲的母亲常说,燕子飞到哪家门头上做窝,哪家就会好运当头。燕子飞来筑巢做窝时,农家的春耕生产开篇,大人们一天天忙于农活。放学回家的我总喜欢搬一个凳子,垫高自己,伸长脖子,好奇地看燕子孵化,看燕子脱壳,长"狗屎毛",期盼着它们早日学会飞翔。小燕子好像也知道我的期盼,一天一个样疯长,"叽叽喳喳"咿呀学语,回应我内心的期许。

接下来的几天里,我每天早晨上班,发现都有些树叶落在花盆里。有一天,我发现花盆里掉下了鸟蛋壳,有一种虫蚁鸣叫的"唧唧唧"声音。同时,那对"黑头公公",见到我,就在天井的树梢上东跳西蹿,声音比骂人还大,好像在警告我,不要干扰它们的家园,不许伤害它们的孩子。

就这样,我每天早晨上班,都能见到那对"黑头公公",一会儿站在我办公室门外花盆的树梢上,一会儿站在天井的树尖上,盯着我的一举一动。

恰逢周末,我回乡下老家给大哥拜寿,大哥陪我去看小时候住过的老房子。多年没人住的老屋,一把生锈的铁锁,是大哥反复用菜油灌进锁屁股孔,折腾了一阵才打开的。我抬头朝老屋东张西望,当年门楣上的燕子窝,已经被尘埃淹没,模模糊糊还能看出一点点遗迹,变成了我心中的"非遗"。

我问大哥:"现在小燕子为什么不来做窝了?"

大哥说:"现在村庄里砖房洋楼多,没有小燕子做窝的地方,瓦房老屋多年无人住,也快要消失了,再过几年,别说小燕子,恐怕连麻雀做窝的土墙都没有了。"

说话间,几只麻雀飞来,在屋脊上"叽叽喳喳",不时用陌生的目光打量我们兄弟俩。

随后,我和大哥在村庄里闲逛,每当走到人家房前屋后,大哥如数家珍,说某某家的孩子有出息,进城打工十多年,把父母孩子都带到昆明、楚雄,像一窝雀,飞进城市安家落户去了;说某家的姑娘远走他乡十多年,杳无音信,家里的父母都以为不在人世了,今年疫情缓解后,想不到领着姑爷孩子回来一趟,又麻雀一般飞走了;说某个男子汉外出打工,在建筑工地受伤,落下残疾回来了……

偌大一个六十多户人的村庄,孩子长大一个,像鸟出窝一个个飞走了。村庄越来越空,逛了一圈,也没遇到几个人,只有狗,稀稀疏疏在向我狂吠。

大概是回城后的两个星期,仍然是早晨,我去上班,刚到办公室门前就发现有两团黑乎乎、毛茸茸的东西堆在楼道上。走近一看,是两只小鸟,一只已经死去,一只趴在冷冰冰的地板上,一动不动。天井里的那对"黑头公公"视我为敌,仍在不停地怒吼。我弯下腰,去抓那只活着的小鸟,小鸟受惊,张开翅膀在光滑的地板上拼命挣扎,"哎呀——哎呀"像婴儿哭闹。那声音,好像在告诉我,你不是我的父母,不要——不要——坚决不要!

我不顾小鸟的反抗,抓起哭天喊地的小鸟,小心翼翼放回鸟窝时,发现鸟窝边上还站着一只小鸟,好像在练习飞翔的样子。

随后,我拾起那只死去的小鸟,想把它当垃圾丢掉,又觉得不妥,无所适从。此刻,我的手机响了,一接听,是堂兄弟打来的,告诉我,他年近九十的父亲我的大叔,也是我的小学老师,昨天晚上去世了,遗体告别仪式定在明天上午九点在殡仪馆举行。

接完电话,大叔当年教我们背诵默写"春眠不觉晓,处处闻啼鸟,夜来风雨声,花落知多少"的情景复活而生。不知不觉,我就把大叔的死和小鸟的死联系在一起,开始胡思乱想:人,出生时欢天喜地,离世时白事当喜事办。鸟呢?好心疼。整天上班,我都在想着那只死去的小鸟。

下班后,等同事们走完,我和门卫把小鸟埋在办公楼前的桂花树下,覆盖了一层绿茵茵的草坪。风吹来,小草摇头晃脑,远远望去,就像小鸟随风舒展的羽毛。

第二天早晨,我去殡仪馆参加大叔的遗体告别仪式时得知,大叔生前有交待,他不进公墓,要回乡下老家。可是殡葬改革政策不允许,堂兄弟问我能不能想想办法,让大叔魂归故里。几个人想来想去,最后合计,大叔的骨灰盒只能埋葬在公墓,悄悄留一点骨灰带回老家的坟山,在撒骨灰的地方栽一棵树,两全其美,留作纪念。

第三天早晨我照例去上班,又发现花盆脚的地板上有一只小鸟在挪动。我伸手去捧它时,他却拼命挣扎,不停地嚎叫,又引来了那对"黑头公公",朝我飞来飞去,恨不能啄我几口。我依然抓起小鸟,放回窝里。我想,再过几天,小鸟就可以出窝,展翅高飞了。

没想到,过了两天,我早晨去上班时,又有一只小鸟死在了楼道冷冰冰的地板上。顿时,我百思不得其解。究竟是小鸟被我们打扰,得不到父母及时哺食,还是鸟不相信我们,以为我们会伤害它们呢?又或者是小鸟为了早日出窝,摔在硬邦邦的地板上砸死了呢?

看着毫无生命迹象的小鸟,我又一次把鸟和大叔联系在一起,哪里是鸟的墓地呢?我也要送小鸟魂归故里。

失去大叔,失去小鸟,遗憾、惋惜、愧疚,三只鸟只剩一只,我再也不敢去窥探鸟窝了。

第四天,令我奇怪的是,平时每天上班,都能看见那两只"黑头公公"鸟在天井的树林里,叽叽喳喳,跳上跳下。而今天却如此的安静,再也没有听到鸟的声音,看到鸟的踪影。

在好奇心的驱使下,我又悄悄扒开树叶窥探鸟窝,鸟窝里竟然空荡荡的。那只小鸟哪儿去了呢?是不是被蛇残害了?还是被貂鼠吃了?我只剩下一堆不着边际的猜想。

下班后的我,脑海里反复在想象着鸟飞出窝的样子,却怎么也无法拼凑出一幅完整的画面。后来,我把最后一只鸟连尸体都没有见到的事,告诉了门卫。门卫却漫不经心地说:"可能是它的父母带走了。"

可我怎么也想不明白,这些跨越千山万水,和我一样飞进城市的鸟,它们是城市的贵客,小鸟的爸爸妈妈是怎样把那只小鸟带走呢?那么高的三层四合院楼房,他们当初是怎样飞进天井来的?现在又是怎样飞出去的?而且为什么偏偏要选择在我门口花盆里的树上筑巢做窝?照理说,我们每天上班,人来人往,那里是最不安全的地方。这一切，在我心里都成了解不开的谜团。

从此，小鸟不依人，天井里再也看不到"黑头公公"的身影。单位里的很多人可能不太留意，但我心里明白。每天早上走到办公室门前，看到那盆黑乎乎人影一样的花树，就会有一种失去亲人的恐惧感，就会莫名其妙想起那两只死去的小鸟，躺在冰冷光滑的地板上，让我的心也随之降到了冰点。

有一天早晨上班，我依旧买了包子、豆浆送给门卫，门卫却拿出了鸡蛋、牛奶给我吃。

我误认为是他花钱买的，就推辞："我胆固醇、血脂高，很少吃鸡蛋、牛奶，你吃吧，你吃吧。"

门卫反复向我解释："是孙子天天上学，在学校吃剩的牛奶、面包，一定要拿来喂斑鸠。"

说着，又顺手朝我塞来。我明白了，是学校无偿供应给农村孩子当早点的营养餐。

我和门卫两个人，无意中又说到鸟的事，我说："这一窝鸟太惜了，不知道它们还会不会再来。"

门卫说："只要鸟窝在，鸟和人一样，它们知道自己的家，明年还会来呢。"

但愿如此。

云岭翡羽

一

云南高原多山，乌蒙山、哀牢山、高黎贡山、玉龙雪山、梅里雪山……群山起舞，构成了云南的"植物王国""动物王国"。

丰富的野生动植物资源，造就了云南哀牢山"大自然的博物馆""生物物种基因库"和"南北动物迁徙的走廊"。

每年阳春三月，云岭腹地的巍巍哀牢山下，恐龙河、小江河、石羊江、磨江湾一带，风度翩翩的国家一级保护动物绿孔雀，为了追求爱情，两只雄性绿孔雀各自张开羽毛，发出挑战的信号，一次又一次从地上腾起，面对面空中对啄，互相用脚踢打。反复几个回合，胜者为王，败者退场。不需要裁判，旁观的雌性绿孔雀就心知肚明，谁是自己的偶像了。

绿孔雀被民间视为凤凰，是千百年来人们崇拜的吉祥图腾。

有一年，去敦煌莫高窟，徜徉在一窟窟壁画中，仿佛置身于古典文化艺术的海洋，一幅幅精美的图案，宛若前呼后拥的浪花，一层一层把我的视角覆盖。唯有一幅源于西夏的凤凰壁画，至今仍藏在记忆的角落，终生难忘。

我的家乡有一座山，就叫凤凰山。头仰东方，左边一羽翅膀形的山,右边一羽翅膀形的山,家乡人都说是凤凰晒翅膀欲飞。村庄就坐落在凤凰的巢穴里,错落有致的房屋仿佛是一窝凤凰。谁家孩子金榜题名,就会有人夸奖:"山沟里飞出了金凤凰。"

在云南,人们对孔雀的崇拜源远流长。昆明和大姚至今仍然有金马碧鸡坊、昙华寺、白塔、白塔路、碧鸡关的地名。从这些留下的地名和建筑古迹看,昆明和大姚就像一对孪生兄妹,有着千丝万缕的联系。毫无疑问,不论是昆明还是大姚,传说中金马碧鸡的"鸡"就是绿孔雀。

当地人称绿孔雀为"凤凰""大鸟""神鸟""豌豆鸡"。与哀牢山骨肉相连的鄂嘉,山就像无边无际的海洋,农家饲养牛羊历来都是漫山遍野放养,六七天后主人才去找牛羊。主人找牛羊的方法也很简单,在固定的水边石头上摩擦盐块喂牛羊,在固定的地方撒少量的苞谷、豌豆,牛羊来吃的时候,就会有绿孔雀跟着牛羊来吃苞谷、豌豆。豌豆是绿孔雀最爱吃的食物,豌豆地里经常有绿孔雀来偷吃,所以,在当地人的眼里,绿孔雀是家里的鸡,随处可见,就把绿孔雀叫作"豌豆鸡"。放牧人把山上捡到的绿孔雀羽毛拿回家,缝制在小孩子的老虎帽上,或是小孩子的鞋头上,把绿孔雀的图案刺绣在小孩子的裹背上、衣服上,祈求小孩子健康成长。还有人家,把捡回家的绿孔雀尾羽毛插在堂屋门头上,插在家堂上,敬天敬地,祈祷家庭和顺,幸福安康。

鄂嘉低热河谷一带,古时候曾经是傣族人居住的地方,至今仍有叫"摆衣田""摆衣河""法拉地"等与傣族有关的地名。据康熙《南安州志》记载,当地婚姻习俗,男以水泼女足为定。饮酒,以一人吹芦笙为首,男女牵手,周旋拍手顿足为孔雀舞。人与动物相生相伴的双柏,那时就开始跳孔雀舞了。孔雀舞既是中华民族文化中的一个缩影,也是中华民族文化园中的一朵奇葩。

二

国家一级保护动物绿孔雀,究竟与哀牢山有什么不解之缘?绿孔雀为什么偏爱这方山水?前几年,我在林业部门工作时,曾多次走进恐龙河自然保护区,探访绿孔雀家园,拜见绿孔雀陛下。

二〇一八年三月的一天,我随国家林业局鸟类环志专家前往小江河,了解绿孔雀栖息地保护情况。汽车像一头驴,在蛇形的防火公路上忽而盘旋而下,忽而盘旋而上,反复在林间九弯十八拐爬行。一路鸟语花香,一路绿水青山。水是山的项链,水是山的腰带,也是山的裙褶,尽收眼底的是一幅幅无穷无尽的天然山水画。车在山中走,人在画中游,穿越林海,仿佛是山重水复疑无路,何时能柳暗花明见到绿孔雀?

越往下走,树木越来越稀疏,河谷越来越深,越来越开阔,海拔也越来越低,仿佛这里已经进入夏天,树木葱绿,阳光带火。我微微摇下车窗,让一缕缕久违的山风帮我洗洗肺。

忽然有人惊呼:"停车,停车,前面有绿孔雀。"一只绿孔雀就"嘭"一声腾空而起,惊叫着张开双翅,像一架绿色的小飞机,一个俯冲,滑翔消失在二百多米下的山谷。

这是我第一次在山野见到原生的绿孔雀。

猛然间,"孔雀东南飞,五里一徘徊"的经典诗句从记忆深处被唤醒,让我浮想联翩:"孔雀东南飞"飞到哪里去了呢?刚才见到的绿孔雀是不是"孔雀东南飞"的化身呢？

同行的保护区"土专家"告诉我：每年农历二三月，随着气温不断回升，小江河与石羊江交汇的河滩上，就是绿孔雀谈情说爱的地方。这里海拔最低五百多米，最高两千多米，属热带季雨林气候，春天来得特别早，万物也苏醒得早，绿孔雀也就开始一年一度的聚会了。

每天黎明，成年发情的雄性绿孔雀就会发出哦哦哦的鸣叫声。那声音好像是雄鸡在啼鸣，又仿佛是向雌性绿孔雀发出邀请信号。于是，还不等太阳睡醒，四面八方的绿孔雀就会从山上下来低热河谷"赶会"，有的觅食，有的喝水，有的在沙滩洗浴。来的目的只有一个：找对象，寻配偶。到了晚上，绿孔雀又各回各家。每天早出晚归，持续将近一两个月相亲，这是绿孔雀现身最多的时候，也是人们难得一见绿孔雀的黄金时段。

说到这里，突然有人问我，是雄性绿孔雀开屏好看，还是雌性绿孔雀开屏好看。我毫不犹豫地回答，人都是女的比男的漂亮，肯定是雌性绿孔雀开屏好看。谁知，我话一出口，大家就哈哈大笑。

原来，我出洋相了。雌性绿孔雀尾部的羽毛较短，开屏时跟母鸡搧翅膀差不多。而雄性绿孔雀尾部的羽毛比较长，开屏时像一把大扇子展开，羽毛不停抖动沙沙响。雄性绿孔雀开屏就是向雌性绿孔雀献媚示爱。如果雌性绿孔雀觉得情投意合，就会不卑不亢地蹲在原地，心甘情愿接受雄性绿孔雀"踩背"。从此，"有情人终成眷属"的孔雀情侣度完蜜月，一个新的绿孔雀家庭由此诞生。

三

云南是一块多民族的土壤,号称"哀牢秘境"的双柏县,是迄今六千五百多年"三笙"民族文化的重要发源地。

"老虎笙"是一种集歌、舞、乐为一体的舞蹈。每年农历正月初八到正月十五,人们都要举行接虎、祭虎、跳虎、送虎仪式,跳"老虎笙"。

"小豹子笙"是一种蒙面纹身的舞蹈。每年农历六月二十四至二十五日,当地的彝家人都要组织跳"小豹子笙"。舞者为十二三岁的男孩,裸体,身上画上豹子花纹,棕叶当裤衩遮羞,手持棍棒,在锣鼓伴奏下,从山头跳到土掌房顶,跳到各家各户和庄稼地里,祈求家家户户六畜兴旺,五谷丰登。

"大锣笙"是彝家人喜庆日子经常跳的一种舞蹈。跳舞者均为男性,头戴面具,身穿草衣,赤脚,手提大锣,在毕摩的吟唱和引领下,有戴面具的师公师母前来迎合,是最古朴、最自然的民间艺术。

喜闻乐见的"三笙"民族文化,演绎着这里土著居民对自然的敬仰,承载着人们对动物的崇拜,人和动物和谐共生,在历史的长河中,经过岁月淘洗,净化成了国家级非物质文化遗产。

在双柏县鄂嘉镇恐龙河自然保护区管理局,我一边观看常年布点的红外线相机拍摄到的绿孔雀照片、视频,一边听保护区的工作人员介绍。世界上有三种孔雀,它们分别是刚果孔雀、蓝孔雀和绿孔雀。这三种孔雀中,仅有绿孔雀在中国野外分布,是我国原生鸟类物种。目前,双柏县境内的绿孔雀数量近三百只,接近全国的百分之五十,是中国目前最大的原生绿孔雀种群。二〇二一年十月,联合国《生物多样性公约》缔约大会在昆明召开,带有"楚雄元素"的绿孔雀名声"雀"起,飞出山外,飞向世界。

我仔细观看,绿孔雀的冠羽毛是直立向上的一簇,从脖颈到胸前的羽毛似一串串绿色的铜钱斑纹,犹如女人的金项链,非常漂亮。

"人不负青山,青山定不负人。"良好的自然生态养育着"百鸟之王"绿孔雀,世世代代在这方水土生长的世袭居民,也沾了保护绿孔雀的光。绿孔雀成长的背后,除了保护区管理人员这类正规军外,还聘请了七十九名当地人为护林员,天天巡山管护,在绿孔雀分布区聘请了一百四十名村民当绿孔雀保护监测员。他们一年到头的任务除了巡山护林,最重要的工作就是保护绿孔雀。赵同荣就是其中土生土长保护绿孔雀的"土专家"代表之一。

我问赵同荣:"你守护绿孔雀最高兴的事是什么?"

赵同荣说:"最高兴的就是绿孔雀一年比一年多起来了,家门口就能听到孔雀叫,而且还能看到绿孔雀开屏,是吉祥之兆。"

我又问:"你天天在树林里行走,能见到绿孔雀吗?"

赵同荣坚定地回答:"我们小时候上山,就经常遇到绿孔雀,有的人家放牛羊时,还捡到绿孔雀蛋,拿回家给母鸡孵化饲养。"

我穷追不舍问:"那时你知道绿孔雀是保护动物吗?"

赵同荣老实巴交地回答:"那时由于没有保护野生动物的意识,很多人都不知道,现在知道了。"

我继续问:"你参与绿孔雀保护最大的愿望是什么?"

赵同荣言简意赅："最大的愿望是绿孔雀与我们常在，让更多人能看到我们这里的绿孔雀。"

　　他们还告诉我，当地民间都把绿孔雀视作吉祥鸟，谁猎捕了绿孔雀，谁就会遭到报应。二十世纪六十年代，有一个猎人曾经捕杀过一只公孔雀，肉用来下酒，毛皮出售给商贩，从此，他们村就再也没有听见过绿孔雀的叫声，也没有再见到过绿孔雀的身影。几年后，那个猎捕绿孔雀的中年男人，被菌子毒死了。也许这就是大自然对猎人的惩罚。

　　接着，保护区的负责人向我讲述了这样一个案例：二〇一五年，保护区通过红外线相机，拍摄到一个身带猎枪进入绿孔雀监护区域的嫌疑人，在森林公安和当地派出所的协同配合下，大海捞针，拉网排查，走村串户比对，终于把嫌疑人挖了出来。虽然嫌疑人没有猎捕到绿孔雀，但是从他的家里搜到了猎枪，人赃俱获，依法判刑。此案成了保护绿孔雀活生生的家喻户晓的反面教材。从此，当地人都知道，保护区内有很多"天眼"，若要人不知，除非己莫为，谁残害了绿孔雀，都是要坐牢的。

　　我曾经是林业人，和"林家人"在一起，有许多说不完的绿孔雀话题，观看了很多绿孔雀视频。一幅幅清晰回放的画面，有绿孔雀和黄牛在一起的，有绿孔雀和黑山羊在一起的，有绿孔雀和野猪在一起的，有绿孔雀和猕猴在一起的，有绿孔雀和白鹇在一起的，有绿孔雀和斑鸠在一起的……如此可爱的家园，如此和谐的图景，让我大开眼界。